花束

徐訏文集

小說卷

導言　徬徨覺醒：徐訏的文學道路

「個人的苦悶不安，徬徨無依之感，正如在大海狂濤中的小舟。」[1]

——徐訏〈新個性主義文藝與大眾文藝〉

陳智德

在二十世紀四、五十年代之交，度過戰亂，再處身國共內戰意識形態對立夾縫之間的作家，應自覺到一個時代的轉折在等候著，尤其在當時主流的左翼文壇以外，被視為「自由主義作家」或「小資產階級作家」的一群，包括沈從文、蕭乾、梁實秋、張愛玲、徐訏等等，一整代人在政治旋渦以至個人處境的去與留之間徘徊，最終作出各種自願或不由自主的抉擇。

1 徐訏〈新個性主義文藝與大眾文藝〉，收錄於《現代中國文學過眼錄》，台北：時報文化，一九九一。

一

一九四六年八月，徐訏結束接近兩年間《掃蕩報》駐美特派員的工作，從美國返回中國，直至一九五〇年中離開上海奔赴香港，在這接近四年的歲月中，他雖然沒有寫出像《鬼戀》和《風蕭蕭》這樣轟動一時的作品，卻是他整理和再版個人著作的豐收期，他首先把《風蕭蕭》交給由劉以鬯及其兄長新近創辦起來的懷正文化社出版，據劉以鬯回憶，該書出版後，「相當暢銷，不足一年，（從一九四六年十月一日到一九四七年九月一日），印了三版」[2]，其後再由懷正文化社或夜窗書屋初版或再版了《阿剌伯海的女神》（一九四六年初版）、《烟圈》（一九四六年初版）、《蛇衣集》（一九四八年初版）、《幻覺》（一九四八年初版）、《四十詩綜》（一九四八年初版）、《兄弟》（一九四七年再版）、《母親的肖像》（一九四七年再版）、《生與死》（一九四七年再版）、《春韮集》（一九四七年再版）、《一家》（一九四七年再版）、《海外的鱗爪》（一九四七年再版）、《舊神》（一九四七年再版）、《成人的童話》（一九四七年再版）、《西流集》（一九四七年再版）、潮來的時候（一九四八年再版）、《黃浦江頭的夜月》（一九四八年再版）、《吉布賽的誘惑》（一九四九再版）、《婚事》（一九四九年再版）[3]，粗略統計從一九四六年至一九四九年這三年間，徐訏在上海出版和再版的著作達三十多種，成果

2 劉以鬯〈憶徐訏〉，收錄於《徐訏紀念文集》，香港：香港浸會學院中國語文學會，一九八一。

3 以上各書之初版及再版年份資料是據賈植芳、俞元桂主編《中國現代文學總書目》、北京圖書館編《民國時期總書目，一九一一－一九四九》。

可算豐盛。

《風蕭蕭》早於一九四三年在重慶《掃蕩報》連載時已深受讀者歡迎，一九四六年首次結集成單行本出版，沈寂的回憶提及當時讀者對這書的期待：「這部長篇在內地早已是暢銷一時的名著，可是淪陷區的讀者還是難得一見，也是早已企盼的文學作品」[4]，當劉以鬯及其兄長創辦懷正文化社，就以《風蕭蕭》為首部出版物，十分重視這書，該社創辦時發給同業的信上，即頗為詳細地介紹《風蕭蕭》，作為重點出版物。徐訏有一段時期寄住在懷正文化社的宿舍，與社內職員及其他作家過從甚密，直至一九四八年間，國共內戰愈轉劇烈，幣值急跌，金融陷於崩潰，不單懷正文化社結束業務，其他出版社也無法生存，徐訏這階段整理和再版個人著作的工作，無法避免遭遇現實上的挫折。

然而更內在的打擊是一九四八至四九年間，主流左翼文論對被視為「自由主義作家」或「小資產階級作家」的批判，一九四八年三月，郭沫若在香港出版的《大眾文藝叢刊》第一輯發表〈斥反動文藝〉，把他心目中的「反動作家」分為「紅黃藍白黑」五種逐一批判，點名批評了沈從文、蕭乾和朱光潛。該刊同期另有邵荃麟〈對於當前文藝運動的意見——檢討·批判·和今後的方向〉一文重申對知識份子更嚴厲的要求，包括「思想改造」。雖然徐訏不像沈從文般受到即時的打擊，但也逐漸意識到主流文壇已難以容納他，如沈寂所言：「自後，上海一些左傾的報紙開始對他批評。他無動於衷，直至解放，輿論對他公開指責。稱《風蕭蕭》歌頌特務。他也不辯論，知道自己不可能再在上海逗留，上海也不會再允許他曾從事一輩子的寫作，就捨別妻女，

4 沈寂〈百年人生風雨路——記徐訏〉，收錄於《徐訏先生誕辰100週年紀念文選》，上海：上海社會科學院出版社，二〇〇八。

離開上海到香港。」[5]一九四九年五月二十七日，解放軍攻克上海，中共成立新的上海市人民政府，徐訏仍留在上海，差不多一年後，終於不得不結束這階段的工作，在不自願的情況下離開，從此一去不返。

二

一九五〇年的五、六月間，徐訏離開上海來到香港。由於內地政局的變化，其時香港聚集了大批從內地到港的作家，他們最初都以香港為暫居地，但隨著兩岸局勢進一步變化，他們大部份最終定居香港。另一方面，美蘇兩大陣營冷戰局勢下的意識形態對壘，造就五十年代香港文化刊物興盛的局面，內地作家亦得以繼續在香港發表作品。徐訏的寫作以小說和新詩為主，來港後亦寫作了大量雜文和文藝評論，五十年代中期，他以「東方既白」為筆名，在香港《祖國月刊》及台灣《自由中國》等雜誌發表〈從毛澤東的沁園春說起〉、〈新個性主義文藝與大眾文藝〉、〈在陰黯矛盾中演變的大陸文藝〉等評論文章，部份收錄於《在文藝思想與文化政策中》、《回到個人主義與自由主義》及《現代中國文學過眼錄》等書中。

徐訏在這系列文章中，回顧也提出左翼文論的不足，特別對左翼文論的「黨性」提出質疑，也不同意左翼文論要求知識份子作思想改造。這系列文章在某程度上，可說回應了一九四八、四九年間中國大陸左翼文論的泛政治化觀點，更重要的，是徐訏在多篇文章中，以自由主義文藝的

5 沈寂〈百年人生風雨路——記徐訏〉，收錄於《徐訏先生誕辰100週年紀念文選》，上海：上海社會科學院出版社，二〇〇八。

觀念為基礎，提出「新個性主義文藝」作為他所期許的文學理念，他說：「新個性主義文藝必須在文藝絕對自由中提倡，要作家看重自己的工作，對自己的人格尊嚴有覺醒而不願為任何力量做奴隸的意識中生長。」[6]徐訏文藝生命的本質是小說家、詩人，理論鋪陳本不是他強項，然而經歷時代的洗禮，他也竭力整理各種思想，最終仍見頗為完整而具體地，提出獨立的文學理念，尤其把這系列文章放諸冷戰時期左右翼意識形態對立、作家的獨立尊嚴飽受侵蝕的時代，更見徐訏提出的「新個性主義文藝」所倡導的獨立、自主和覺醒的可貴，以及其得來不易。

《現代中國文學過眼錄》一書除了選錄五十年代中期發表的文藝評論，包括《在文藝思想與文化政策中》和《回到個人主義與自由主義》二書中的文章，也收錄一輯相信是他七十年代寫成的回顧五四運動以來新文學發展的文章，集中在思想方面提出討論，題為「現代中國文學的課題」，多篇文章的論述重心，正如王宏志所論，是「否定政治對文學的干預」[7]，而當中表面上是「非政治」的文學史論述，「實質上具備了非常重大的政治意義：它們否定了大陸的文學史論述」[8]，徐訏所針對的是五十年代至文革期間中國大陸所出版的文學史當中的泛政治論述，動輒以「反動」、「唯心」、「毒草」、「逆流」等字眼來形容不符合政治要求的作家；所以王宏志最後提出《現代中國文學過眼錄》一書的「非政治論述」，實際上「包括了多麼強烈的政治含義」。這政治含義，其實也就是徐訏對時代主潮的回應，以「新個性主義文藝」所倡導的獨立。

6 徐訏〈新個性主義文藝與大眾文藝〉，收錄於《現代中國文學過眼錄》，台北：時報文化，一九九一。

7 王宏志〈心造的幻影——談徐訏的《現代中國文學的課題》〉，收錄於《歷史的偶然：從香港看中國現代文學史》，香港：牛津大學出版社，一九九七。

8 同前註。

自主和覺醒，抗衡時代主潮對作家的矮化和宰制。

《現代中國文學過眼錄》一書顯出徐訏獨立的知識份子品格，然而正由於徐訏對政治和文藝的清醒，使他不願附和於任何潮流和風尚，難免於孤寂苦悶，亦使我們從另一角度了解徐訏文學作品中常常流露的落寞之情，並不僅是一種文人性質的愁思，而更由於他的清醒和拒絕附和。一九五七年，徐訏在香港《祖國月刊》發表〈自由主義與文藝的自由〉一文，除了文藝評論上的觀點，文中亦表達了一點個人感受：「個人的苦悶不安，徬徨無依之感，正如在大海狂濤中的小舟。」[9]放諸五十年代的文化環境而觀，這不單是一種「個人的苦悶」，更是五十年代一輩南來香港者的集體處境，一種時代的苦悶。

三

徐訏到香港後繼續創作，從五十至七十年代末，他在香港的《星島日報》、《星島週報》、《祖國月刊》、《今日世界》、《文藝新潮》、《熱風》、《筆端》、《七藝》、《新生晚報》、《明報月刊》等刊物發表大量作品，包括新詩、小說、散文隨筆和評論，並先後結集為單行本，著者如《江湖行》、《盲戀》、《時與光》、《悲慘的世紀》等。香港時期的徐訏也有多部小說改編為電影，包括《風蕭蕭》（屠光啟導演、編劇，香港：邵氏公司，一九五四）、《傳統》（唐煌導演、徐訏編劇，香港：亞洲影業有限公司，一九五五）、《痴心井》（唐煌導演、

[9] 徐訏〈自由主義與文藝的自由〉，收錄於《個人的覺醒與民主自由》，台北：傳記文學出版社，一九七九。

王植波編劇，香港：邵氏公司，一九五五）、《鬼戀》（屠光啟導演、編劇，香港：麗都影片公司，一九五六）、《盲戀》（易文導演、徐訏編劇，香港：新華影業公司，一九五六）、《後門》（李翰祥導演、王月汀編劇，香港：邵氏公司，一九六〇）、《江湖行》（張曾澤導演、倪匡編劇，香港：邵氏公司，一九七三）、《人約黃昏》（改編自《鬼戀》，陳逸飛導演、王仲儒編劇，香港：思遠影業公司，一九九六）等。

徐訏早期作品富浪漫傳奇色彩，善於刻劃人物心理，如〈鬼戀〉、〈吉布賽的誘惑〉、〈精神病患者的悲歌〉等，五十年代以後的香港時期作品，部份延續上海時期風格，如《江湖行》、《後門》、《盲戀》，貫徹他早年的風格，另一部份作品則表達歷經離散的南來者的鄉愁和文化差異，如小說《過客》、詩集《時間的去處》和《原野的呼聲》等。

從徐訏香港時期的作品不難讀出，徐訏的苦悶除了性格上的孤高，更在於內地文化特質的堅守，拒絕被「香港化」。在《鳥語》、《過客》和《癡心井》等小說的南來者角色眼中，香港不單是一塊異質的土地，也是一片理想的墓場、一切失意的觸媒。一九五〇年的《鳥語》以「失語」道出一個流落香港的上海文化人的「雙重失落」，而在《癡心井》的終末則提出香港作為上海的重像，形似卻已毫無意義。徐訏拒絕被「香港化」的心志更具體見於一九五八年的《過客》，自我關閉的王逸心以選擇性的「失語」保存他的上海性，一種不見容於當世的孤高，既使他與現實格格不入，卻是他保存自我不失的唯一途徑。[10]

徐訏寫於一九五三年的〈原野的理想〉一詩，寫青年時代對理想的追尋，以及五十年代從上

10 參陳智德《解體我城：香港文學1950-2005》，香港：花千樹出版有限公司，二〇〇九。

海「流落」到香港後的理想幻滅之感：

多年來我各處漂泊，
唯願把血汗化為愛情，
遍灑在貧瘠的大地，
孕育出燦爛的生命。

但如今我流落在污穢的鬧市，
陽光裡飛揚著灰塵，
垃圾混合著純潔的泥土，
花不再鮮豔，草不再青。

海水裡漂浮著死屍，
山谷中蕩漾著酒肉的臭腥，
潺潺的溪流都是怨艾，
多少的鳥語也不帶歡欣。

茶座上是庸俗的笑語，

市上傳聞著漲落的黃金，
戲院裡都是低級的影片，
街頭擁擠著廉價的愛情。

此地已無原野的理想，
醉城裡我為何獨醒，
三更後萬家的燈火已滅，
何人在留意月兒的光明。

「原野的理想」代表過去在內地的文化價值，在作者如今流落的「污穢的鬧市」中完全落空，面對的不單是現實上的困局，更是觀念上的困局。這首詩不單純是一種個人抒情，更哀悼一代人的理想失落，筆調沉重。〈原野的理想〉一詩寫於一九五三年，其時徐訏從上海到香港三年，由於上海和香港的文化差距，使他無法適應，但正如同時代大量從內地到香港的人一樣，他從暫居而最終定居香港，終生未再踏足家鄉。

四

司馬長風在《中國新文學史》中指徐訏的詩「與新月派極為接近」，並以此而得到司馬長風的正面評價，[11]徐訏早年的詩歌，包括結集為《四十詩綜》的五部詩集，形式大多是四句一節，隔句押韻，一九五八年出版的《時間的去處》，收錄他移居香港後的詩作，形式上變化不大，仍然大多是四句一節，隔句押韻，大概延續新月派的格律化形式，使徐訏能與消逝的歲月多一分聯繫，該形式與他所懷念的故鄉，同樣作為記憶的一部份，而不忍割捨。

在形式以外，《時間的去處》更可觀的，是詩集中〈原野的理想〉、〈記憶裡的過去〉、〈時間的去處〉等詩流露對香港的厭倦、對理想的幻滅、對時局的憤怒，很能代表五十年代一輩南來者的心境，當中的關鍵在於徐訏寫出時空錯置的矛盾。對現實疏離，形同放棄，皆因被投放於錯誤的時空，卻造就出《時間的去處》這樣近乎形而上地談論著厭倦和幻滅的詩集。

六七十年代以後，徐訏的詩歌形式部份仍舊，卻有更多轉用自由詩的形式，不再四句一節，隔句押韻，這是否表示他從懷鄉的情結走出？相比他早年作品，徐訏六七十年代以後的詩作更精細地表現哲思，如《原野的理想》中的〈久坐〉、〈等待〉和〈觀望中的迷失〉、〈變幻中的蛻變〉等詩，嘗試思考超越的課題，亦由此引向詩歌本身所造就的超越。另一種哲思，則思考社會和時局的幻變，《原野的理想》中的〈小島〉、〈擁擠著的群像〉以及一九七九年以「任子楚」

11 司馬長風《中國新文學史（下卷）》，香港：昭明出版社，一九七八。

為筆名發表的〈無題的問句〉，時而抽離、時而質問，以至向自我的內在挖掘，尋求回應外在世界的方向，尋求時代的真象，因清醒而絕望，卻不放棄掙扎，最終引向的也是詩歌本身所造就的超越。

最後，我想再次引用徐訏在《現代中國文學過眼錄》中的一段：「新個性主義文藝必須在文藝絕對自由中提倡，要作家看重自己的工作，對自己的人格尊嚴有覺醒而不願為任何力量做奴隸的意識中生長。」[12]時代的轉折教徐訏身不由己地流離，歷經苦思、掙扎和持續的創作，最終以倡導獨立自主和覺醒的呼聲，回應也抗衡時代主潮對作家的矮化和宰制，可說從時代的轉折中尋回自主的位置，其所達致的超越，與〈變幻中的蛻變〉、〈小島〉、〈無題的問句〉等詩歌的高度同等。

＊陳智德：筆名陳滅，一九六九年香港出生，台灣東海大學中文系畢業，香港嶺南大學哲學碩士及博士，現任香港教育學院文學及文化學系助理教授，著有《解體我城：香港文學1950-2005》、《地文誌——追憶香港地方與文學》、《抗世詩話》以及詩集《市場，去死吧》、《低保真》等。

[12] 徐訏〈新個性主義文藝與大眾文藝〉，收錄於《現代中國文學過眼錄》，台北：時報文化，一九九一。

目次

花束

有后

有后

一

在浙東傳統的習慣上，孩子去做學徒總要送他到別處去，哪怕父親有多少的店廠；這因為在自己的事業裡，既然做父親是老闆，孩子就是小開，他如果去做學徒，同事把他當作小開，他自己也意識著自己的地位，他就會養成了驕傲自大不刻苦的習慣。他就永遠受不到一個正常的嚴格的訓練。

要期望一個孩子承繼自己的企業，就要他在別處受了這嚴格的訓練以後，再回到自己的企業裡，學習著了解自己企業裡各部門的情形，慢慢地他會了解裡裡外外的門檻知識技能與成規，於是一旦把這個企業給他承繼，他就有能力來管理與發展了。

這是一個根據經驗而造成的一個可靠的辦法，可以使孩子在習慣上、知識上、技能上、人事上，有一個系統的與環境的薰染，而完全成為一個精明幹練可靠的承繼人。

但是，這樣訓練出來的人才，往往只能在那一行的小範圍裡稱強，如果社會有激烈的變動，甚至當那個企業完全崩潰之時，這一類人才則立時就可以成為廢物，他們常常是無法跳出這個圈子去適應另外的環境。

然而，在方國勳的一生，則是完全按部就班的接受這個傳統的訓練，而抵於成功的。雖然他家裡擁有很大的藥材行，但他還是在別的藥材行，刻苦地受學徒的教育。二十歲以後他回到自己的店裡，做的還是小職員，他掌理了各部門裡裡外外的工作，多次被派到外面辦貨、收賬，也派到小地方去做經理。於是在四十歲那年，他父親把整個的店務都交了給他。他勤儉刻苦，二十年來，擴充發展，他的藥材行就在各地設立分店支店。六十歲他退休了，還保留了很健康的身體，他在杭州造了一所房子，寬敞優美。但是房子雖是近代的，他的生活可還是舊式的，他非常節儉，早晨一早起來，巡視了花園廚房，督促佣人；有時候自己出門，買了新鮮的魚蝦回來。他沒有什麼嗜好，除了喝幾杯黃酒，他愛種花，早晨傍晚自己把花盆搬進搬出以適應陽光。

方太太比方國勳少十多歲，但已是一個吃素念佛的人。她十幾歲就嫁給國勳，那時候國勳三十多歲。相處二十歲年沒有吵過架，這當然是很幸福的配偶。

但是當方太太娶來以後，方國勳還在外面奔波，方太太服侍翁姑，那一段生活可並不幸福。加之方太太一直不養孩子，老太爺、老太太對他的面色很不好，她沒有第二條路，除了飲淚忍受。幸虧天不絕人，隔了十多年，方太太忽然養了一個兒子，這在方老太爺講起來是方家的祖德使然，一定不會無後；在方老太太講起來則是她求菩薩的應驗；在方太太，覺得這完全因為自己的丈夫當初在家的時候太少。

老太爺把那個孩子叫做方承業。

有了那個孩子以後，偌大的家業有人承繼，老太爺老太太自然非常高興，方國勳方太太更是快樂，方太太從此也受全家的尊敬。之後，老太爺、老太太前後去世，方國勳就承繼了父親的地位。但方太太竟沒有再養，方承業變成方家唯一的後裔，因此方國勳希望他可以像自己一樣的造成一個承業的人才。

但是在方承業長大起來的時候，時代竟有許多變動。他小學畢業的時候，方國勳想到承業應當去做學徒的；但是當時許多親友的孩子，都到中學去讀書。而在日趨複雜的社會裡，方國勳也感到自己不足的地方。譬如買一些新穎的外國貨，裝置一些水管電料之類，許多說明書上都是洋文，他覺得使自己兒子進中學，將來這些地方可以不吃虧，於是他就讓方承業繼續讀書。他滿心以為中學出來以後，再讓兒子學藥材生意也還不遲。他可以不再做學徒，從職員做起，幾年以後也就熟練，可以承繼他的事業了。

但是方承業中學畢業以後，竟要在上海進大學。父子倆有許多爭執，最後他答應方承業去學商科，他想商科大學出來，總也有能力管理他的企業了。

方國勳於六十歲退休，兒子大學還差一年。他在藥材行的事業交給副手掌理，他想兒子畢業了，管理管理分店開始，也就可以懂得自己的企業了。他在杭州造了房子，計畫著兒子應當有太太與孩子了。方太太尤其著急，她希望她的兒子馬上可以結婚，兒媳婦住在一起，讓她來等待孫子。

方國勳很想同承業找門親事，這在他地位當然不難，但是承業反對，他告訴父親現在時代不同，他也已經有了愛人，一畢業就可以結婚。這使方國勳與方太太都很快活。在他們結婚的時候，兩老都趕到上海，花了不少錢，鋪張得熱鬧。婚後，方承業同新娘子也住到爸爸的新房了來。新娘子叫謝掌珠，家在上海，父親已經去世，家裡沒有什麼錢。有一個姐姐，大她很多，已經嫁人，並有了好些孩子。掌珠畢業了，她母親無力供給她升學，希望掌珠早點嫁個有錢的人家，由她一個堂侄介紹，帶方承業到她家去，她就看中了這個女婿，經過了卿卿我我，偕出偕入的戀愛生活，方承業就決定了娶她。謝掌珠長得很平正，大家都說她有福相，方國勳方太太都很喜歡她。

小夫妻感情尤其好，方承業一點不想離開太太。他雖然大學畢業，但是大事沒有，小事懶做，他願意住在家裡。

方國勳也沒有勉強兒子，第一是藥材行現在很上軌道，第二自己身體還很健，許多事還有精神管，第三覺得兒子跟在他身邊，他告訴他一些店裡事情，常常到店裡去看看，也就可以學會一切。而這個也已很見效，方承業似乎很聰敏的知道了藥材的進出，店裡的賬目什麼。

方太太因為她只有一個兒子，她不願他出門，其次他覺得方承業的身體不夠好。

方國勳有胖胖的中等身材，肚子突在外面，胳膊很粗，皮膚紅潤，方方的面孔，兩頰垂著肉塊，滿面浮著油光，雖是六十幾歲，但看起來不過五十多。可是方承業則是小巧玲瓏，尖下頦，皮膚雪白，纖瘦像古典美人的女子。

像這樣的身體，做母親的覺得到外面去做事，實在太不放心。但是頂主要的，是她要抱孫子。她同方國勳說：

「我們當初孩子生得晚，全因為你在家的時候太少；如今讓承業躺在家裡，總可以早點有個孩子。你也已經過了六十，我們應當有個孫子才好。」

方國勳覺得他太太的話很對，在事業上金錢上他已經成功，他要的是承繼這份成功的人，而家裡有個孩子，夠多麼熱鬧，他父親不到六十歲就已經希望有孫子，而他已經是六十多了。

但是天下竟沒有十全十美的事，方承業同謝掌珠結婚了兩年竟一點沒有喜訊。

二

謝掌珠是方承業一個同學的堂妹，嫁給方承業時候才十九歲，是一個天真的小孩子。如今二十一歲，大概也是生活優閒，大家寵愛她的緣故，一長竟變成一個結實高大的女子。她平正的臉孔突出紅潤的肌肉，胸部外凸，腰部稍削，但小肚上渾圓的肌肉在坐下時有很美的曲線，配合著她胸部，同走路時她高聳的臀部所配合的一樣。她有一個完整無缺的身材，她有很健康的身體，她吃得下，睡得好，她什麼事情都高興做，她很愉快。

但是她竟不生孩子。

當這個擔心剛剛侵襲到家庭時候，方國勳同方太太對這個兒媳婦似乎特別疼愛。要她早睡，要她不要過分勞動。方國勳還從藥材行帶回來各種草藥，按時煎好了叫兒媳婦喝，但是這一切的疼愛只是使掌珠健碩豐腴美麗，並沒有使她有孩子。

謝掌珠一直沒有生病，但偶然一次兩次感到懶惰或頭暈，方太太馬上把她按倒在床上，不許她動。於是小心地叮囑她這樣那樣，熱心地期待她肚子有點變化，不斷地問她的經期，一直到完全失望了，才讓掌珠有點行動的自由。

這樣一次、兩次給方太太失望，方太太的態度開始變了。有時候，當方國勳同方承業在客廳裡同店裡的來客談話，謝掌珠陪著方太太坐在裡面，彼此沒有一句話。掌珠忽然瞌睡起來，方太太於是就嘆口氣說：

「你一天到晚瞌睡，怪不得你每天一倒床上就睡著，那怎麼會有兒子。」

但是方國勳對掌珠倒還是一樣，他常常安慰方太太說：

「我們不是結婚十來年才有孩子，他們到底三年還不到。」

「但是，那時候，你一年到頭哪有幾天在家？」方太太說。

「我們方家財旺丁不旺，這也有點數。」

「你明天拿掌珠的八字到外面請人排排看，到底她命裡有沒有兒子？」

第二天，方國勳出去時候，方太太把掌珠的八字交他，又叮囑他不要忘記。吃中飯的時候國勳回來，手裡拿了一大包藥材，方太太就把國勳拉到房裡。

「八字怎麼樣？」

「章先生說她的八字很好。」

「那麼什麼時候會生孩子？沒有孩子的八字，也好不到哪裡去。」

「章先生說他今年沒有，明年上半年一定有喜。」

「真的？」方太太高興地問。

「只是這兩年承業的身體要當心。」

「你也把承業的八字給章先生排過。」方太太說：「那麼他命運有幾個兒子呢？」

「承業的命運到是子息不多。」方國勳說：「所以我帶了一些燕窩，白木耳，高麗參回來，你叫掌珠每天早晚弄給承業吃。」

「我也早就想到，這孩子近來好像更瘦了。」其實方太太則是剛剛因國勳的話而想到的。

方太太開始注意到自己的兒子。不錯，方承業的確很瘦，他尖尖的下頦兩面削攏來，眼睛似乎大了許多，纖緻的皮膚更是白得可憐。他的手，狹狹的掌心上有斑斑的紅色，尖尖的手指上蓋著白淨的指甲。這些是方太太每天看見的，但方太太則不知道他的手指在平伸或者拿點什麼時候有點發抖。

她對掌珠的態度於是又有了變化，她不再責怪掌珠。但是她叮囑掌珠，要掌珠不要忘記每夜揀燕窩，早晨給承業吃，下午去煎參湯，夜裡去端白木耳。不斷的提醒掌珠，一天不想到，第二天也要追問。

「昨天晚上你有沒有燒白木耳給承業吃？」或者，當她看看匣子裡高麗參，她要說：

「怎麼還有這麼些，你不要忘給承業吃了。」

方太太不但怕掌珠忘做給承業吃，還怕掌珠同承業在分吃，她時時提到這些是專門給承業滋補的。

日子過得很快，方國勳第一批拿來的吃完了，方太太又叫他拿第二批，第二批吃完了，又拿來第三批。

但是方承業並沒有壯健起來。他還只有一個瘦削的嬌弱的身軀，白白的皮膚，大大的眼睛。他的頭髮烏黑，朝後梳著總是很光；鮮紅的嘴唇有些發乾；他穿一件長袍，領沿與袖邊露出雪白的綢衫。方太太覺得她的兒子是清秀、伶俐、聰敏男子的典型；她沒有女兒，但這個兒子也就包括了女兒的可愛。不知怎麼，有一天，在吃飯的時候，她先到飯廳裡看到方承業同謝掌珠一同從外面進來，她忽然對她向來喜歡的兒媳婦起了一種反感。她望了掌珠一眼，是冬天，她竟穿著短袖的旗袍，露著紅潤的手臂，看過去竟像比承業的腰身還粗。她的胸部聳起著，至少可以把承業的胸部裝在裡面。她的頭髮鬆鬆的，看起來承業竟比她低半個腦袋。方太太一眼看到了她的扭著的腰，小小的旗袍裡鼓起兩條蠕動的腿，像是藏著兩隻肥鵝，下面是一對兩條鯉魚一般的小腿，腳上踏著半高跟的皮鞋。

「在家裡，穿什麼高跟皮鞋！」方太太嘮叨地說：「要是肚子有孩子，滑一跤，這還了得！」

掌珠沒有理方太太，她到飯桌上去。飯桌上大都是葷菜，但是方太太的面前則是幾隻素菜。不知怎麼，在方國勳開始吃魚的時候，方太太竟看到了魚裡的魚子。她突然放下自己的筷子，從方國勳手裡搶過他的筷子，挖開魚肚，夾著魚子說：

「小小的魚肚裡有那麼些子。」她夾了魚子放在掌珠的飯碗裡說：「你吃了魚子可以學學它。」

掌珠忽然愣了一下，她望望承業，承業白白的面孔上忽然紅了起來。

「你怎麼拿我的筷子不還我。」國勳看了掌珠、承業一眼，責備方太太似的笑了笑，一面去接方太太手裡的筷子，忽然又說：

「今天的火腿燒得很好，掌珠，趁新鮮你多吃一些。」

空氣比較輕鬆一點，方國勳於是同承業談起店務。掌珠很快的吃完了飯就出去了。

下午，小夫妻在房裡拌嘴；沒有人知道那一對夫婦過去在暗地裡有什麼不睦，這一次好像連佣人們都知道了。

自從那次以後，似乎承業與掌珠的不睦，逐漸地透露出來；房間裡拌嘴的聲音竟也逐漸大了起來。

日子過得很快，第四批燕窩白木耳吃盡的時候，冬天已經過了。

天氣一點一點暖和起來，樹上透露了綠意，山越來越青，水越來越綠，迎春花一黃，每一陣風竟令人有暖洋洋之感。

方太太對掌珠突然有奇怪的注意，每天早晨一見面就注視掌珠的眼睛。有時候，承業還睡著，掌珠早起先出來，方太太一聽聲音就追著掌珠說：

「他還睡著，你這麼早起來幹嘛？又沒有小孩子吵你們。」

夜裡，吃了晚飯，有時候掌珠幫同佣人們做點什麼或者有點說笑，方太太就要催著說：

「你真是小孩子，這麼晚還在這裡幹嘛？還不拉他早點去睡去。」

每當掌珠換了一件衣裳，方太太就要注視掌珠的肚子說：

「這些衣裳真是做得太小。你八字裡說今年上半年有喜，也該做幾件大一點衣服。」

三

但是日子並不等掌珠的肚子。桃花開了，李花開了，燕子在樑間做窠，碧綠的樹上到處鳥叫，春城裡都是柳絮，而掌珠的肚子始終沒有消息。

方太太於是更顯焦慮起來，夜裡，當她催掌珠帶著承業進房以後，她一直要在房門外面窗戶下面巡視許久，早晨一起來，她又要到他們小夫婦的門外窗下巡視竊聽。但是裡面竟很少有親密談話聲音，偶爾聽到的不是掌珠嘆口氣，就是承業奇怪的鼾聲。

她不斷責備掌珠，說她同佣人們倒有說有笑，對丈夫竟不知道溫存。她要掌珠在房間裡備點菜肴鮮果美酒，在睡前小夫小妻應當快樂快樂。掌珠沒有興趣，方太太竟叫佣人預備整齊的盤子，於有一個夜裡在小夫婦進屋後送了進去。方太太就在窗口諦聽裡面的響動，許久許久，她果然聽到了裡面說話了。

「已經拿來了，就喝一點。」這是承業的聲音。

「我不想喝。」掌珠的聲音。

「你當然知道母親的意思。」

「喝酒有什麼用？」掌珠說：「她好像以為什麼都是我的錯。」

「你也不要怪她，老人家，總想早點抱孫子。」

「我討厭她整天的囉嚇，她看我的眼光好可怕。」掌珠說：「她為什麼不怪你。」

「這當然是兩個人的事情。」

「兩個人的事情？」掌珠聲音忽然高起來：「我覺得我同什麼女人都一樣，沒有什麼不對的地方。」

「難道是我一個人的事情？」承業的聲音。

「哼！」雖是鼻音，但是很響，方太太聽得清清楚楚。

接著，好像是掌珠睡到床上的聲音，以後就再沒有響動。

那一夜，方太太整夜沒有睡好，第二天早晨，她沒有到小夫婦的房前去巡視。她同掌珠在飯桌上方才碰到，方太太也沒有用平常的眼光去看掌珠。她忽然說：

「什麼都要靠菩薩保佑，現在是朝香的時候。去年我身體不好，沒有去，今年我想到天竺、靈隱各寺各廟去燒燒香。明天你陪我去，你也該多在菩薩面前禱告禱告。」

第二天，兩頂轎子等在門口，正是春光明媚的時節，方太太同掌珠就帶著香籃出發了。

方太太是慈善的，一路對乞丐不斷的捨施，到廟裡就燒香磕頭，默禱求簽。她叫掌珠也跟著她做，還教她禱告的詞句；在每個送子殿前都求了香灰。整整一天，她們跑了十七、八個庵廟，帶回來十幾包香灰同一疊簽詩。回到家裡，她叮嚀掌珠好好吞服這些送子娘娘的靈藥。她於是請方國勳把一大疊簽詩詳解給她聽。國勳於是一張又一張的讀了又解，解了又讀，最後他說：

「菩薩都是一個說法，掌珠遲早今年可有孩子，不過有的說花開的時節，有的說葉落的時節，有的說雪飛的時節。大概一半總也靠事在人為。」

這以後，方太太對掌珠態度忽然親熱起來。當掌珠一個人在房裡時候，方太太有時候就進去，她翻動著被鋪，搬移著枕頭，問問掌珠的經期，摸摸掌珠的肚子；還提供了許多吃素念佛的人所不會想到的辦法。

但是，這樣的態度並沒有維持多久，方太太就看到小燕子在樑間泥巢裡出現了，一共四隻，每天唧唧的叫著等待老燕子回來餵食。她終於又情不自禁的嘮叨起來：

「人還沒有燕子聰敏，……我們看它們來築巢，築了巢，它們年年一定有孩子。」

她開始又用奇怪的眼光整天注視著掌珠，在飯桌上，她要說：

「要是飯吃多了可以變孩子那就好了，可惜都變成了糞。」

背後，在佣人前，她常常說：

「不要看她身子粗，有什麼用？我早還以為這個臉有福相，誰知連孩子都不會養，女人家不會養孩子，還有什麼福氣。」

忽然有一天，有幾個客人來，同方太太談判她們孩子的喜事，掌珠剛要進去，聽到方太太的聲音。她說：

「戀愛，戀愛，戀愛來的媳婦都不會養孩子。不養孩子的媳婦討來幹嘛？家裡還不夠人吃飯麼？」

掌珠馬上停了腳步，她回到房間哭起來。客人大家吃飯的時候，她沒有出去吃飯，方太太忽然興奮起來，飯後，客人要打牌了，她竟偷偷地找著承業說：

「是不是頭暈？是不是……？是不是……？你快去看看。」

但是承業並沒有興奮，懶洋洋到了房裡。他沒有勸掌珠，掌珠躺在床上，他坐倒在床邊的沙發上。掌珠發覺承業在房裡，忽然大哭起來，她說：

「怪我！怪我！都是我錯！我回家去好了，我家裡難道沒有飯吃？」

「為什麼要聽她的，老人家總有點囉嗦。」

「她為什麼不怪你。」

「這當然是兩個人的事。」

「兩個人的事？」掌珠忽然站起來，揩揩眼淚，走到鏡子前，掠了一下頭髮，搖搖高聳的胸脯，她大聲的說：

「你叫誰都可以來看，我什麼地方不像女人。你可以叫那些客人來看，我哪一點不像女人？」

「算了，算了，客人聽見了像什麼？」

「我要她們聽見，我要她們聽見，她們都養過十七、八個孩子，看看我哪一點不像女人。」

承業一聲不響，他沒有理掌珠，站起來，偷偷地就出來了。

夜裡，方太太同方國勳說：

「剛才龔太太的話不錯，這麼久不養，不會養了，我想，還是早點替承業討個小的吧。我們方家總不能沒有後代，是不是？」

「菩薩說今年，現在春天還沒有過去，你也太急一點。」方國勳安慰著說。

「但是章先生排八字，不是說上半年麼？」

「他們都年輕，過了今年再看。」方國勳說著就睡著了，但是方太太竟怎麼也睡不著。

第二天，方國勳一早就出門，中午回家的時候，就面露笑容的拉方太太到房裡，他說：

「我辦來了藥，據說靈得很，人家十幾年不養的都養了。」

方國勳說著從懷裡摸著十幾包油紙包著的小紙包，但是方太太看都不看的說：

「這有什麼用，她吞了送子娘娘的香灰，少說說也有半斤，一點沒有效驗。人家還不是吞一包就養孩子的。」

「但是這不是香灰，這是科學方法，是男人吞的。」

方太太好奇地打開紙包，紙包裡是白色的粉末，方國勳說：

「這藥聽說很靈，也很和善，但是頂好不要全給他們，一禮拜給他們一包，叫掌珠弄點溫酒，給承業吞服。」

方太太這時臉上忽然露出相信的微笑。但忽然說：

「不知道有害處沒有？」

「他們說沒有什麼害處，老年人都可以用。」方國勳說著看看方太太，忽然說：「你要我夜裡吃一包試試麼？」

四

石榴花開後，石榴就結果了，起初是小小的，綠色的，慢慢就大起來，變成紅色，裡面就有了紅寶石一般的紅子。

「你看這石榴，你看這石榴……」方太太對掌珠說。

而一星期一包的靈藥並沒有使掌珠的肚子有變化。倒是小夫婦的感情比以前好了，他們拌嘴吵架的聲音倒沒有了。

可是，方承業的精神萎頓下來，人也瘦了，眼睛發呆，嘴唇發紫，面色白得如紙，飯吃不下，白天裡坐著都感到吃力。

「你看，兒子不會養，把丈夫弄成這樣，真是狐狸精。」方太太對方國勳說。

「也許肚子裡已經有了，你有沒有去問她？」方國勳說。

「我每次給她一包藥都問她一次，經規每月照常，還有什麼可說。」

「這怎麼回事？」方國勳不懂了，他說：「人家十幾年不養的都有效驗，他們竟會一點不動。」

「我說她是狐狸精，你看承業的身體，我想這不能再給他們吃了。」

「下個月我要到上海去，我想帶承業同去，去看看店裡的情形。我想讓他們小夫妻離開一陣，也許可以好些。」

方國勳去上海，一年有兩次，每次總要一個月，方承業則一年去三次四次，每次不出一星期，如果要多住些時候，總是帶著掌珠同去，掌珠順便去探省母親。因為家裡男人少，父子倆從來沒有一同去上海；而現在方國勳忽然有這個想法，第二天，他就告訴了方承業，承業告訴了掌珠，掌珠很想一同到上海去看看母親，但因為掌珠一走，家裡就只有方太太一個人，所以國勳不答應，他說掌珠要回家隨時可以去，現在他們兩個人走了，家裡需要人，還是留在家裡。

這樣掌珠就沒有去上海，她送走了父子兩人，回到家裡，就只剩她同方太太兩個女人。而方太太竟一天到晚明諷暗刺的對掌珠嘮叨。

佣人買了扁豆，她要說：

「扁豆又上市了，它一節一節凸出來的地方都像是女人的肚子。」

飯桌的雞蛋、茄子、青菜；院子裡的鳳仙雞冠；空中飛過的鳥兒，庭前唧喳的痲雀，似乎每一樣東西都可以使方太太對掌珠埋怨。

有一天，一個女佣忽然接到一封信，是她的女婿寫來的，說她女兒的肚子又大了。這個女佣說出來，感慨著說：

「真是，已經有了七個孩子，還要養，這怎麼辦！」

「你的福氣真好，」方太太羨慕著說：「女兒有這樣好的肚子。」

「太太，我們是窮人家，這許多孩子，做娘的一輩子都不能翻身了。」

「你不要你女兒養孩子，嫁人幹什麼？誰家媳婦都有肚子，哪一個肚子都會養孩子。……」

掌珠那時也在旁邊，聽到這裡，就一個人出來，她回來自己房裡，她感到傷心，也感到淒涼，她想馬上回到母親地方去。她覺得她實在沒有法子再待在方家，她想離婚，她忽然哭了起來。平常，當方太太對掌珠冷嘲熱諷的時候，她還可以對承業出氣，而方國勳在家，方太太似乎還有別的事忙；如今只剩了兩個人，面對面，嘴對耳，整天在一起，聽她一天到晚指桑罵槐的咒罵，她實在無法再忍。但是她馬上想到母親，母親經濟很困難，她按月都匯錢去接濟，承業至少這點不差，他沒有說過一句話。如果她離婚，母親將多麼為她傷心。她覺得還是忍耐著等他們父子回來，她再提議一個人到娘家去住些時候。她於是寫了一封信給承業，除了說方太太每天對她埋怨以外，她向承業出了點氣，她說，如果真是她不會養孩子，那麼，她可以同承業離婚，看他同別個女人會不會養？她又說，她這樣下去實在受不了，她想馬上回家，但怕太傷感情。所以希望承業可以早點回來。寫完信，她想出去寄去，但剛出房門，佣人拿來一封信，是承業寫來的，掌珠於是打開信回到房裡來讀。

承業的信裡說到他看到丈母娘，他給了她一些錢，又說送了些什麼什麼。又說到藥材行的經理本來身體不好，後來看了一個西醫，打了一些針，現在身體一天健一天，胃口大增；所以介紹承業去看。西醫給他打了三種針，他也覺得很有效，他預備回杭州時多買一些針藥，在杭州繼續可以注射，他相信這樣打一百針，養個把孩子當然是輕而易舉的事。……

掌珠讀了承業的信，心裡比較有了安慰與希望。她開始覺得自己信裡的話寫得太過分，她重新寫了一封，她只說自從承業父子走後，方太太總是整天對她冷諷熱嘲，她實在受不了，希望承業可以早點回來。

她出去寄了信，回來一直沒有同方太太見面，一直到吃晚飯的時候，她滿以為方太太又要嘮嘮叨叨諷刺她了，她決心一聲不響，裝作沒有聽見。但是出了她意外的，方太太的態度忽然有很大的不同。掌珠以為一定是方國勳同承業也有信給她，勸了她幾句；暫時也許會好一點，過些時老脾氣還是一樣的。

但是，第二天第三天，方太太出門了一上午，回到家裡始終沒有說刻刻薄薄的話，她的態度顯然有點改變，好像有心事似的，也好像在想念國勳似的。掌珠覺得非常奇怪，她很想找機會問問她，但是竟很難開口。隔了幾天，方太太忽然問掌珠。

「你收到承業來信沒有？」

「來過。」

「他們怎麼回事？兩父子？」方太太說：「什麼時候回來？」

「沒有說起。」

「你寫信去，說是我的意思，叫他們事情完了，早點回來。」

掌珠當時答應下來，但是她不知道方太太懷著什麼心思。她問問佣人們，她們也不知道。

又隔了一天，方太太上午出去一趟，回來問掌珠是不是已經寫信催他們早點回來了。掌珠告訴她已經寫了信。方太太沒有再說什麼，一時間看她好像心裡又有了心事，吃飯的時候她竟叫掌珠一個人吃，她自己在房裡沒有出來。掌珠以為她病了，走進去問候她，她躺在床上，很慈祥的說：

「我沒有什麼，只是有點懶；現在不想吃什麼。三、四點鐘的時候替我燒點麵。你讓我一個人休息休息。」

掌珠出去後，方太太一個人躺在床上，心裡有說不出的奇怪的感覺，她已經三次四次的算過日子，但仍禁不住用手指重新計算。

「真是靈藥，真是靈藥。」她不禁自語起來。但是她馬上有紊亂的思想，像各種顏料同時化在水裡，她心中浸滿了說不出的顏色。

「但是，」她想：「他只用了一包，而他們用了這麼些包。」

「也許，因為我吃素，因為我去燒香時候有虔誠的祈禱，……也許方家不應絕代，而她不會養，所以還是輪到了我……。」

可是，怎麼想都是一樣，她再不相信也不可能，她已經偷偷地看了好些個醫生，中醫西醫，如今還驗了小便。不知怎麼，她竟覺得這件事有說不出的一種難為情，尤其看到掌珠，整年累月，她都會對掌珠的冷諷熱嘲，她從未感到有什麼不對，而現在，她覺得很對不起掌珠，好像是存心給掌珠一種真正的過不去。而她竟馬上想到過去的冷諷熱嘲都是不該有的行為。

她不願告訴掌珠，也不想給佣人們知道。她期望方國勳快點回來，只有國勳知道了，再給承業知道，由承業去告訴掌珠比較好些。

方太太這樣決定以後，她的心似乎安寧一點。她的手摸到肚子上去，有一種說不出的愉快在她心裡浮起，她臉上不知不覺浮起了微笑。

五

天雖是一天一天熱起來了，楊梅已經上市，樹上蟬聲噪切，缸中蓮花初發，野蜂蜻蜓滿院閒飛，夜裡已經有了蚊子。國勳與承業終於回來。他們帶回了許多衣料用品食物。承業面色很好，國勳也精神煥發，他們從行李中拿出了好幾匣針藥，說是明天就要去接洽一個打針的醫生。

兩對夫妻見面當然都很高興，吃了飯，很早的就各自歸房。方太太這時才找到機會把肚子裡的喜訊告訴國勳。

國勳可真是非常高興起來，他似乎比聽到掌珠有孕還要興奮，他摸了摸方太太的肚子說：

「希望是一個男孩子。」

「一定會是男的。」

「你怎麼知道？」

「我去問過簽。」

「真的？」國勳問，方太太忽然說：

「我算了算日子，啊，那藥可真靈。」

「真是那天的日子麼？」

「可不是。」方太太說：「但是你只吃一包，他們吃了那麼些包，怎麼會一點不靈？」

「誰知道他們怎麼吃的？」

「不要只有我們這一包是真的，」方太太說：「其餘都是假貨。」

「但是承業打了針以後，身體好了許多許多。」國勳說。

「也許我們方家兩代可以先後養孩子。」

「你不知道我也在打針。」

「你也在打針？」

「啊，很有用處。」

那一夜國勳可再也睡不著。他在上海看到自己事業的興旺，財產的增加，正想著承業打了許多針藥以後，終會養個孩子了，那曉得兒子已在杭州太太的肚子裡等他了。

第二天，國勳在飯桌上就報告出方太太肚子裡的喜訊，全家，連佣人在內都非常快樂。方承業面孔紅了一陣，但隨即也感到無上安慰，好像是一件他應當完成的工作，因他不會，而別人替他完成了一樣。他感到慚愧，但也感到欣慰，覺得以後可以不受媽媽一天到晚的嘮叨了。掌珠心裡有許多感觸，她一面望望坐在上面的粗黑、肥胖、油光滿面的國勳，同坐在他右手的白皙、娟秀的承業，一時間竟非常看輕承業起來。她想到前些天方太太態度突然的改變，不再對她作不可忍受的冷諷熱嘲，也慶幸也許以後可以比較舒服一點。但是她馬上有一種報復似的想法，方太太肚子裡可能是一個女孩；也可能是同承業一樣的兒子，不見得會養孩子。於是她又看到承業，他梳得烏亮光滑的頭髮，小巧玲瓏的鼻子，大大的眼睛，削尖的下頦，白皙無暇的皮膚，那種好像文雅而纖弱的舉動，低沉而尖銳的聲音，他感到有說不出的厭憎。她不知道為什麼當時會喜愛這樣典型的男子？但是她不知道女人對於男子的趣味，正同對於顏色與東西的趣味一樣，因學識與經驗的成長而有所變動。

夜裡，在房內，方承業忽然說：

「媽媽養個小弟弟倒好，也不用老等我們替她養孫子了。」方承業的話原是想使掌珠高興，但是掌珠竟冷笑一聲，她說：

「沒有出息，難道你以後就不打算養孩子麼？」

「我們年紀還輕，急什麼？」

「我們？」掌珠說：「我年紀可不輕了，我早就是可以養孩子的女人。」

「女人早養孩子多苦。」承業於是把話支開去，故意說到掌珠開心的事情說：「這次到你家去，碰見你姐姐，她真是又老又瘦。他們結了婚每年養孩子，如今一個人帶七個孩子，你想，哪有你做人舒服？」

掌珠不響，於是方承業又說：

「所以天下事情往往不能稱心，她同我說真希望不養，偏是不斷的養，你那麼想有孩子，偏不會養。」

「我不會養？我們倒是誰不會養？我同什麼女人都一樣，我同我姐姐也一樣。我們女人，自然喜歡有孩子。」

「但是一年一個，養多了也就會討厭；所以晚一點養可以舒服許多。」

「我想你一輩子也不會養孩子了。還不如你六十幾歲的爸爸。」掌珠說完了關了燈，一翻身蒙頭便睡，她再也不理方承業了。

那一天以後，掌珠現在開始注意方太太的肚子，沒有說明看不出，一說明，好像時時都在大起來，她又羨慕又妒嫉。方太太現在再沒有脾氣，也不嘮叨，也不再注視掌珠，倒反有點怕掌珠注意她的肚子。掌珠有時望著方太太的肚子出神，她很希望可以把那隆起的部分搬到自己的肚子上來。她忽而對她丈夫有說不出的輕視，但忽而對他有奇怪的親熱。方承業每天去打針，方國勳也隔天去打，有時候方承業晚去一些，掌珠就拿著針叫承業不要忘記。她有時候討厭承業，她像方太太一樣的對承業嘮叨著，有時她又覺得承業可憐。夜裡，她總是安慰承業不要灰心，好好給她一個孩子。早晨，當她醒來，看承業烏黑的頭髮散亂著，白皙的皮膚上浮著黃色的油光，乾癟的鮮紅的嘴唇微啟著，心裡馬上浮起一種說不出的厭憎。有時候她要離開他，她就馬上起來走了出去，有時候甚至有點恨他，她要把他吵醒，她希望他可以同他吵架。

但是，承業竟有很好的脾氣，他從來不同掌珠吵架，他有聰敏的方法與言辭避免與掌珠正面衝突。他文雅而纖弱的動作，尖銳與緩慢的聲音，當時都是掌珠所愛的，現在正是她所恨的，她希望承業會罵她打她，會大聲的咒罵，像她在馬路上所聽見的一樣。

炎熱的夏天日子真長，野蜂在簾上嗡嗡地尋巢，蒼蠅在玻璃窗上錚錚地找路，院中的太陽從一條竹竿曬到另一條竹竿。日子在掌珠真是空閒。衣服不用掌珠去洗，飯不用掌珠去燒。有錢人家的女人不養孩子就應當打牌、看戲、跳舞，但是在杭州，在方家這樣勤儉治家的家庭中，做兒媳婦不會有這些娛樂。本來還有方太太給掌珠一點刺激，如今大了肚子的方太太，對掌珠竟有奇怪的和善。有孩子的女人打扮孩子，沒有孩子的女人打扮自己，但是掌珠連打扮自己的機會都沒有，承業從上海帶來好些衣料，她沒有心緒去做，三、四件花紗旗袍已經夠她換上換下。在洗澡的時候，她脫下旗袍，自己聞聞旗袍上一點點汗花的芬芳，撫摸著自己每一塊結實的肉體，她在滑膩的肥皂沫中輕按自己的小肚，她有說不出的空虛。

七月半，照例有祭祀，掌珠一高興，說同佣人一同去買菜。一清早，她伴著佣人到小菜場。那些賣魚賣肉的人都帶著妻子與子女，她看到那些又髒又鬧的孩子，手裡拿著大餅，拖著鼻涕，繞在母親的膝邊，有的還在母親的懷中，小手摸著母親的乳房，但是母親似乎毫沒有知覺的同掌珠所帶的女佣招呼。她們的丈夫招呼了女佣才注意到掌珠。有和藹謙虛的笑容，眼睛裡閃著清晨的光芒，那顆露著的又紅又黑的頭頸，粗壯的手臂，在清晨的陽光中揮動著，像是她洗澡時候所見的生命。那又髒又粗的手，抓抓腥滑的魚肉又抓抓錢，有說有笑，同買主爭爭奪奪，腋下茸長的腋毛忽隱忽顯的在手臂與身軀間磨擦。掌珠竟禁不住羨慕他身旁的女人，假如她可以嫁一個魚販，每天早晨帶著孩子坐在他的身旁是多麼好呢！

而她竟嫁到有錢的人家，過著冗長而無法打發的日子。

七月半祭祀以後，第三天一早，國勳忽然很驚慌地叫承業；家裡一時大亂，叫來了轎子車子，方太太很快的就送進了醫院。下午掌珠到醫院去看方太太，方太太正在同國勳鬧嘴，她站在門口不敢進去，只聽方太太哭著在說：

「全是你作孽，我肚子已經有了孩子，你還打什麼針？」

「現在還講這些幹嘛，你自己身體要緊。」這是國勳的聲音。

掌珠咳嗽了一聲，等裡面沒有聲音了，她方才進去。

六

方太太在一星期以後出院，她的傷心似乎還繼續著，但是她已有可怕的視線來注視掌珠的肚子。等到她的傷心消逝以後，她的老脾氣又一天一天厲害起來。她從自己房內去到掌珠的房內，從院中穿到客室，從早到晚，從飯桌到床鋪，她見到蒼蠅會感慨，見到蚊子有話說，一粒星，一瓣雲，一聲隔壁孩子的啼聲都使她說到掌珠的肚子。

掌珠整天聽這些不可忍受的冷嘲熱罵，她忍受著，一到夜裡，當她同承業在一起的時候，她白天所受的脾氣一時完全不可壓抑地爆發出來。承業一舉一動，一句平常的話都使她看到承業的弱點。她先是嘮叨，再是咒詛，她希望承業會同她吵架，會打她罵她，但當她看到承業總是和顏悅色說聰敏話避免衝突的時候，她開始摔東西，扯衣服。於是在床上，她拉承業的頭髮，她打他，她咬他，她擰他，她要承業叫痛，他要承業同樣的使她痛苦。但是承業竟不會，他總是說：

「何苦呢？媽媽怪你，你在我地方出氣有什麼用。我待你媽媽總不算錯。」

是的，承業一直照顧掌珠的媽媽，掌珠永遠在感激。最後，掌珠哭了。她開始覺得對不起承業，她馬上想到承業許多好處，她覺得承業可憐。但是一覺醒來，掌珠又開始發覺承業可憎。白天，她必須聽受方太太的嘲罵，於是夜裡，掌珠又發出她無法抑制的脾氣。

生活竟陷入地獄的痛苦。

有一天夜裡，掌珠竟在承業的臂上咬出血印，承業說：

「你到底要怎麼樣呢？」

掌珠突然哭了，她撫摸承業臂上的傷痕自責起來，她哭得很厲害。

「我想這樣下去很不好。」承業說：「假如你願意離開我，你就離開我好了，我仍願意給你一些錢。」

掌珠還是哭，隔了一回，承業又說：

「你不說要回家麼?我想你回去同你母親商量商量也好；離婚以後，我仍舊願意幫助你母親的，所以她可以不必從那方面去考慮。」

掌珠哭得更厲害，似乎是被承業的話感動了，她抱緊了承業。

以後彼此不再說話，擁抱著，一種純潔的夫妻的情愛在交流，大家就在擁抱中入睡了。但是一早醒來，掌珠發現承業在自己的臂上，那白皙尖削的面孔，竟像是一朵久插在花瓶裡的殘花，她胸中起了一種奇怪的噁心。他的頸項，遠細於自己的手臂，像是去了毛的雞脖子，他的手臂像是麵粉所製的，似乎不屬於血肉的活人。這使他想到了他在小菜場所見的魚販的手臂，那種發光的顏色，波動的肌肉，她在外面就似已看清那裡面血液的流動。她開始懷疑承業的皮下也有血流，她對承業感到一種對於乾腐的水果一樣的厭憎。他想到承業昨夜的話。「離婚」，「離婚」，「回去同母親商量商量」，「……」

掌珠想到那裡就推開承業，承業張開了掛有紅絲白漿的眼睛。他說：

「你要起來了？」

「是的。」掌珠說：「你再睡一覺吧。」

掌珠嘴裡雖是那麼說，但是心裡並不希望承業再睡，而承業一翻身，真的又睡了起來。掌珠起來又到了庭前，她三次四次到房裡看承業有否清醒，一直到第六次，才看見承業在起床。掌珠於是坐在他旁邊，告訴他想回上海去看看母親，她溫柔地說她想她去上海以後，承業母親的脾氣也許可以好一點，也許承業母親的肚子裡又會有新的孩子。她於是說到她想到家裡去住些時。

「好極了。」承業很高興的說：「我想你到上海住一個月，我的針也可以打完了。那時候，我來接你，我們在上海玩玩。」

承業起床後，出來同國勳說。國勳上次曾經答應過掌珠，所以一點沒有反對；方太太雖然不十分贊成，但想到承業的身體，又知道國勳已經准許，也就不提異見。照著普通習慣，她還買了一些東西送給親家。

掌珠於第二天早晨搭車赴上海，承業送她到車站。掌珠一時竟覺得離開丈夫有點戀戀不捨起來，但等到車子一開，大地在車窗外轉動，她感到心境非常舒暢而遙想到上海的熱鬧起來。

一到上海，她馬上想到當初的同學，想到學生時代的生活，她覺得在杭州大家庭裡的生活竟是牢獄的生活。她一想到承業，似乎只有厭憎的感覺，在杭州車站戀戀之感已煙消雲散。

掌珠回到家裡，她母親非常驚訝。沒有說話，掌珠先哭了起來，她講到方太太，講到承業，講到沒有孩子，講到她的被人輕視與冷嘲熱罵，最後她說到離婚。掌珠滿以為母親會同情她支持她，但是出她意外的，她母親竟極力幫承業說話，她誇讚他聰敏，誇讚他脾氣好，誇讚他有情有義；最後她勸掌珠不要想這些，既然在上海可以待一個月，看看戲玩玩調劑調劑精神再說。

第二天，謝太太把大小姐找來，她比掌珠大五歲，叫做心珠。掌珠已經有一年沒見她，姐妹見面當然有說不盡的話，但是心珠隨身帶來了三個孩子，一個四歲，一個三歲，還有一個才九個月。四歲與三歲的不斷噪鬧，小的還要抱。謝太太只租一層樓，一間正房同一間亭子間，只有一個佣人，忙洗衣燒飯已經來不及；於是掌珠不得不為心珠幫著管理孩子，兩個人剛要說幾句話就被孩子們打斷。而心珠在一年中似乎有很大的改變，她老了許多，面上沒有血色，瘦瘦的臂上露著青筋。她一開口就抱怨孩子太多。她還有四個孩子在上學，她也只有一個佣人，還常常不肯做要走。她又講到自己的丈夫張旭正，他在三四個學校做體育教員，收入不多，待太太雖然不錯，但是一天兩頓一定要喝酒，喝酒的小菜都要心珠自己燒。他對於衣食住行，只講究食，他只喜歡太太燒的小菜，還常常邀著朋友到家裡喝酒，太太太忙他總不想到，說起來還怪太太太愛孩子，所以弄得忙不過來。

心珠待了半天，下午三點鐘就急著要回去，孩子就快放學，張旭正也要回家，沒有她家裡會不知道變成什麼樣子了，她說。

心珠走後，謝太太開始娓娓的同掌珠談到心珠的苦與掌珠的幸福。

掌珠忽然發覺母親對她一點不了解，又想到姐姐同她談話不投機。她原以為回到家裡有多少安慰，如今竟覺得家裡同杭州一樣的寂寞，她感到莫名其妙的空虛。

掌珠開始找她的同學，她開始羨慕那些尚未出嫁的朋友，她們竟真是沒有心事，每天同男朋友們看電影，游泳，跳舞。她一同伴她們玩了幾次，她也感到同她們有點格格不入，但突然，她發現一個很壯健活潑比她年輕的孩子，對她有點迷戀起來。這在掌珠感到一種奇怪的興趣，她忽然覺得自己重要起來。那個男孩子姓陶，是一個大學三年級的學生，穿著卡其褲，短袖襯衫，頭髮梳得光光的，前面高聳著，他偷偷問了掌珠地址，於是掌珠就接到了他的信。

這信是橫寫的，嵌著英文，引據了美國流行的爵士情歌，用了許多虛線與驚嘆號，一段段風景的描寫，裡面鑲著愛字。掌珠讀了與其說是感動，不如說是開心，她在杭州一直以為自己已經老了，如今居然還可以使大學生為她著迷，她心裡有說不出的興奮，她覺得自己年輕了許多。她讀下去，最後信裡說到想單獨約掌珠玩玩，希望掌珠給他一封信，約他一個時間。

掌珠於是回他一封信，約了一個日子請他到家裡來接她。於是那個男孩子準時來了。他裝作大人樣子帶掌珠出去，他們看了電影，吃了便宜的西菜，夜裡去公園散步。在樹蔭下，在月光中，夾雜在許多成對的人影裡，男的開始搬出他準備好的情話，掌珠半推半就半吞半吐的應對著，於是天夜下來，男的送掌珠回家。

這以後，掌珠就常常同那個男的在一起了。她像戀愛模特兒一般的靜候他的表演，她覺得他可笑也有趣。有時候在擁擠的電車上公共汽車上，她在他的身邊，望著他昂然的脖子，她在電車震動時，故意靠向他的身上，但是他只敢扶了她一下。她有時候也故意在上下車拉他的手臂，她覺得他手臂上青春的汗膩很有趣，但是他總馬上把手給她，事後就規規矩矩的收了回來。有時候，當她用眼睛望著他的視線時，他竟不期然避開，他故作偶然的巧合拉了一下她的手。他似乎什麼都不懂，但裝著像是一個什麼都懂的大人。有時候，在她的身旁，他不敢碰她，也無話可說。他於是就挺直了身子，昂著頭哼著流行的爵士小調。她覺得他時時想有點愛的動作又時時不敢，時時想說什麼又說不出。於是他又寫了長長的信給她，說他一天不見她就無法生活，說他見了她又說不出話，說他願意為她死，為她奮鬥。最後說到他還有一年就可以畢業，他懇求等他正式求婚。他畢業後就可以結婚，他希望現在可以訂婚。他的家裡沒有問題，希望掌珠的母親不會反對。

掌珠對於他的信感到很可笑。她很想坦白地同他談談。她對於他的約會，開始時覺得新鮮，但現在已經覺得厭倦。她知道他對她有一種很明顯的吸引力，而他竟不知道那是什麼？許多情話的背誦，戀愛的山海經，空中樓閣的幻想，引證據典的調情，中世紀武士的自詡，羅米歐式的臺詞，電影裡男低音的情歌，這些在男人以為在使掌珠傾倒的，掌珠只覺得可笑與有趣，而有趣的感覺淡下來以後，在她只是一種厭煩。

許多次，當男人以為她沉醉在他自認有風趣有情調的談話時，掌珠實在什麼都沒有聽見，她只是在欣賞他昂挺的脖子，同身上的一種男子氣息。所以讀了他的信以後，掌珠就寫了一封信約他到家裡來，她只說她有許多話想同他談。她告訴了母親，謝太太很聰敏的說她那天到心珠家去。於是在吃飯的時候，謝太太忽然又提起掌珠杭州的家，她稱讚了承業，又稱讚他的父母，於是說：

「其實這樣的爸爸媽媽，這樣的丈夫都是難得的。只要你替他們養一個孩子，你是頂幸福的人了。」

「但是，這不是我的錯，我相信這是承業……」

「為什麼你要怪承業，你是女人，孩子是你肚子養的？是不是？」

「可是，媽媽，你怎麼還幫承業？你知道……？」

「我都知道。」謝太太打斷掌珠的話說：「媽媽都知道，男人沒有十全十美的。比方那個追求你的大學生，年紀比你輕，家裡沒有什麼錢，你難道真的要同承業離婚嫁他麼？啊，你不是笨人，會做這樣的傻事。但是你在上海，有一個男朋友一同走走，心裡自然可以開心些，是不？他可以給你承業不能給你的東西，是不？」

謝太太說到這裡，忽然用別的話打斷了，她說：

「我兩個女兒，一個怕她養孩子，一個怕她不養孩子，做母親的比你們都著急。」於是掌珠也沒有說什麼。

到了那一天，謝太太一早就準備好許多送給心珠孩子的食物，她要到大小姐家去，她說她要到晚上方才可以回家，臨走的時候又說：

「我今天多買好一些菜，你可以招待你朋友在家裡吃飯，承業送我的葡萄酒在樓上櫃子裡，你可以拿。」謝太太說完這句話自己就走了。

客人於十一點才來，他約她到外面吃飯，但是掌珠告訴他母親不在，家裡只有他們兩個人吃飯，他也就欣然應允。

飯後，佣人端去了殘肴，掌珠關上了門。當掌珠坐在沙發上喝茶的時候，客人面上浮著葡萄酒的顏色，他開始跪在掌珠的面前了。掌珠兩手拍著他紅潤的臉上說：

「你真是小孩子，你還一點沒有了解我，是不是？怎麼可以……」

「但是我愛你。」

「我也愛你，但是，你知道，我……我是有丈夫的人。」

「你有丈夫？」男的忽然站起來，失望似的問，於是責備似的說：「你怎麼不早告訴我。」

「我現在不是告訴你了麼？」掌珠說：「你說我應當什麼時候告訴你？」

掌珠說著走到窗口去，旁邊是她母親的床，她就斜靠在床欄上，旗袍的開岔露出腿上白皙而壯健的肌肉，她拉了一下旗袍，把兩條沒有穿襪子的小腿擱到床沿上，於是她說：

「謝謝你把沙發的靠墊拿一隻給我好麼？」

男的於是拿一隻靠墊給掌珠，他一面走過去，一面說：

「那麼你不愛你丈夫？」

「唉……」掌珠嘆了一回氣，她不過偽裝悲哀，然而悲哀真的從她心頭湧上來，她流下眼淚，她拿出一塊小手帕，揩揩眼睛，她又說：「命苦，不要提了。」

這一切可真的感動了我們年輕的客人，他把靠墊放到掌珠的背後；他眼睛也不知不覺模糊起來，他說：

「我愛你，我願意救你。」

「真的麼？」掌珠抬起了頭，用水汪汪的眼睛望著客人低下來的視線。客人就抱住了掌珠，他熱烈地吻了掌珠。半晌，他說：

「你同他離婚不好麼？」

掌珠沒有作聲，她閉著眼睛，假裝毫無知覺的，而又像很傷心似的懶在他的手上。他忽然跪倒在床邊，把嘴唇貼在她汗膩的臂上，說：

「你必須有勇氣反抗，你還年輕，你不應當做舊家庭的犧牲品，你知道你不能沒有我的，是不是？我願意為你死去，只要你幸福。」

「先不要談好不好？談起來我傷心。」

「到底怎麼回事？是你家裡為你作主的？」

「你知道我父親死了以後，我母親……唉，那時我還年輕，我什麼都不知道。」掌珠似乎又哭了起來。

「啊，買賣婚姻，買賣婚姻！」男的抬起頭激昂地說：「我們必須反抗，我們現在是什麼時代了？我們一定要爭取勝利。掌珠，放出勇氣來。」

掌珠似乎懦弱而感傷地說不出什麼，閉著眼睛發著似哭非哭的「唔……唔……唔」的聲音。

「掌珠，我一定救你，我幫你逃出這個火坑。」這個客人跪在床前激昂地說，他的手握著掌珠的手，掌珠還是發著唔唔的聲音，但突然她張開了眼睛，她一面拉客人的手一面說：

「不要這樣，這樣我怎麼敢當，你起來。」

掌珠說著把身子往床裡睡進去，她還是拉著他的手，他坐到床沿上，彎過身子去同掌珠說話，但是掌珠還是往裡睡，她拉直了旗袍，把他剛才拿過來的靠墊推了出去，她說：

「這樣你不舒服，躺一回兒吧。」

當我們的客人躺了下去，掌珠感傷地說：

「唉！這一輩子不會有什麼希望了。」

「掌珠，你必須奮鬥，希望只有在爭鬥中產生，你還年輕，你不能這樣把幸福埋葬在封建家庭。」

「但是我有什麼能力爭鬥，還有我母親……」掌珠說著又閉上眼睛，淚水從睫毛裡流出來，他拿出手帕為她揩淚。掌珠忽然提起頭壓在他的臂上，她靠緊他的身子說：

「不要提這些傷心事情好不好？讓我這樣靜靜的躺一回吧。」

男的一時真不敢說什麼，他一隻手在掌珠的頸下，眼睛則望著屋頂。他想到如何去救掌珠，他想到他的不富有的家，他想到不會同情他的父母，他想到自己明年才可以畢業……但是掌珠忽然張開眼睛說：

「你在想什麼？為什麼我們在一起還要想痛苦的事情，啊，你抱我一回吧。讓我覺得有一點依靠。」

掌珠拉他的手臂到她的身上，他擁抱了她，他吻她。大家沒有話，靜靜地躺了許久。於是掌珠的手忽然從他臂下的肌肉滑到他的下臂，滑到他的手腕，滑到他手上，這是一隻厚實闊的手，她扳動他短粗的手指，拉著他的手指從旗袍的紐縫上移動。她身子貼向他壯健的胸脯。掌珠沒有說什麼，但是男的在掌珠的嘴邊說：

「掌珠，我們不能分開，我們必須在一起，我們要奮鬥，你一定要同舊社會爭鬥，只有爭鬥才有自由。」

但是掌珠用帶香的手指掩住了他的嘴。他知道她怕他提起這些事，他覺得她是一個脆弱可憐的女性，他開始意識到她胸脯柔軟的感覺，意識到她腿上的一種溫暖。這時掌珠的手從他的嘴唇忽然移到了他的頸項，從敞開襯衫的領子滑到他的胸脯。他開始覺得她有一種不解的力量使他模仿著這樣做，於是他們又重新接吻。但是，突然我們的客人從掌珠的懷裡掙扎出來，他一頭起來，跳下了床說：

「掌珠，我對不起你，我不應該這樣，我愛你，我尊敬你，我……唉，請你原諒我……」

「為什麼？為什麼？」這使掌珠愕然了。

「掌珠，我們必須奮鬥，奮鬥；只有爭鬥才有自由。」他激昂地說著。掌珠很奇怪的望著他，他忽然又說：

「我現在走了。原諒我，掌珠。啊，啊，我寫信給你。」

說著，他眼睛都沒有再看掌珠，拉開門就出去了。

七

謝太太從心珠家裡回來已經是晚上，她似乎非常高興，掌珠問她姐姐孩子一類的話，她都沒有思緒回答，她注視了掌珠許久，忽然說：

「是不是，掌珠？」

「媽媽，什麼？」

「啊，你姐姐真苦，孩子實在太多；你將來養孩子起來，也一定不得了。」

掌珠沒有說什麼，望著母親。謝太太忽然又說：

「等你有了孩子，你就知道你家裡是頂幸福的，有錢的脾氣好的丈夫難找。養孩子，狗都會的事情，哪一個女人都可以養，是不是？」

掌珠沉著面孔，不說什麼。謝太太說：

「不要多想了，早點睡吧。星期日，我約了你姐夫來吃飯，你不要出去好麼？」

掌珠點點頭，房中的空氣非常沉靜，窗外傳來了麻將聲，孩子聲，無線電聲。不知怎麼，掌珠竟覺得下午來的客人有可鄙的討厭。

第二天，掌珠一天懶在床上，下午她忽然接到了一封信，是那個愛她的青年寫來的，厚厚的一疊，上面橫著小小的字。他先說他自己做了不應該做的事，希望她不要誤會他。他說他愛她並且尊敬她，又說到他回到家裡想了許久，他覺得他總要到畢業後有辦法。而畢業後一定有辦法，他願意把什麼都獻給她，希望掌珠等他。希望掌珠同惡勢力舊社會奮鬥，他引了普希金的詩，又引了克魯特泡金《給青年的信》。他用紅筆圈了又圈，有的地方寫得特別大，像報紙標題一樣的，下面加了一紅一藍的驚嘆號。於是一行兩行的虛線，一連竄的「愛」，一連串的「堅定」，一連串的「爭鬥」……。

掌珠大概的讀了一遍，她不懂，但覺得討厭。她不想看懂，她看不下去，她覺得他的話竟沒有一句與她有關係。最後她看到他寫著星期日要來看她。她告訴母親又叮嚀佣人，說星期日，那個男人來的時候，只說她出去了就是。她沒有回那封信。

星期日，正當心珠的丈夫張旭正坐在樓上談話的時候，我們青年的客人來拜訪掌珠了，佣人告訴他小姐不在家，太太樓上正有客人。他於是要留一個條子，就在留字條的時候，謝太太走下去，她很熱誠地說：

「真對不起，掌珠出去了，她這幾天心裡很不快活，幾個同學拉她去玩去。不然樓上坐一回，可惜今天家裡有些客人……」

有客人，是的，廚房裡正在忙小菜，那位青年的客人留了條子，失望地就走了。

這時候，樓上是掌珠同旭正在談話。掌珠當然認識他的姐夫，但並不很熟。旭正是一個體育教員，當初同她姐姐做朋友的時候，他在全國運動會裡打破過撐高跳的記錄，是田徑賽八百米的冠軍，又是籃球的選手。掌珠也曾經看他表演，當觀眾熱烈地鼓掌時，她想到他是她姐姐的朋友，心裡也很感到光榮。但如今他是中學的體育教員，竟毫無當年的英俊，頭髮很亂，上身的衣服又短又小，袋裡鼓起著裝滿東西，額角上是汗，不斷從袋裡拿出烏黑的手帕揩著。掌珠請他寬了衣服，他襯衫上竟露著補丁，一條黑色的領帶像臘腸一樣皺縮在胸前，可是他臃腫的臉上始終浮著笑容，談話當中總是可惜掌珠的姐姐被孩子所累，說簡直沒有機會可以同他一同出來。他也問到承業，他同承業當然也見過；雖然沒有機會在一起。

謝太太最後同佣人拿著酒菜上來，於是大家喝點酒，但是謝太太只能喝兩杯，掌珠只能喝五六杯，張旭正雖然一再要她們多喝一點，但她們都拒絕了。於是張旭正就一個人喝著，他的臉上泛出紅暈，笑容更加濃了，話也多了起來。他談著許多體育界的珍聞，世界的記錄。他又談到杭州，他說他很想讓心珠到杭州去玩玩休息一些時候，終是孩子太多，弄得她無法走動。掌珠一時覺得他的確是一個愛她姐姐的好丈夫，竟時時體驗太太的辛苦。謝太太不斷的為旭正添酒，旭正一面說著這壺完了不吃了，但換上另一滿壺，他還是繼續喝著，但是說話越來越糊塗。謝太太於是又叫他再喝一壺，她說他可以住在這裡，亭子間就有一個鋪位。佣人可以同下面王家的佣人去拼拼鋪。旭正說：

「我又沒有喝醉，回去很方便。」

但是旭正還是喝著。等謝太太發現他已經有七八分醉了，她盛了飯給他。謝太太於是拿了被鋪到亭子間為他去鋪床。掌珠已經吃了飯，只是坐在桌邊陪著旭正。謝太太叫她先去洗澡。

旭正吃了一碗飯，他吸起一支煙，他已經無法走動。謝太太出來的時候，扶他到亭子間，他就似醒非醒地倒在床上。

掌珠洗了澡換了睡衣出來，佣人正在收拾桌上的殘肴，謝太太剛泡了一杯濃茶，她說：

「掌珠，你拿拿到亭子間去。」

「我已經換了衣服。」

「這有什麼關係，姐夫同自己哥哥一樣。」

傭人收拾殘肴下去，時鐘剛敲十一點半，掌珠拿著茶到亭子間去。謝太太正在切橘子。掌珠不一回就上來，謝太太就問：

「旭正怎麼樣？還沒有脫衣服睡麼？」

「沒有。」

「啊，今天酒真給他喝得太多。」謝太太說：「你沒有把茶給他喝？」

「我放在他床邊。」

「你要拿給他喝啊，讓他醒醒酒，他自己也不會拿來喝，回頭茶也冷了。」謝太太拿切好的橘子說：「你把那橘子給他吃好不好？酒喝醉同生病一樣，你看護看護他，等他醒醒，也許他需要些什麼。」

掌珠拿著橘子去後，剛剛想叫醒旭正喝點茶，吃點水果，謝太太忽然捧著面盆走進來，她說：

「你把冷水敷敷他頭，他就會舒服一些的。」

謝太太把面盆放在桌上，四周看看，她開了放在桌上的一盞綠色檯燈，順手關了瓷罩下發著白光的頂燈，她還拉上黃色的窗簾，她說：

「這樣看起來陰涼些，是不？」於是她走到門口，看了看門口的鑰匙，她把插在門外的鑰匙插到裡面，忽然打了一個呵欠，她說：

「我今天怎麼那麼累？我想洗個澡就睡了，你多守他一回。」

不等掌珠說什麼，謝太太隨手帶上了門，輕輕地走出來。

謝太太洗澡大概占了半小時，出來的時候，她看掌珠沒有出來。她關了過道上的燈，就獨自到了房內。

但是謝太太在床上並沒有睡著，她聽房內那隻古舊的鐘一點、兩點的敲，五點種的時候，她才聽到了別的聲音，於是半張著惺忪的眼睛，在灰白的光亮中看到掌珠的影子。她沒有作聲，微喟一聲就睡著了。

醒來是九點半，她看掌珠睜著大大的眼睛望著房頂，她忽然說：

「掌珠，怎麼醒那麼早?安安定定的再睡一回吧。」

謝太太說著自己可起來了，她看亭子間的門虛掩著，她敲了門走進去。旭正已經起來，他坐在桌邊在吸香煙。

「怎麼樣?」謝太太說：「昨天睡得好麼?」

「昨天我真喝醉了!」旭正站起來說：「糊里糊塗的。」

「怎麼不多睡一回?」

「我怕心珠著急，我正等你起來，我想回去了。」旭正說著就打算要走。

「這麼急幹嘛?掌珠還睡著，一同吃一點早點走。」

「我也吃不下。」旭正說著就往外走：「好，再見，再見，我隔天再來。」旭正似乎很快很急走下樓梯。等謝太太回到房中的時候，看掌珠真的睡著了。

八

親愛的陶：

收到你兩封信，我心裡有說不出感激痛苦與傷心。謝謝你給我的愛，但是你知道我是一個懦弱的女性，我還有孩子，這點你大概不知道，我想我也沒有力量。你的厚意我很知道，但是要我牽累你，要我影響你光明璀璨的前程，這是多麼自私自利呢？現在我決定離開你，我明天必須到別處去了，我也許永遠不見你了，但是我將永遠為你祝福。

珠　九，七

掌珠又接到那個為她奮鬥的青年的信，她必須覆他幾句，她寫了許多封都撕去了，最後還是謝太太給她意見，她才寫了這樣的信寄給他。這以後日子過得很平靜。心珠帶著孩子來看母親，掌珠同心珠似乎特別親熱。兩三次掌珠同母親去看姐姐，旭正好像很不自然的，總說外面有事就出去了。

而天氣忽然涼了下來，一陣一陣的雨，間隔著一陣陣的風。謝太太計算著掌珠的日子，遲了三天以後，她就天天詢問起來；她催掌珠寫信給承業，叫承業到上海來接她。

承業同掌珠一直通著信。他在掌珠走後一星期，感到非常自由輕鬆，但一星期以後，他竟完全忘了掌珠給他的痛苦，他開始想念掌珠。但當他想在信裡叫掌珠回家的時候，他又想到了掌珠在家裡的情形，他母親的嘮叨和掌珠的脾氣，他每次在信上就突然改變了語氣。

方太太本來是不贊成掌珠走的，日子一多，時時關照承業早點叫掌珠回來。可是方國勳看到掌珠走後，承業的精神面色都好些，他更覺得讓掌珠在上海多住些時候是好的，所以他勸阻了方太太。讓他們小夫妻自己去決定。

如今，承業接到了掌珠想家的信，承業非常高興的告訴了他的父母，他於第二天就動身到了上海。

到上海，承業在國際飯店開了一個房間，他把掌珠接了來。他發現掌珠的脾氣竟是改了，兩夫妻重新過著初戀時的生活，他每天陪掌珠買時髦的東西，新穎的衣服。一星期以後，他們回到了杭州。家裡一切都使掌珠很開心，她處處發覺上海竟是這樣的局促污穢。

但是，方太太在掌珠到了一星期以後，舊的嘮叨又重新逐漸地起來。她對園中秋天的果子有不得不說的感慨，承業很怕這會引起掌珠的脾氣重發，但是掌珠竟沒有，她似乎很有幽默的態度來看待方太太的冷諷熱嘲。這使承業對掌珠起了特別的感激與愛憐。

有一天，方太太又來了客人，客人裡一些女人又將起誰家養女兒，誰家養兒子的家事。方太太又怪到掌珠不養孩子，有一個客人安慰方太太說：

「像掌珠這樣媳婦，又好看又漂亮，又有福相，晚幾年養孩子又有什麼？」

「我看她這輩子都不會養了，結婚已經這些年，不養，還會養麼？所以我同他父親說，早點替承業娶一個小的吧。」

「還早，還早。」有一個客人說：「掌珠這樣聰敏的媳婦總是難得的。」

「聰敏，女孩子要聰敏幹嘛？頭腦聰敏，肚子不聰敏有什麼用？」

承業也在房裡，聽了心裡很難過。他生怕掌珠在外面聽見，他就趕快走出來，果然看見掌珠從走廊走到自己的房間去，他想她一定聽到了，他跑到自己的房門外面聽了一回。他以為掌珠會倒在床上哭泣，他想進去安慰她，又怕她對他發脾氣，逡巡了許久，於是推門進去。他看見掌珠站在櫥鏡面前換衣服，身上只穿著白綢的長襯衣，露著健康白皙的手臂。他走過去，正想說什麼的時候，掌珠忽然兩手從豐滿的乳房撫摸下來，她用兩手裝成一個圓型罩在肚子上，很驕傲的在鏡子裡望承業。他說：

「怎麼？你有了。」

承業又驚又喜的用手去撫摸掌珠的肚子，他問：

「什麼時候？」

「我們在國際飯店，是不？」掌珠說。

「啊，掌珠……」承業輕輕地咬咬掌珠的胳膊，他半晌說不出話，最後，他微喟一聲，坐倒在小沙發上，忽然說：

「那西醫的針藥真是靈。」

「真的。」掌珠輕輕地應著。

半晌，承業忽然站起來，他很興奮的要出去。

「你幹嘛？」

「我去告訴媽媽去。」

「不，不。」掌珠說：「慢慢的讓她自己發覺好了。」

「希望是一個男孩子。」

「女孩子也不要緊，」掌珠很自信的說：「反正以後我隨時都可以養。」

這時候，佣人來叫承業，說是店裡有客人來，國勳請承業出去談談，承業就離開了房間。掌珠突然拉著他說：

「不要說出去，你答應我不要說出去，我們讓他們慢慢發現好了。」

承業點點頭，笑著說：

「你放心，你放心。」

承業到了外面，果然沒有告訴國動，但是見了他母親，他竟有很大的欲望喉嚨癢癢地想說，為要忍住這句話，他就走到別處。一時他心裡竟有說不出的感覺，好像整個的世界都有了變化，一切的外物都同以前有點不同，園中的景色似乎都添了顏色，顫動的樹葉像是笑聲，玲瓏的果子像是小臉，鳥兒的歌唱像是孩子的啼哭；在外面，別人家的孩子在叫爸爸他都有點吃驚。實際上，他沒有像方太太這樣渴望他有孩子，但是別人的期望，方太太的嘮叨，掌珠的脾氣以及裡裡外外客人佣人們的多嘴，會使他有奇怪的痛苦。唯一可解除這痛苦，是他給這世界以事實的回答，但是一次一次的失敗，使他生了一種絕望的自卑。開始的時候，他還想拉掌珠一同對這些輕視與暗笑共同負責，但因為方太太對掌珠的冷諷熱嘲，與掌珠日益明顯而可怕的脾氣與其堅定的自信，使他覺得他無法推諉，他自卑，他自恥。當掌珠去上海以後，方太太嘮叨失去了對象，針藥使他有較好的精神，他方才又有一點自信。等他自己一到上海，掌珠伴他在國際飯店，他為她買了許多東西使她開心，掌珠竟給他愉快的合作，他相信這就是喜訊的來源。承業與掌珠現在再沒有一點不洽，承業處處體諒掌珠，掌珠也永遠對承業微笑。

方太太看到承業與掌珠的感情變好，覺得奇怪，也覺得妒嫉。這些日子來她總想到兒子應當討一個小的，如果承業與掌珠感情同以前一樣，她很可以趁機會叫承業這麼做，如今小夫妻感情那麼好，她就很難有這個鼓勵。她知道說出來也不會得承業的贊同。因此，方太太心裡有一種自己都不知道的彆扭，她看掌珠很不順眼，她常常冷諷熱嘲指桑罵槐的說掌珠，原希望掌珠有點反應，生氣也好，哭也好，同承業去吵嘴也好，但掌珠現在竟裝作沒有聽見，吃時吃，睡時睡，同承業竟在大庭中眉來眼去，彼此作會心的微笑。這使方太太感到一種侮辱似的氣憤，於是對承業也開始有不好的脾氣，有一次，不知為什麼他在承業面前說掌珠什麼，承業辯護了幾句，她就說：「你不要相信她，這個狐狸精，她自己不會養孩子，又怕你討小的，所以特別迷你，討好你。」

「媽你怎麼一定說她不會養？……」

「她會養？肚子早該大起來了。什麼藥不曾給你們吃過？菩薩地方也許過願，燒過香，鴨子都可以養雞蛋了。」

「媽，」承業終於忍不住說：「算了，你也不要老生氣了，你去看看她肚子就知道了。」

「你說她肚子已經有孩子了？」方太太一時驚奇得像是養了雞蛋的鴨子，她說：「怎麼？你……啊，我去看看，也許是假裝給你看，騙你也說不一定。」

方太太說著就來找掌珠，掌珠恰巧在洗手帕，她突然拉住她說：

「你怎麼還可以洗手帕，為什麼不叫佣人洗？」

她不等掌珠說話，就拉掌珠到了房內；她一面證實掌珠已經鼓起的肚子，一面說：

「已經兩個多月了吧？承業真不懂，怎麼不告訴我？你應當當心，男人家不懂，我上次小產，就是因為這老東西還在打針。」

方太太說著，就關照掌珠不要勞動，不要早起，愛吃什麼就同她說，於是她就告訴了國動，告訴了佣人，她指揮承業搬到別的房間去住。她叫國動請醫生來檢查掌珠的肚子。

從此，家庭裡盪漾出一片喜氣，方太太再不嘮叨，她關心掌珠比掌珠的母親還熱心。她一天兩三次去摸掌珠的肚子，叮嚀掌珠這樣那樣，不許她多動多想。她對每一個客人都報告，每到掌珠要招待客人的時候，她總是阻止了她，叫她不要多動，於是她要說：

「她已經有兩個多月了。有三個月了。」她計算著日子，日子比掌珠還清楚，於是她要說：
「天竺的送子娘娘真是靈。」
「本來你用不著著急，我們方家這樣的人家香火怎麼會斷？」國勳時常要那麼同他太太說。
但是承業知道這完全是西醫，那幾十針的藥究竟不是白打。
西醫請來過好幾次，每次方太太總要問：
「是男的，是女的？」
「這個沒有法子知道。」西醫說。
於是方太太於醫生走後，又怪西醫的無能。她知道有人會從肚子的樣子知道是男孩女孩，她轉轉彎彎請人來看，像請鑒賞家鑒別古董一樣；她還聽說受孕的日子單的是女孩，雙的是男孩，於是一再問掌珠一定的日子，但是掌珠竟含含糊糊說不清。
日子在無事忙碌中過去，天氣變化得很快，方太太為掌珠做寬大的冬衣，又急著叫佣人們捍製嬰孩的衣裳。
冬天一到，忙著過年，梅花、天竹、水仙象徵著方家的興旺。於是春天來了，桃花、李花都是掌珠的喜訊。全家的精神力量都集中在掌珠的肚子上，人人都希望，而且相信掌珠的肚子裡會是男孩，掌珠也希望著，但她想到如果是女孩的話，她明年一定再養一個。
初夏的時分，掌珠進了醫院，最後，當掌珠在手術室裡生產的時候，方太太兩個鐘頭在病房裡忽起忽坐的期待著護士的一句話。
而送子娘娘終於沒有欺騙方太太，掌珠沒有使大家失望，她養了一個八磅重的兒子。
從此世上就有了十全十美的家庭。

那個孩子叫做方冠福，在他彌月的時候，不用說有隆重的慶祝，大擺宴席，請來了所有的親友，上海藥材行的經理當然來了，是他介紹醫生給承業的。曹醫生也請來，他所用的針藥承業認為是方冠福的來源；杭州為承業打針的為掌珠接生的醫生也當然都到。謝太太自然很早就到了杭州，心珠也帶了四個孩子來，可是張旭正沒有來，因為他學校裡的功課忙。掌珠說姐姐孩子多福氣好，她要把方冠福過房給心珠。

這裡竟沒有一個人不因方冠福而快活；方家一家人不必說，謝太太也當然開心；心珠有一個有錢的過房兒子，當然不錯；那位上海藥材行的經理，以後更獲得國勳同承業的信任；曹醫生以後很走紅；一切藥材行的朋友似乎不再相信中藥，要養孩子都去求他；為掌珠接生的醫生有接男孩子的本領，所以也有許多產婦專門要請他。甚至天竺、靈隱各廟各庵的菩薩與送子娘娘，也因方冠福而香火特別盛旺。

而這裡也有了一個十全十美的故事。

＊關於《有后》，一九五三年在香港初版（正體）時便使用此名（非《有後》）。以後多次用同樣的名字再版，一直到正中書局收入《全集》，乃至一九八〇年，抽出來再發行單行本，雖都是正體字版，但都是用《有后》。故依作者之意，沿襲原名。

無題

一

我自然常常讀到普沙的詩，但一直不認識這個人。後來在一個文化界舉行的新年同樂會裡，我才碰到了他。

說實話，普沙的詩並不是我十分喜歡的。他沒有什麼特殊的體驗，也沒有什麼深刻的感覺，他只是用故作神祕的字句曲曲折折的表現他淺薄的平常的年輕人的情感。可是我知道他的詩是很受一般讀者的歡迎的。

那天新年同樂會裡人很多，我是同一些熟朋友同去的。有人同我介紹了詩人普沙，我發現他是一個很漂亮的青年。人雖然不夠高些，但身材很好，穿一件畢挺的西裝，橄欖形的臉，長長的眉毛，大大的眼睛，高高的鼻子，薄薄的嘴唇。

在這種場合上，本來介紹過後，各自走開也就不會熟稔起來；但吃飯的時候，很偶然的我同他坐在一起，我好像問到他出身的學校，忽然想到了謝世斌，他該是普沙的同學，我想。於是就談到謝世斌。

「啊，他是我的表哥。」他說。
「你的表哥？」
「他是我姑媽的孩子。」
「真的？他同我中學同學，我們是老朋友了。」我說：「不過，自從他到英國去以後，就好久沒有他消息了。他怎麼樣？」
「家裡也好久沒有他的消息。」普沙說：「這是一個怪人，有點神經病。」
「他研究哲學，哲學家當然與常人是不同的。」我說：「他還是一個人麼？沒有結婚？」
「他，這傢伙，我想他不會結婚，也沒有女人會喜歡他。」
「為什麼？」我說。
「你知道他失戀的事情麼？」
「我那時候在北方。不過後來我聽人說，那個女人也太殘忍。」
「啊，怪什麼女人，全是他自己不好。」
「到底怎麼回事？」
「說起來話長了，我們隔天細談。」他說：「你認識他的妹妹引玉麼？」
「引玉，自然認識，她怎麼樣？現在應該是大人了。」
「她在一家洋行做事。」
「我認識她的時候，她還是一個小孩子。」我說。
「你想碰見她麼？我哪天同她一同來看你。」
「不知道她還記得我麼？」我說：「一隔已經十幾年了。啊，她也許不知道我的名字，我中學裡叫徐達明。」

「你住在什麼地方？我哪天同她一同來看你，星期日上午好不好？」

我寫了一個地址給詩人普沙，但是我說：

「看我不敢當，星期日我請你吃飯吧，中午在來喜飯店。」

「我請你，我請你。」

「你要請再請，這次算我請引玉。」我說。

「那麼一定，星期日中午在來喜飯店。」詩人普沙說著拿出一本小簿子，用派克五一型的白來水筆很仔細地寫下這個約會，於是把我給他的地址夾在那本簿子裡，他看了看我的地址，忽然說：

「你的家離我地方很近，我住在愚園路湧泉村。」說著，他撿給我一張名片，印得非常講究，是雷蓋天、湧泉村二十四號，還印著電話。

「普沙是我的筆名，外面大家都不知道真姓名了。」他說。

這以後，我們還談了些別的，同桌的朋友們，有的同我較熟，有的同普沙較熟，喝酒，談笑，我們就沒有再談什麼。

席散後，我們沒有在一起，我看普沙混在一些女明星堆裡，他似乎同她們都很熟。在我一起的有一個朋友忽然問我：

「你本來認識普沙麼？」

「我今天才認識。」我說。

「他好像同誰都一見如故。」有一個不認識的人忽然插嘴，同那位問我的朋友說。

於是我聽到他們在談普沙，好像大家對普沙都有微辭，有人說他私生活不好，有人說他有錢，有人說他玩弄女性，有人說他浪漫，忽然有人說：

「你知道他為什麼叫普沙？普是普希金，沙是沙士比亞，他以為自己要兼做這兩個詩人呢。」

「真的嗎？」忽然有人說：「那麼他應當把屈原、李白、杜甫都放進去，索興叫做普屈白杜沙好了！」

這一說，大家都笑了起來。

但不知是不是因為謝世斌的關係，普沙本人給我的印象並沒有像給別人的那麼壞。

二

謝世斌是我北平一個中學裡的同學，那時候他家住在北京，我沒有家，所以我常常到他家去。他還有一個弟弟世昌，在另外一個中學讀書。引玉就是他的妹妹，那時候還在小學裡。我們都很熟，自然我還認識他的父母，他們都同我很好。

中學畢業那年，世斌的父親死了。世斌的家搬到上海，世斌因此在上海讀書，他進的是哲學系。我在北平一直同他通信，假期回南方，自然也去看他，我知道他書讀的真多。但是我在大學二年級以後就一直逗留在北方，迄未同他會面，只從信札往還中，知道他一些情形。他與大學畢業後一直沒有做事，繼續研究他的哲學，後來大概應師友之約譯一點書，最後他在翻譯一本哲學辭典，書店答應他在脫稿以後付一筆錢給他，他想用那一筆去留學去。世昌大學畢業就商，收入很好，一切家庭的開銷都是世昌在管，他非常敬愛他的哥哥。

我再回到上海時候，世斌已經到歐洲去了。我始終東奔西走，也一直沒有到他們家裡去，不過從別的朋友地方知道，他在譯哲學辭典的時期，有一次戀愛，不知怎麼女的離開他，他弄得自殺，幸虧家裡發現得早，他沒有死成。以後，他性情更變得古怪，非常用功努力，譯完辭典，一個人就去了歐洲。

後來我在上海住下，有時候也想到去看看世昌、引玉，打聽打聽世斌的消息，但總為忙為懶，沒有發興。現在居然碰到詩人普沙，說起了世斌，我自然非常高興同引玉見見面的。

星期日十一時我就到了來喜飯店。不一會，詩人普沙同引玉果然來了。引玉已經是成人了，但打扮得很樸素，要是路上相逢，我是不會認識她的。

我迎了他們，我對她說：

「你不記得我了吧？」

「你還是差不多。」她說話的神情還是很天真。

「要是路上碰到，你一定不認識我了。」

「你也不會認識我的。」她羞澀地笑著說。

入座以後，我們當然談到了世斌，我很自然的問到世斌戀愛的對象與失戀的經過，我說：

「那時候我們還通信，但是他從來沒有告訴我他在戀愛，後來我聽人說他失戀自殺，我很奇怪，我想他是一個理智澄明，頭腦科學，從不感情衝動意氣用事的，會同人戀愛已很奇怪，怎麼也會自殺什麼，真想不到。」

「誰也沒有想到，他在戀愛，連我也不知道。」

「同誰呀？」

「同我大學裡一個同學。叫做張明卷的。」引玉說。

「同你同學戀愛，你會不知道？」我說：「是不是你介紹的？」

「不是。」她說：「張明卷比我高兩班。她畢業了在我們學校圖書館裡做事，我哥哥常叫我到圖書館裡去借書，不知怎麼他們通起信來。後來我哥哥到圖書館去看她，她也到我的家裡來。」

「啊，那時候你還不知道他們在戀愛。」

「我還以為他們是學問上的朋友，張明卷也愛看古怪的書，兩個人談談學問，原是普通的事，誰知道他們在戀愛。」

「其實女人喜歡讀書不過是一種廣告，世斌竟會相信她是真的。」普沙忽然插嘴說。

「你又來了。」引玉說著，又對我說：「他是一個頂會侮辱女性的人。」

「後來怎麼又失戀了？」我問。

「張明卷突然說不愛他了，她留了一封信給哥哥，說回湖南去了，連一個地址都不留。」

我很不解，望望引玉，我說：

「我想那裡面，一定有別的原因？」

「然而，」她說：「張明卷走了以後，第二天夜裡哥哥就一聲不響自殺了。幸虧我們發現得早，把他送到醫院，第三天校役交我一包東西，說是一個男子送來的，裡面都是哥哥給張明卷的情書。」

「那麼張明卷始終沒有消息？」

「沒有，沒有。」引玉說：「我哥哥以後變得非常沉默憂鬱，他很少同人說話，他更加用功，好像把所有的精神都放在工作上，他譯好哲學辭典，領到錢就出國了。」

「那麼他那些情書呢？」

「當時哥哥在醫院裡，母親同舅舅都說不要給哥哥，後來他拿去了。」引玉看了看普沙說。

「現在還在我那裡。」普沙說：「後來我看世斌恢復了一點理智，我告訴他那些信在我那裡，他說他不想要，叫我燒了好了，我一直沒有燒去。」

「那麼你一定看過了。」

「自然。」

「那麼到底怎麼回事？」

「世斌根本不了解女人，神經病。」普沙忽然停了一回，露出很肯定的神情說：「這些情書簡直不是情書。」

「怎麼？」

「看來還是張明卷先寫信給他，談一本世斌借去的書，提出了一些問題。幾封信以後，世斌驚於張明卷的博學，露出愛慕之心，後來又通了幾封信兩個人就會面了。一見面就訂情，照我看法，世斌如果愛明卷的話，那時候就可以結婚。但是世斌約她兩年以後，說他要譯完那本哲學辭典，譯完了，他可以領一筆錢，他想到歐洲一年，回來同明卷結婚。」

「那也沒有什麼不對……」我說。但是普沙忽然打斷了我的話說：

「啊，張明卷那時候已經二十多歲，再等他兩年，那怎麼等得住，但是口頭上我想她還是答應世斌的。」

「他是一個輕視女性的人，你不要聽他。」引玉對我說。

「我倒是同情女性的，你們一直怪明卷，我一直說世斌是神經病，他要明卷等他兩年，還要明卷一直在圖書館裡……」

「哥哥什麼事也太認真。」引玉打斷了普沙的話，一時間大家都沉默。我心裡很有點感觸，我覺得世斌始終不像是一個多情的人，無論怎麼講，他的為情自殺實在使我不解的。

點心咖啡上來了，我們吸著煙，我才問到引玉家裡的近況，她母親的身體與世昌的的情形。

「啊，他已經結婚了。」引玉說。

「太太很漂亮嗎？」

「二哥很幸福，已經有一個孩子。」引玉說。

「那位嫂嫂人好麼？」

「非常好，同我母親同我都很好。」引玉說。

「世昌同世斌完全不同，」我說：「兩兄弟都了不得，我想世昌一定會發點財的。」

「他很實際，會處理事務。我們家幸虧有他。」

「這很奇怪，兩個人環境差不多，命運會這樣不同。」

「世斌讀哲學讀壞了。」

「他讀書也太用功，完全是書呆子，現在信也不來了，不知道怎麼樣？」

我們又談了一回，我付了賬，分手的時候，引玉邀我常到她家去玩。

「你們一直沒有搬家？」

「還是老地方。你忘了麼，我寫一個給你。」她寫了一個地址給我。我們就告辭了。

三

引玉家在虹口，離我地方很遠，我一直想去，一直發不起興；大概許久以後，是過中秋節吧，引玉來信，約我去吃飯，我才去拜訪他們。

他們的家在北四川路，是一所老式的房子，我以前曾經去過，但是這次去可完全改了面目，裡面裝修得煥然一新。本來二層樓一間是世斌住的，一間是書房，裡面有從北平搬來的他父親的一些古董，世斌的一些書籍，一架舊留聲機，一架老式的縫紉機，放得亂七八糟。現在這兩間住了世昌的夫婦同孩子，家具也都已換過。樓下的客廳、飯廳，本來都是老式的紅木桌椅，現在也換了沙發，一排書櫥，樓上新舊的書籍現在似已理在一起，還放著一架鋼琴。後來引玉告訴我這是世昌在她前年生日送給她的禮物。

我從後門進去，就碰見引玉，我聽見客廳裡客人很多，所以我要引玉先陪我上樓看看她母親。我到三樓看了她母親談一回，又到二樓會見了世昌的太太。這時候，我有機會同引玉談一回話，我問她是否常會見普沙。

「很少，很少。」她說：「他有時候來，我也不常理他。」

「怎麼，你不喜歡他？」

「我們都不喜歡他，他老以為自己有錢，又老以為自己是詩人。」引玉很天真地說。

「你也不喜歡他的詩？」

「這些詩千遍一律，幼稚，肉麻，有什麼意思。」她說。

這時候她母親從三樓下來，我於是也下樓走到客廳裡去。

客廳裡坐著十來個人，我一眼就看到普沙，他在房中踱著在說話。世昌迎著我為我介紹房中的客人，於是坐下來同我談了一回，我發現世昌已是一個很成功的商人，同以前很有點不同了。

「他們正在談張明卷。」

「張明卷？不是世斌的愛人麼？怎麼樣？」

「鍾卉蓀說是看見過她，她嫁了一個營造廠的老闆，很闊。」世昌說。

「鍾卉蓀說那個營造廠的老闆根本是包工出身，什麼都不懂；你看同他可以相愛的女子，怎麼當初會愛世斌。」

「一個人變化真不知道。」我說。

今天的客人好像都是世斌的朋友，普沙似乎同每個人都很熟，他們大家都在談張明卷，於是又提到當初世斌為她自殺的事情。

「啊，他不懂女人。」普沙忽然說：「他當時要張明卷一直在圖書館做事，等他兩年，這已經不對了，他還要明卷讀他讀過的書，讀得慢一點，又說明卷不夠愛他，諸如此類，我在他情書裡讀過的實在可笑。」普沙笑了一聲，忽然提高嗓子說：「女人讀書同搽粉塗脂一樣，無非是油漆門面，以廣招徠，大概明卷把沒有看過的書說是看過了，世斌竟細細的在信裡考她問她，發現她沒有看過，就說她撒謊，欺騙，不夠愛他，你說神經不神經？」普沙說完了望望大家，但大家都望著他，等他說下去，於是他吸起一支煙，似乎預備長談似的說：「明卷也已經是了不得的女性了。她很少出去，但偶爾在親戚裡有什麼應酬，沒有照預算讀書，世斌就說她浪費時間，不求上進，辜負他對她期望與熱愛，說她沒有愛情，沒有信用，甚至說她不同他合作，後來好像措辭越來越嚴厲，越來越不合情理。」普沙說著就嘆一口氣說：「我想明卷受不了，就這樣跑了。」

房內頓時靜了下來，大家一時都沒有說話。空氣似乎很肅穆，好像都在想解答一個問題。

「他沒有資格談戀愛，」普沙忽然站起來說：「害人害己。」

「世斌總是太認真；對什麼事情太認真，總是苦事。」是鍾卉蓀的聲音。

「但是戀愛的悲劇原是彼此認真，如果彼此玩玩，就不會有這些苦事。」

「我想還是張明卷不好，她應當很坦白的把人生觀告訴世斌，不要假裝好學不倦的樣子。」

「如果她不假作好學不倦，世斌也不會墮入情網的。」

在人各一詞當中，普沙忽然在房中又走起來，左手插在褲袋裡，他說：

「如果你了解女人的一切是廣告，你就不會這樣認真了。所以還是世斌自己在自作聰敏，你想自殺是多麼愚蠢的事。」

「但是他忠於自己的感情。」有人為世斌辯護。

「忠於自己的感情，也是忠於他們的愛。」又是誰也在同情世斌。

「那麼你主張戀愛應當互相欺騙？」有人問普沙說。

「撒謊不一定是欺騙，有三種人是應當有撒謊特權的，那是革命家、詩人同情人。這因為女人不需要你忠實，她本身就是一種不忠實的動物。」

「你太侮辱女性。」有人提出了責問。

「所以你一直欺騙女性。」

「就因為女人喜歡我這種男人，不喜歡世斌這樣的。」詩人普沙得意忘形的說：「比方我寫詩給一個女人，我明知道她不懂，但是她一定會裝懂。我呢，反正知道她是裝懂，就索興寫得古怪曲折，湊上自己都不懂的詞句，嵌滿拉丁文、希臘文，於是我不懂的她都懂了。大家弄假成真，不愛也得有相愛的樣子，否則就是不懂愛情。戀愛原是撒謊；但是我從不傷女人的心，從不自苦苦人。我知道女人要什麼就給什麼，但是女人嘴裡所要的，可不是她心裡所要的。」

詩人普沙古怪的見解與動人的辯才一時似乎壓服了房中的爭論，這時候忽然有人問：

「那麼你怎麼知道女人心理要什麼？」

「這很容易。你千萬不要在她們的情話情書裡的詞句去研究她們所要的。這會使你越來越糊塗，你不要管她們所談的是月亮也好，是星星也好，貝多芬的音樂也好，莎士比亞的詩也好，你最好什麼都不理，你只要記住女人的心中一切都等於虛榮、金錢、肉欲與安全。」

「啊，你也太侮辱女性。」我說。

房中都是男人，聽了他的話大家都笑了起來。詩人普沙正還要發言時，忽然引玉同她的嫂嫂進來了。一時大家同兩位女主人招呼，詩人普沙也就不再說什麼。

接著，主人請大家入座，酒菜就上來了。

四

我同詩人普沙住得很近，他有車子，那天飯後他就送我回家，又在我地方坐了一回，以後他常常來看我了。他雖然有許多地方不是我喜歡的，但他倒是一個很爽直的人。我後來也批評他的作品，他似乎並不生氣，也很接受我的意見。而我發現他實在是很聰敏，許多我不喜歡的地方，還是因為他家裡有錢，不知不覺養成的。

但是我始終沒有去看他，他似乎也不願意我去看他，說他是不常在家的。慢慢我發現他也是一個很苦悶的人，他有錢，有許多女朋友，但並不快活。常常拖著疲倦的身子到我地方一坐三、四個鐘點，總是約我到外面吃飯跳舞；我拒絕他總是比接受他多。他說我是一個怪人，過著獨身生活，居然很安詳愉快。我說：

「我的苦痛你是不知道的。」

「你有什麼苦痛？」

「我不能同你比，你有錢；我假如有你一樣的環境，我當然也會像你一樣的快樂。」

「有錢不見得就是幸福。」他說。

「但是錢當然能夠幫助幸福。」我說：「比方世斌有錢的話，他不必叫張明卷等他，他不必譯哲學辭典，他可以帶明卷一同去留學。」

「難道那就會幸福嗎？」普沙說：「其實那時候如果他要那麼做，也很容易，我自然願意幫他；世昌尤其願意，他常說他哥哥如果當時同他商量，他很可以使他們結婚了一同出國的；但是世斌自己不肯那麼做。」

「他自己沒有養家，家裡由他弟弟負責，他當然不願意再依賴世昌。我想這是他的個性，個性也就決定了命運。」

「他幸虧沒有錢，有錢還要痛苦。」他說。

普沙這句話，當然是說他是痛苦的，但是我並沒有深究他。我覺得他的痛苦只是青年詩人們愛表現的無病呻吟而已，這在他的詩作裡也是常見到的。有時候我勸他多讀點書，多寫寫東西。他也把他的新作在發表前給我看。

我們間的友誼無形中在增進，但我對他私生活從來不過問，他雖然常愛請我到外面吃飯，跳舞，坐著他車子到郊外去；但從來沒有約我到他家去，只有他不擇時間的常常來看我。再以後，他開始借用我的電話，接著也有電話打進來問他，都是女人的聲音。我總是聽他在電話裡對女人撒謊，他用很溫柔的語氣說自己忙，沒有工夫，所以好久沒有找她玩等等的。我是不愛管人家私事的，所以也從來不去問他。但是我真的逐漸發現了他內心的痛苦，外面都說他浪漫，說他行為不檢，但是我竟覺得他是一個很落寞的人。我想這也許正是有錢的人的苦惱，他沒有一個知己的朋友，也沒有一個互愛的情人。錢也許正是妨礙了真正的友誼與純粹的愛情的東西。而同時，錢也養成了他用不著努力，錢使他不必珍貴物質，但同時竟使他也不十分珍貴青春與時間。

大概在他同我交友三個月以後，已是寒冷的冬天，忽然發生了一件非常使我奇怪的事情。

那天天下雪，他開著車子帶我到郊外去看雪景，回來在雪園吃火鍋，飯後我要回家，但是他一定拉我陪他到仙宮舞廳去坐一回，一進去，還沒有坐下，他很不自然的拉著我就退了出來。

「怎麼回事？」

「我們到咖啡館去坐坐吧。」他說。

我想他一定碰到了要糾纏他的女人，所以也沒有說什麼。

他把車子開到霞飛路，我們走進復興咖啡館，寬了大衣，坐下，叫來兩杯咖啡，他忽然說：

「你說剛才我為什麼要走？」

「為什麼？」

「我太太在。」

「你太太？你有太太？」我驚異地說：「我怎麼從來不知道？」

他笑了笑，點點頭。

「你太太，那有什麼關係，你又沒有帶別的女人。」

「她同好些人在。」他說：「啊，我怕碰見他們。」

「這是怎麼回事？」我說：「她的朋友們當然也是你認識的。」

「自然。」他說著想了一想，忽然後悔起來，他說：「剛才應當同你介紹介紹。」

「我也很願意見見你太太。」

「沒有意思，沒有意思。」他忽然又說。

「你看，你有太太，從來不告訴我。外面亂七八糟交女朋友，怪不得人家說你浪漫。」

「當然，人家可以那麼說。我知道假如我沒有錢，就不會有這些苦惱。」

復興咖啡館人很少，無線電響著悠美的音樂，在黯淡的燈下，我忽然看到普沙的面上有一種我從來沒有看到過的表情。我問：

「你難道不愛你太太？」

「啊，愛情，苦的就是我們還同女人談愛情。」他說：「還是因為我有錢，錢害了她，害了我，也害了我們的愛情。」

「這怎麼講？」我說：「我倒覺得愛情是花，錢是水，採了花而沒有水養，花是很容易枯的。愛情也是一樣。」

「你把愛情比作花，為什麼不把女人比作花？」他笑著說：「花就是愛水，什麼都不愛。」

「啊，你又來了。我覺得你根本沒有資格結婚，你也用不著結婚。你常常一個人在外面，很晚回家，你不是一點也沒有盡你做丈夫的責任？你不應當怪你的太太。」

「你不了解我。」他說：「你難道以為我要過這樣的生活麼？我愛了她，我要結婚，我自然想過美滿的家庭生活的，但是……」

「怎麼回事？你同我談談，也許我可以給你一點意見，一個人很容易看出別人的錯處，而看不見自己的。」

「在我們結婚以前，」詩人普沙於是放下咖啡杯，抽起一支煙，斜靠在沙發上緩緩地說：「誰都相信我太太是一個趣味很高，性情淡泊，高貴美麗的女孩子。她是學習音樂的，聽到美麗的音樂她就出神，她喜歡大自然，常常同我到野外到海邊，一待就是一天；她非常樸素，不喜歡脂粉香水，我送她一切奢侈的東西，她都看得很輕。總之，她一切都異於平常的女孩子。我愛了她，我當她像女神一樣的愛她，於是我向她求婚，我們在教堂舉行了莊嚴的儀式成為夫妻；我滿以為我從此一定有一個非常美滿的家庭了。」他說到這裡，忽然停下來，噴一口煙，看我一眼又說：「但是，哪裡知道她一切的優異處不過是她的廣告。結了婚，她要的竟都是她以前看輕的東西。她整天叫我陪她買東西，做衣裳；本來她喜歡清淨，常愛只同我兩個人在一起，現在她要熱鬧，她要我帶她交際，她愛在家裡招待朋友，她的親戚，她的同學，她一一為我介紹，到處表示她嫁了一個有錢的丈夫；每天都不能待在家裡，不是要我陪她跳舞，就是去參加一切的會集，要不，就是在家裡招待朋友。她每天換不同的打扮，讓別人羨慕就是她唯一的快樂。我為她布置的鋼琴唱片，她一點也不再喜歡，幾個月也不動，但是在交際場中她要同人家談音樂，她常常誇說我們家裡有什麼什麼的唱片，誇說夜裡常常同我聽到很晚，實則我們一回家都已萬分疲倦，那裡還有精神有兩個人的生活……啊，這真是苦！」

詩人普沙微喟一下，換了一個姿勢，又繼續說：

「要是我是窮光蛋，她做了太太就要買菜、燒飯、洗衣，也許我們還有點家庭的幸福。但是我有錢，她可以什麼都不管，只要享受。」他換了一口氣又說：「當然，我要沒有錢，她就不嫁我了。」

「那麼，你可以勸勸她。」我說。

「勸她，我起初當然勸她，但是她就要不開心；你知道我是不願同她吵嘴的，我看她不開心，當然只好順從她，但是成年累月，你想想，我怎麼受得了？」

「那麼現在怎麼樣？」

「現在，我聽她去，只要不拉我在一起，那就是我的幸運。」

「她有別的男朋友麼？」

「啊，自從我不同她在一起鬼混以後，一見我總是說誰在追求她，誰在愛她。」

「這當然是希望你關心她，對她有點妒嫉。」我說。

「但是我可希望她會愛別人去，來同我離婚。」

「離婚，這什麼話？」

「我曾經暗示過她，但是她說，她只愛我一個人。實際上我知道那些男男女女，還不是因為她有錢有汽車，有漂亮的房子，所以捧著她玩，誰真個同她有什麼交情。現在，越來越好，她學會了賭錢，天天在打牌，有時候深夜不回來，有時候在我家裡，鬧到天亮。」

「要真是這樣的話，我想你應當好好勸她一次，給她一個警告，不要太軟弱。」

「但是這有什麼用？難道我同她吵架？吵架最後是離婚，離婚，她可以問我要贍養費，弄到打官司，成冤家，這有什麼意思。她現在同別人說起來，是我外面有女朋友，她心緒不好，所以要找刺激；實際上我同她在一起，她一直拉我同她鬼混，我受不了才聽她自己去鬼混。」

「那麼你的確有不少女朋友。」

「啊，這就是我的弱點。但是，你知道我還不是想找點安慰；我這許多女朋友，你當然知道沒有一個我真正愛的，也沒有一個真正愛我的。」

「那麼，這樣總不是道理；可惜我不認識你太太，否則我同你去談談。」

「沒有用，沒有用；說起來她是愛我的，她要我同她整天在一起；她要我陪她買東西，買衣料，買皮大衣；她要我帶她在豪華闊綽的地方出鋒頭，這大概是她真正嫁我的理由。」

我沒有作聲。他又說：

「說起來，這是因為我有錢，所以會有這些苦惱。要是我沒有錢，她不會嫁我，我最多像世斌一樣，失戀一次，也許我倒可以專心讀書寫作。將來可以有點成就。」

「那麼，她當然也知道你的藝術生命。」

「自然，在戀愛時候，我還不是同普通情人一樣，我天天寫詩獻給她，她對我的詩很能欣賞，有時候也給我很好的意見；但是結婚以後，她再不讀我詩，也從不問我在寫些什麼？總之，在女人，一切都是廣告，一切都是廣告的技術，目的只是虛榮、金錢、肉欲與安全的獲得。」

我聽了普沙的話，心裡有說不出的感觸，但也沒有法子給他一點勸慰，也沒有法子貢獻他解決的意見。

總之，男女夫婦的事情是兩個人的事情，別人很不容易說話的。

不過，我從此倒知道了富有的詩人普沙真有他特殊的苦痛。

在走出復興咖啡店時，普沙還說：「我唯一的解脫，就是希望她會愛別人，會自動的向我提出離婚。」

五

從聖誕節到新年，詩人普沙有好些日子沒有來看我，忽然，有一天半夜裡到我地方來，他穿戴得非常整潔漂亮，像正是從晚會回來。我說：

「怎麼，好久不見你了。玩得痛快？」

「啊，還不是陪一些小姐們吃飯跳舞。」

「你怎麼不說小姐們陪你？」

「事實是我在陪她們。你知道女人只是喜歡這些。」

「你太太呢？」

「啊，明天我請客，我給你介紹我太太。」

我覺得他的話很突兀，我問：

「怎麼，你忽然想到了這個。」

「明天我要為她介紹一個男朋友。順便請你，希望你帶一個女伴。」

「什麼？替太太介紹男朋友，我去幹嘛？」

「你去，你去，你不說要會會我太太？」

「但是我也沒有女伴。」我說：「我上哪裡去找？」

「我已經為你找好引玉，明天你到寫字間去接她好了。我還請了一個姓劉的男朋友，一個陶小姐，沒有別人，另外就是我太太同我。」他說：「我們在國際飯店見面，八點半。」

自從我認識普沙以來，這是第一次他同太太一起來邀我玩，而他偏說要為他太太介紹男朋友，這實在很令人詫異，我想問他點什麼，但是他已經站起來說：

「明天千萬不要失信，準時到。」忽然他在我桌上拿起鉛筆，在我日曆上寫了一個電話號碼，他說：

「這是引玉的電話，你可以先打電話給她。」

說著，他拋下鉛筆，就自顧自出去了。

第二天我依約打電話給引玉，我請她看五時半的電影，在電影院見面；散了電影還在咖啡館坐了好一回，才到國際飯店去。

普沙同他的太太、劉先生、陶小姐都已經在座，普沙站起來同我們介紹。我馬上發現他太太真是一個雍容華貴美麗無比的女人，她身體長得豐腴勻挺，穿戴得華麗奢侈，但一點沒有俗氣。眼睛水汪汪的，似乎含蓄著無比的情熱，嘴唇微笑時有一種神祕的羞澀，玲瓏的鼻子極其動人，不時微微掀動著鼻葉，使人對她有楚楚可憐之感。

是這樣美麗的太太，我心裡想。

陶小姐也不難看，是輕巧活潑的典型，但是在普沙太太的面前，她的確顯得輕佻卑微。而劉先生，啊，這個臉似乎很熟。他很年輕，身材很好，穿一身簇新的晚禮服，袋裡還插著手帕。有一個紅潤漂亮有生氣的臉，頭髮修的非常光亮，前面聳起著。有生動的眼睛，但是閃著局促不安的光芒，好像是很少有交際經驗的青年，對一切都有點陌生。

自然，我特別注意著普沙的太太，在我請她共舞的當兒，我不免談到普沙的詩，談到他的生活。

「啊，他是一個詩人，完全是詩人的脾氣，所以我也什麼都原諒他。不過，有時候我希望他肯稍稍現實一點。」

「我聽說普太太本來是學音樂的？」

「可是我現在好久不練琴了。他是詩人脾氣，我不得不現實一點，女人總不免為家庭犧牲。」

總之，在這些談話之中，我發現她的確非常愛普沙，而且是了解普沙同情普沙的。

我馬上對她有說不出的好感，我希望找機會勸勸普沙。他有錢，又有這樣美麗而聰敏的太太，而他竟不會處理，造成了家庭的誤會；尤其可敬的，是在我與她共舞談話之中，她始終沒有說一句自己委曲，也沒有對普沙有一句抱冤。

而普沙，在我們喝了一點酒以後，我看他對陶小姐似乎有太隨便的距離，我一時很為普沙太太不平，但是普沙太太竟非常大方，一點也沒有露出不快樂的顏色。

劉先生可非常小心的在侍奉普沙太太，非常孝敬體貼，一次次請她跳舞。過一回，不知怎麼，普沙的酒忽然撒到了普沙太太的衣裙，劉先生不慌不忙的過去，蹲下去為普沙太太揩拭，而這種特別的卑恭竟使我很不舒服。

那天我們到午夜方才出來，我送引玉回家，路上我竭力誇讚普沙的太太的風度，我很批評普沙不對，引玉也完全同我有一樣的感覺。但是我告訴他，普沙以前告訴我的，關於他太太奢侈的習慣與好虛榮的性格，引玉說：

「當然，一個女人如果失去了丈夫的敬愛，常常會變成這樣的。」

引玉接著又告訴我，普沙當初追求她太太時候情形，送花呀，寫詩呀，種種自作多情的醜態，她說：

「她完全上他的當，你不知道她的琴彈得多好，對於音樂很有希望的，嫁給他什麼都完了。」

引玉的話的確很影響我對普沙的見解，我說：

「我想普沙也不是一個沒有情愛沒有責任的人，怎麼會這樣。」

「他有什麼情愛責任？女人嫁給他也倒楣了！」她天真地說。

在我回家的途中，我覺得為普沙家庭的幸福，我應當好好勸勸普沙才對。

但是普沙以後竟不見了。日子一多，我對於他們家庭的事情也就慢慢忘去。

六

但是三個月以後，那時嚴寒的冬天已經過去，詩人普沙突然在我面前出現，他的膚色黑了許多，身體似也粗實一點。我說：

「怎麼拉？這許久不來看我？」

「我在杭州待了三個月。」他說。

「一個人去的麼？」

「自然，一個人，」他說：「我是去寫詩去的。我寫了一首很長的史詩，你願意為我看看麼？」說著，他從他手裡拿著的一包書中，拿了一本稿子給我。

「這麼厚。」

「我是寫元朝忽必烈大帝的武功的。」

「真不容易，」我說：「到底你舒服，有錢，要做什麼就可以做什麼，多自由！」

我翻了翻他稿子，他忽然說：

「你碰見過我的太太麼？」

「沒有，我又不常在交際。」

「那麼劉先生呢？」

「哪個劉先生。」

「那天我們一同吃飯的。」

「啊，他，好像我在馬路上見過他一兩次，但是沒有招呼。奇怪，我總覺這個人有點面熟，不知道以前在什麼地方見過的。」

詩人普沙忽然大笑起來，這弄得我莫名其妙，我說：

「怎麼啦。」

「幸虧是他，我可以安安靜靜寫這本史詩。」他說。

「你是說是他替你收集史料的？」

「史料？」他又笑了起來，好一回他才換了口氣說：「我叫他在侍奉我的太太。」

「你這是什麼話？」

「真的，真的。」他說：「你不知道女人，女人不但要錢，還要人陪她花錢，我最多可以供給她錢，但不能陪她花錢；所以，我找了小劉。」

「普沙，你不應當這樣想你太太，我覺得她是有風度，有趣味，非常美麗的女性，你應當自己檢討自己，多了解她一點。」

「難道我不了解她？我知道她需要什麼樣的男人，我介紹給她，所以這三個月來她活得很快活。」他說：「啊，女人，女人要求男人的是帝皇的富有與奴隸的卑微，神的寬容與獸的肉欲。」

「你發什麼神經病？」我說。

「我發神經病？我太太愛上了小劉，你知道麼？」

「為什麼不說小劉愛上你太太，那是你自己造成的，這樣美麗的太太，要是我同她交往三個月，我也會愛她。」

「但她不會愛上你，她會愛上你，我倒也看得起她一點。」普沙忽然說：「我看她需要一個整天不務正業可以侍奉她，供她驅使為她付賬的男人，所以我雇了小劉，我想不到她會愛上小劉。」

「你說你雇了小劉？」我驚異了。

「不錯。老實告訴你，小劉是我雇用的。她有許多男女朋友，每天玩在一起，但是她還不滿足，她總想牽一條狗一樣牽著我走，供她驅使。我沒有辦法，最後我看到了小劉。」他說：「你說你有點面熟……」他說著忽然哈哈大笑起來，於是又換了一副正經的面孔說：

「我可以告訴你，但是你必須答應我要為我守祕密。」

「我同誰去講去？」我笑著說：「自然可以。」

「你可同誰也不許說出今天我同你講的話。」他說。

「我什麼地方見過他……」我自言自語地說：「我怎麼也想不起來了。」

「你沒有在白宮理過髮？」

「當然，當然，」我說：「啊，他是白宮的理髮師。」

「一點不錯，十七號。我不是總是在白宮理髮麼？我們很熟。那天我去理髮，心裡正為我太太事情煩惱，一抬頭，在鏡子裡看到了他，他的漂亮的面龐，沾沾自喜的神情，忽然觸動了我的靈機，我於是就約他晚上吃飯，……你猜怎麼樣？」他說著又放形狂笑。於是說：「啊，你猜這傢伙想到了什麼？他竟想到了別處，以為我是一個欣賞男色的人。」

「他沒有答應你一同吃飯？」

「他，他知道我有錢，巴不得有機會獻這個殷勤，當時，看我約他吃飯，就同我調情起來。」

「你怎麼樣？」

「我當然沒有理他……。」詩人普沙說：「你想這是什麼趣味，他不懂音樂，又不懂詩，而我太太竟愛上他。」

「愛上他？我想不會的。她不過找他侍候侍候吧了。是不是小劉同你說的？」

詩人普沙沒有理我，他喝了一口我倒給他的水，忽然仰起頭閉上了眼睛。一瞬間，我忽然看到了這個玩世不恭，狂妄怪誕的詩人，竟也有世斌一樣的痛苦。我輕輕地問他：

「那麼你請小劉吃飯，你們是怎麼談判的？」

「啊，」他張開眼睛，恢復了平常的姿勢說：「我先問他有多少錢一月收入。我加了一倍給他薪水，直接告訴他我要他侍奉我的太太，我要他必須聽從我太太一切的遺差，忍受她的脾氣，吃東西付賬，坐汽車開車門，買東西時拿大包小包。他聽了非常奇怪，但是竟完全接受了。於是我叫他第二天起就對白宮辭職，我帶他到麥瑞洋行做了幾套衣裳，又帶他到幾家最上等的飯館、舞場跑了一圈，教他一些必須的禮貌與規矩，我又教他開支票，教他在支票上簽字，他倒是很聰敏，三天功夫就學會了。於是我為他在銀行裡另外開了一戶，給他一本支票簿，凡屬於侍奉我太太的，陪我太太玩的，吃的，一律由我開銷。講好了這些，我就同他們介紹，那就是請你一同在國際吃飯的那天。」

「那麼你去了杭州，他們就常常在一起了。」

「你看我待我太太多好，但是我只是要她舒服，有人侍奉，有人付賬，有人可以不務正業，專心專意追隨左右，聽她指揮，我並沒有叫他們戀愛，而她竟愛上了小劉。」

「也許小劉在對她獻媚，也許小劉在對你吹牛，說她愛上他，實際上你太太不過是當他一個聽差。」

「小劉怎麼敢對她調情？他接到她的情書馬上不知所措，打了一個電報給我。」

「你太太給小劉情書？」

「女人，這就是女人，她想一個如此服從、體貼、花錢的男人，三個月裡面竟一無動作，她就無法再忍耐了。小劉昨天給我看，啊，這封信倒是寫得很好。」說著他從袋裡掏出一封信來，他遞給我。

「那麼怎麼樣？」

這是一封厚厚的信，我打開來，就聞到一種香粉的香味。淺紫色的信箋，上面寫著小小的清香的藍字，我大概的看了幾行，翻著又看了幾行。裡面好像都是輕輕的夜曲，彎彎的月兒，輕輕的風，細細的雨，此外是香檳酒，玫瑰花，紫紅的領帶，銀色的高跟鞋，我當然沒有興趣細讀，但我倒被一段話吸引了，那是：

……那件衣服，我現在開始珍貴，你曾經為我揩去衣裾上的酒漬；這象徵我的靈魂。我靈魂上所染的酒漬又有多少，但是誰為我拭拂呢？假如，上帝不欺騙我，珍貴我一件普通的衣服的人，看了我衣服染上酒漬，就願蹲下身子為我拭拂的人，看我靈魂上無數的酒漬，當然會更給我同情與憫憐。……

真是，我沒有法子否認普沙太太在動真情了。不知怎麼，我心裡竟有說不出的難過，我不禁說出：

「啊，可憐的女人。」

普沙忽然冷笑了一聲，我有點不忍再讀那信，我摺好裝在信封裡還他，我說：

「那麼你打算怎麼樣？」

「我替小劉寫了一封回信，叫他抄好寄去。」

「寫好了麼？」

普沙又從袋裡掏出一張紙來。他說：

「我想叫小劉常常同她通通信，不要再常同她在一起了。」

我沒有作聲，打開他的信稿來看。

那封信當然是用小劉的口吻寫的。先說他在第一次見她時就愛上她，接著用一千種花名讚她美麗，又用一百種的大自然的現象形容她儀態的高貴；接著說她有一個可敬的丈夫，美麗的家庭，他不願影響她的心情，破壞她生活的韻律，因此他把一份愛一直納在心底，從來不敢表露。他只想做她一個奴隸，能夠每天侍奉她就是他的光榮，他覺得她不討厭他已是他的造化，絕不敢想到她會愛他。但如今她竟對他表示了愛，他也無法再行掩飾，可是理智方面想起來，——他足足想了三天三夜——覺得為她的幸福，他還是暫時不再同她見面好，等這份愛情可以昇華到友誼的時候，他願意再同她見面。……

我讀完了那信，摺好還給普沙，心裡有奇怪的感覺，我不知道為什麼我竟是在同情普沙太太。我沒有說什麼，但是普沙收起信，看看我的神情，他說：

「你可不許把我告訴你的去告訴別人，這同我太太名譽有關。」

「我不是已經答應你了麼？」

「謝謝你。」他說著站起來，忽然說：「你看了我這本史詩給一點意見，我後天來拿，我要交給大時代書局出版去。」

說著他抽上一支煙就走了。

七

普沙的史詩叫做《黃色的血海》，我讀了兩遍，覺得的確有他不可企及的氣魄與才華。他已經從他狹小的生活範圍內跳到另一個境界。我看出他在三個月之中所用的工夫與心力。

但是他並沒有如約來拿稿子，隔了三天，他備了一封信，從大時代書局派一個人來取詩稿。

此後我又一直沒有見他。

半個月以後，有一天晚上，他突然在我的面前出現，衣襟上頸項間染著口紅，臉上紅紅的泛著幾分酒意。他說：

「今天總算看了《黃色的血海》的清樣。我預備後天到北平去。」

「北平幹嘛去？」我問。

「我去寫書，我想住三、四個月去寫一本《普希金傳》。」

「為什麼上海不能寫呢？」

「上海，你看我的生活！」他頹然坐了下來，用手掠掠頭髮。

「也好，到北平去住幾個月。」我說：「你那本《黃色的血海》的確寫得很有氣魄，不過對於史詩我總覺得需要一個觀點，才可以有一個明顯的主題，你似乎缺乏這個。」

「你的話很對。不過，是不是比我以前的詩進步了？」

「當然當然，」我說：「這一本有簇新的風格，完全不像是寫你以前作品的詩人寫的了。」

「所以要寫好一點的作品，必須離開家。」

「怎麼？」我說：「你太太怎麼樣了？」

「啊……啊……」他忽然又大笑起來。

「怎麼回事？」

「沒有什麼，她現在精神又有寄托，已用不著來擾亂我；朋友們瞎鬨也少了；現在她很希望我少看見她，她很鼓勵我到北平去。」

「她是不是讀了你的《黃色的血海》？她覺得怎麼樣？」

「她沒有工夫讀我的稿子，」普沙冷笑了一聲說：「但是，她是在讀我的詩，她每天陶醉在裡面。」

「你看她內心一定還是愛你的。」

「愛我？笑話，笑話。」他又大笑起來，忽然說：「你有酒麼？」

「只有葡萄酒。」

「也好，也好。」他說。

我倒一杯給他，他喝了一口。

「怎麼回事？你似乎很痛苦？」

「沒有，沒有。」他冷笑著說：「我只覺得好笑。」

「我想你太太既然很愛你以前寫的詩，她對你還是有點了解同情的。」

「你知道什麼？」詩人普沙忽然挖苦我一句，笑了一聲又喝了一大口葡萄酒，於是說：「這因為這些詩是我叫小劉抄給她的。」

「你叫小劉抄給她？」

「啊，你不是知道上次我有封信給她麼？以後小劉就沒有見她。她就每天寫情書給小劉，小劉沒有辦法，又來看我。你想我哪有工夫一直替小劉寫情書給我太太，我就撿出一些詩稿給小劉，叫小劉每接到一封信抄一首兩首給她，免得麻煩。但是我詩稿不多，抄完了小劉又來麻煩我，我就給了我出版過的三本詩集，又叫他去抄。」

「那麼你太太還不發現麼？」

「我當時想發現就發現，大不了說是小劉抄現成的情詩寄給情人，但是，女人，這就叫做女人！她竟沒有發現，而有許多情詩，都是我當初同他戀愛時寄過給她的。」

「那麼，你幾本薄薄的詩集一兩個月也就抄光。你去北平了，那麼叫小劉怎麼辦？」

「我已經想好辦法，教了小劉。我教他抄完那幾本詩集以後，換一個方法來抄。譬如第十五首抄一句，第七首抄一句，第一本抄一句，第二本抄一句，湊成十四行、十六行就可以寄她。我還教他把一句句子倒著抄，譬如：『我們的愛情溪水般的汩汩地流過去，流過去……』可以抄作『流過去流過去，汩汩地，我們溪水般的愛情……』也可以抄作『汩汩地流過去，流過去，在溪水般愛情裡，我們。……』我還教給小劉，在我原來的句子裡多加虛字，譬如這詩句就可以加成：『過去了嗎？流過去了嗎？汩汩地，汩汩地，汩汩地啊，溪水般的愛情，溪水般愛情裡的我們啊！』啊，小劉倒是很聰敏，我教了他，叫他變化著抄幾首我看看，都很像樣。我想這樣一年、兩年都夠他去變化了。」詩人普沙說完了玩世地笑著。

我雖然看得出他心中也有說不出的隱痛，但是這種痛苦已經不是愛情的痛苦，這只是發現他給太太的情詩根本就沒有被他太太理會注意了解的痛苦，是他的詩情詩才被侮辱的痛苦。大概就因為這個緣因，我有奇怪的感覺在同情他太太，好像覺得她是一個目不識丁，孤苦無依的女人在被人侮弄一樣。

詩人普沙走後，我有奇怪的衝動想寫一封信給他太太，想告訴她這些陷阱，讓她當心前面的路途。但是，我馬上想到我是曾經答應普沙不將這些告訴任何人的，我不能自食其言，因此我沒有做。可是我心裡始終有些不舒服，好像是兩句想說的話沒有說出，想讀的書無法尋覓一樣。

詩人普沙以後沒有再來看我，他已經離開上海到北平去了。

大概三四天以後，我坐公共汽車上在靜安寺路走過，忽然看到小劉同一位女人從一家咖啡館出來。我自然馬上想到普沙的太太，但是竟不是普沙的太太；而小劉對那個女人竟相當親熱。這使我非常難過，那麼小劉原來一點也沒有愛普沙太太。我一時很恨小劉，但仔細一想，覺得他為什麼應當負責？他不過是被雇用的職員，做老闆吩咐他應做的事。他也許竟不知道那些情詩裡說些什麼，白紙黑字，他抄下來寄出去，同叫他剪去長出來的頭髮一樣，他可能不會想到那裡面所含的精神的意義。

但不管我能如何原諒小劉，回到家裡，我還是不安。普沙到北平後沒有來信，他自然很安詳的在寫他《普希金傳》，沒有人在麻煩他。小劉，每月有薪水拿，只要夜裡抄幾句詩，可以沾沾自喜地生活。我想到痛苦的只是普沙太太，她像一個無知的痴情的少女被從未想到的命運所播弄。這一份同情使我禁不住想寫一封信給她，我一再擬稿，一再考慮，為求不違背對普沙的諾言，我把信這樣寫了：

親愛的太太：

我知道你在痛苦之中。但世上沒有十全十美的事，一切十全十美的事是你的夢想。較諸許多痛苦的人生，你應當滿足你現在的環境。你現在處於非常危險的地位，跳出你現在的環境也許就是陷阱。千萬當心，千萬當心。

一個同情你的陌生人

這當然是一封匿名信，我寫好封好寄出去以後，我的心就平靜許多。一切慈善行為的動機也許還是求自己的平安，以後結果如何，我沒有想到，也沒有想去知道。

而日子永遠是照舊的過著。

但是不到兩個月，普沙忽然到北平回來，他於到上海後第三天來看我。這很使我驚訝，我說：

「你回來了？怎麼，這樣快，《普希金傳》寫好了麼？」

「啊，我是來離婚的。」

「離婚？你太太對你提出來的麼？」

「自然，她已經不在家裡，叫律師寫信給我。」

「不在家裡，同小劉在一起麼？」

「不，不。」詩人普沙說：「小劉我昨天還碰見過，他給我這封信。」

普沙遞給我一封信，我知道這是他太太寫給小劉的，她在信裡說：

摯愛的SY：

……我知道你為我已經痛苦得不能生存，而你高貴無比的性格又叫你不接近我，但是我並不能忘你，沒有你我無法生活。我現在已經離開了家，向我丈夫提出離婚；等離婚手續辦好後，你當然不會再勸我不離開家庭。你沒有破壞我的家庭，沒有一點不高尚的行為，是我，我不能沒有你。我知道只有我先做了，你才會覺得同我在一起是對的。我相信我的丈夫不會拒絕我離婚的。我也不要他的錢。我相信你有比他更多的錢，可以創造我們的幸福。從此那明月清風，鮮花流水都是我們的，而巴哈以來的音樂家所寫的音樂，莎士比亞以來的詩人所寫的詩，都在歌頌我倆的愛情，而它們都是為我們在一起的時候共同欣賞的。所以我們如不能在一起，那就辜負了清風明月，辜負了鮮花流水，辜負了歷史上的音樂與詩人以及他們為我們寫下的傑作，這也就是辜負了上帝……

那是第一張信箋，這樣的信，在我不是情人讀起來當然感到有點肉麻，我讀不下去。我沒有翻到第二頁就還給普沙，普沙接過來，大聲地朗誦那第一張信箋的尾句：

「這也就辜負了上帝。」忽然哈哈笑起來，他說：「她倒沒有說，上帝也是為他們的愛情而存在的，他們不在一起，上帝也該自殺了。」

我想說什麼，也許想替他太太辯護幾句，但是竟說不出什麼。我望著普沙把信揑成一團，納入袋中，我說：

「那麼你打算怎麼樣？」

「自然離婚，我正求之不得。」

「但是我看你不見得快活。」

「我只感到醜惡，兩個人無論怎麼，合也好，分也好，總要留點美感給對方。」

「但是這是你自己造成的。」

「我想不到女人，她也算受過高等教育的人，怎麼竟是這樣一個動物，你沒有看到信裡說，她相信小劉有比我更多的錢。」

「那麼，你同她離婚了，叫她怎麼樣？」

「自然嫁給小劉去，那不好麼？」

「但是，這……這怎樣……」我不知道怎麼說好。

「我已經同小劉講好，叫他討我太太。我預備給他一筆錢，可以使他做點小生意，有一個安定的家。」普沙說著，他要告辭。

「那麼你的《普希金傳》呢？」

「離好婚，等小劉同她結婚了，我想我在上海就可以很安心工作了。」

「聽說你那本《黃色的血海》頗得好評。」

「我想男人離開女人都可以做點事情的。」他說著似乎很急忙的就走了。

幾天以後，我在報上就看到了兩個律師代表他們夫婦離婚的啟事。我想在普沙這件事情該可以結束了，但在他太太，嫁給小劉後一定會失望的，茫茫的前程怕正多波難。

但是事情的發展竟出乎意料。

在見到離婚啟示三天以後，普沙又來看我，這次他神經非常緊張，舉動有點失常，一進門就說：

「這怎麼辦？」接著他就在我房裡轉。

「什麼，什麼事？」我說：「你坐下來談麼？」

他忽然在我面前站住了，右手拿著一封薄薄的信，不斷地敲著左手。他說：

「這傢伙竟跑掉了。」

「誰呀？」

「小劉，還有誰。」

「他跑了，跑到哪裡去了？」

「這是他留給我的信。」

「到底怎麼回事。」

「他領了我的錢，竟不想同我太太結婚，一個人跑了。」

「這算什麼？」

「你看那封信。」普沙說著自己踱到沙發邊坐下，拿出一支煙吸起來。

我打開信，這是小劉寫的，文句寫得也還通順。他說：

雷先生：事情弄得這樣我是想不到的，但是我雖是一個理髮匠，沒有念過多少書，我也有我的打算，我也有我的愛情。我沒有愛你太太，我一切都同你商量，聽你的話做。

現在你叫我取（娶）你太太，雖然你給我一筆錢，我當時答應了，但我仔細想想我不能做。我有一個同鄉，同我做朋友很久，一直沒有錢，沒有成親，現在你給我那筆錢，我想了想，決定借用了。

我想回到揚州去自己開一爿理髮店，我的妻子也可以幫我，我的母親也可以幫我。我是一個理髮師，吃人家飯總無趣，一直想自己開一爿店，所以借用了你的錢。你算我的股東也好，算借給我也好，我賺來了還你。

你是一個好人，我勸你把這事情同你太太講講，你們還是不要離婚了，下次你們到揚州來玩，我可以好好的替你太太免費燙頭髮。你寫信給我寄到揚州東門華生街十二號好了。

劉家椿敬啟

我讀了這封信，抬頭看普沙。普沙噴了一口煙說：

「是不是可氣，可笑。」

「但是，如果你仔細想，小劉也沒有什麼不對。他有他的愛情，他有他的理想，一切的事情都是你自己一手造成的。小劉是你的雇員，他有責任做你吩咐他的事情，但沒有責任要同你太太結婚，是不？」

普沙不響，接著他說：

「那麼怎麼辦呢？」

「什麼怎麼辦，你已經離了婚，你還有什麼責任？」

「但是我良心上有點不安。」

「如果你真是良心不安，為你太太著想，我倒覺得小劉給你的勸告是對的，你把一切告訴你太太，勸慰她一番，再同她結一次婚，經過這一次教訓，她以後一定會做你理想的太太。」

「但是這是不可能的，我已經無法愛她，她破壞了我一切的美感。」

「那麼其他還有什麼辦法？」

「啊，我想同她講一講，給她一筆錢。」

「那不是給她一個諷刺？」

「但是她是女人，你知道她是女人。」我沒有再說什麼，只是心裡覺得很不舒服。歇了一回他忽然像有所悟似的又說：「可是，她的地址我都不知道，這還要去問小劉才行。」

「她的娘家呢？」

「她的娘在河南。」他說：「這裡並沒有什麼人。」

「你何妨托為她辦離婚的律師轉一封信給她。」

「對，對！」普沙說著站起來就要寫信。

「何必那麼急。」我說：「這封信倒要寫得好一點，我想你還是回家好好去寫吧。」

普沙也就首肯了，又重新坐下。但這以後我們就沒有什麼話，他似乎總像有什麼心事似的。我為解除他的煩惱，就找點別的話說：

「昨天大時代書局人講，你的《黃色的血海》銷路非常好，文藝刊物上都在提到你的那本詩。」

但是普沙竟沒有興趣談別的，他像沒有聽見似的站起來就告辭走了。

大概是興奮以後的疲倦，這位富有、古怪、玩世不恭的詩人竟在背影中留我一個孤獨無依的印象。

八

就在詩人普沙同我見面後的第二天，我翻開報紙，一條驚人的消息把我駭壞了。這標題就是：

名詩人普沙前妻

常杜美服毒自死

接著的記載大致如下：常杜美數日前與詩人普沙離婚，寓麥穗飯店四七三號。昨夜忽服大量安眠藥自殺，侍役於下午兩時見房內無聲無息，即報告賬房，越陽臺而入，見狀急電捕房，據警醫謂已死去五小時。其自殺原因待查。房內並無遺書，僅有署名劉家椿者給她的一封信，信裡說：

雷太太：

我想了許久，才寫這封信給你，我實在是一個沒有錢的理髮師，是雷先生雇我侍奉你的，當然沒有資格，現在我已寫信給雷先生，希望他同你不再鬧離婚，我現在要到揚州開理髮店去，一切的事情希望雷先生會同你詳談。

劉家椿

下面當還有新聞記者的臆測。

我驚惶之餘，又找了幾份報紙來看，都有同樣的消息，我馬上到普沙的家裡去看普沙。普沙的家離我不遠。從一條兩旁有樹的支路進去，最後一所三層樓高大的洋房就是。走進鐵門，裡面停著不少的汽車，機器自行車，一個佣人帶我到裡面，我看到許多新聞記者正在訪問普沙。

普沙見我進去，像得了救星似的同我招呼。我一時也不知道說什麼好，一個新聞記者以為我也是內幕人，希望我可供給他們一點消息，我拒絕了。我很想約普沙到外面走走，但是這時忽然來了兩個捕房裡的探員，他們要單獨同普沙談談，我於是隨便說幾句話就告辭出來。

下午，晚報上竟有更大的篇幅，登載著普沙與普沙太太的照片與離奇的新聞。這新聞已經不是自殺的新聞，而是普沙如何雇用了劉家椿同他太太交友的新聞。

這新聞鬨動了好久，弄得滿城風雨。大報小報社論副刊以及許多雜誌，都一致對普沙抨擊，一般的誤會都說他一個浪漫無行的男人，為要對太太遺棄，竟買了一個理髮師同太太講愛情，以作離婚之理由。而在一切朋友的會集交際中，似乎也都以此為談話的題材。幾乎沒有一個不是抨擊普沙，而同情他太太的，慢慢地把普沙的太太神話化起來，說她美麗，說她高貴，說她嫁給普沙時完全一味痴情，她在離婚時並沒有向普沙要一點錢或什麼，足見嫁給普沙時也絕不是為他的錢。而普沙不但運用金錢玩弄女性，還運用金錢教一個純樸的理髮師玩弄自己的太太。

不知怎麼，我在這些談話場合上，竟對普沙有奇怪的同情。有時聽別人閒話過分，也很想替普沙辯護幾句；但要替普沙辯白，勢必揭穿許多他太太的內幕，而這又是我不願做的。因此，遇到了這些場合，我只好負著抑鬱的情緒悄悄地走開。

普沙沒有發表什麼申明，也沒有辯白什麼。在認得他的人中，都說沒有見他，我去看他兩次他都不在家，第三次，家裡說他去南京了。

在許多日子中我常常想到這裡面的道德問題。我覺得普沙做的事情只是古怪，但用心不見得壞。鑒於他離婚後還想到他前妻的幸福，而為之有許多不安與著急，他也不是沒有心的人。他太太當然是一個女人，但也說不出有什麼大錯。她的感情是純真的，她愛了小劉是自己不知不覺的事；也許她有一件事不能原諒的，為什麼竟連普沙以前寄她的詩，後來竟會不認識。但這也可以說愛情是盲目的，她愛了小劉，她相信小劉。世上的字不過這一些，表示愛情的也不過這一些，情詩原是可以千遍一律，那麼就是她發現是一樣的，也可以相信小劉同普沙對她有一樣的靈感。說到小劉，小劉可以說一點沒有不好，錯的是最後對普沙太太坦露了他的身分；這太打擊了普沙太太的自尊心，也太傷害她一片痴心的愛情，使她自慚自愧，懊惱，懊悔以至於自殺。可是在小劉的立場，在他樸素的靈魂中，覺得坦白說穿了，可以使她從新回到普沙的懷裡去，也是一種美德。

但是我這些想法竟沒有一個人可以談。就在這時候引玉打電話給我，要同我見面談談，我約她在她寫字間附近的一家飯館吃中飯。

引玉同我住的地方，相隔既遠，彼此又忙，所以自從上次普沙請客，我接她到國際飯店吃飯以後，就一直沒有見過，這次她打電話給我當然有事。

但是一見面，她想同我談的只是普沙的問題。我想她一定會對普沙有苛刻的厭恨的批評，我心中正預備把我所想到的普沙夫婦同小劉的道德問題同她談談，但是出我意外，現在她忽然表示普沙是可以同情的了。我說：

「你的態度好像同以前不同了？」

「這大概因為我知道得詳細一點。」她忽然笑著說：「我也不知道自己，也許我有點變了。當初哥哥自殺的時候，我很同情哥哥，覺得張明卷太殘忍；現在我覺得她也是可以同情的。你知道我現在同張明卷常常來往麼？」

「怎麼？你同她常來往？」我說：「她不是嫁給一個營造廠老闆，很有錢，是不是？」

「她已經離婚了，有一個孩子歸她，她要到一筆錢，一個人活著，倒很舒服。」

「這倒什麼，要是你哥哥回來，也許讓他們見見面，還會好起來。」

「啊，我正要告訴你我哥哥要回國了，大概八月裡。」

「真的？」我高興地說：「這多快活。我想現在讓明卷同他見見面，他們一定會死灰復燃，有情人終成眷屬，倒是件好事。」

「這個我可不贊成。」她笑著說：「我要讓他們再見面，我早就讓他們見面。在哥哥自殺以後，張明卷其實並沒有去湖南，她知道了這個消息，曾經寫信給我，願意再見我哥哥一次，但是我拒絕了她。」

「這是為什麼？」我驚奇地問：「那時世斌不正需要她麼？」

「我也不知道，我當時只覺得張明卷是殘忍的，她不配愛我哥哥；好容易救治了他的自殺，如果再什麼，也許真要毀了我哥哥的一生。」

引玉的話很使我吃驚，我突然發現了她是很美麗的女性。她穿一件淺藍灰色的旗袍，外面是深藍深紅的短襖，頭髮燙成了動人的韻律，淺淺的笑容中有深深的笑窩，流動的眼睛閃著十足女性的光芒，她的手臂與胸脯，正像是供在水晶盤子裡配置得很好的鮮果。而她手指正亮著三克拉的鑽戒，在我同她數次往還之中，始終好像是同一個小妹妹在一起，而一瞬竟發現她在他哥哥自殺時早已是成熟的女性，她有她女性特有的自私與妒嫉。當時我說：

「但是現在不同了，你不是已經對明卷改變了態度？」

「現在張明卷生活很安詳，有一個孩子，又有錢，何必再替她找麻煩；我哥哥在數理哲學上很有成就，他已經接受了北大的聘約，一到上海就要去北平的。他已是一個獨身主義者，就讓他獨身好了。」

引玉說著又微笑起來，我忽然覺得對她的談話應當有點顧忌了。我說：

「你哥哥回來，我們應當歡迎一番，熱鬧一下。」

「你去接他好不好？」

「自然，自然，我同你一同去接他。」
「我，我也許要離開上海。」
「離開上海，上那裡去？」
「我奇怪你總是把我看作小孩子，但是我也是一個女人。」她又笑了，於是把頭低了下去。
「女人怎麼樣呢？」我笑著問她。
「女人總需要嫁人，」她說：「女人愛一切女人所愛的。」
「那於離開上海有什麼關係？」
「你不知道我就要結婚，結了婚就要出國麼？」
「結婚？」我說：「恭喜了，男人是誰呀？你的同學麼？你的同事麼？」
「我告訴你，你一定會奇怪，」她笑了，開始用明媚的眼睛望我，我在她的眼睛裡看出她正是具有一切女性特點的女性，她說：「我同普沙。」
「同普沙？」我說：「你愛他麼？」
「自然，他不是很可愛的男人麼？而別人竟不會對他了解。」
「那麼幾時結婚呢？」
「等他南京回來，他到南京去辦護照去了。回來我們就結婚了，不預備讓外面曉得，只有家裡幾個人，但是我們通知你。」
「我一定參加。」我說：「但是我可以知道你們戀愛的經過麼？你們到底從什麼時候相愛的。」
「就在他太太自殺以後，外界對他抨擊開始，他要逃避，他天天到我地方來。啊，真是可憐！他於是提議同我一同到國外去遊歷去，希望我可以撫慰他的創傷。」她說著忽然轉換了話題：「你千萬不要同外面說起，否則抨擊他的人又有新材料了。」

「自然，自然，我絕不告訴別人。」

「謝謝你。」她說：「所以，我也許在歐洲同我哥哥見面了。」

「那麼你們三個人可以在那裡一同玩玩。」我說：「也許你哥哥在那面也有了新對象，也許是外國人。」

「沒有，沒有。」她說：「他已經變成獨身主義者了。」

我們吃了飯還坐了許久，分手的時候她同我拉手，我重新又看到她手上三克拉漂亮的鑽戒。

回家的途上，我想到了普沙真是一個永遠討女人喜歡的男人。

父仇

舞女

扉語

天真是熱了。兩點鐘的時候，我在一個朋友家裡吃飯出來，下了巴士，我想在冷氣間裡休息一會，就走進了牛奶公司，叫了一杯茶。四周看看，沒有一個熟人，很寂寞。但忽然門口走進了老于，他手裡拿著一份報紙同一包東西。他一眼就看見了我，就招呼我說：

「啊！老徐，你一個人？」

「你呢？」我說：「坐嘛？」

他四周看看，沒有別的位子，就坐了下來。他叫了一杯檸檬水，忽然說：

「好久不見你。」

「好久不見你。」我說：「陸太太，陳太太他們走了麼？那天，她們還說起你。」

「她們已經走了，我去送她們的。」

「你真是閒氣，一個人陪三個太太小姐去玩澳門。」

「啊，不要提了，陪太太小姐們玩澳門，真是可怕。」

「得了。她們說你船上碰到一個舞女，就天天同舞女在一起，不管人家，害她們輸了不少錢。」

「她們這麼說？」他說：「唉，女人的嘴！」

「到底怎麼回事？」我說：「你碰見舞女當然是真的。」

「我陪舞女玩，也是真的。」

「那麼她們沒有撒謊。」

「但是說起來沒有那麼簡單。」

「到底怎麼回事？」我說：「她們還說人家很誠意介紹一個很漂亮的美國留學生給你，你不喜歡，反倒喜歡一個舞女。」

「真是，真是，」他感慨地說：「女人的嘴。」

「但是她們給你介紹女朋友是真的。」

他點點頭，忽然又說：

「我喜歡舞女也是真的。」

「那麼……」

「但是不是那麼簡單。」

侍者送來了飲料，我一再請他講他們去澳門的經過。

他終於從頭至尾講給我聽了。

下面就是他講的故事。

一

陸太太要回上海去了，陳太太也要離開香港，她們感到在香港住那麼久，連澳門都沒有去過，想到這次他去，不知道什麼時候再會回來，所以一定要去澳門玩一次。

我同她們先生陸百權、陳大正是老同事，在重慶、上海的時候常常到她們家裡去玩，這裡也常常到她們那裡去吃飯，所以她們要我陪去。

但是陸太太並不那麼說，她說：

「老于，你這樣總不是辦法，每天到外面吃飯。我想你總該成個家，娶一位好太大。」

陸太太年紀比我輕，但是藉著百權的年齡與資格，她總是要擺大嫂的面孔，好像很有誠意。

「好太太還不是讓百權同大正娶去了，現在那裡去找對象。」我心裡雖不以為她們是好太太，但是我對哪一個太太都是那麼說的。

陳太太站在旁邊，她忽而很可憐我似的說：

「你的腸胃不好，廣東菜吃不慣，蹩腳西菜也吃膩了，我們兩家在，你還有地方吃家鄉菜，我們一走，你怎麼辦，我想你年紀也不輕，總要自己成家，比較安定一點。」

她們的話的確打中了我的弱點，我說：

「話是不錯，不過……」

「你難道一個女朋友都沒有？」陳太太明知道我沒有女朋友，但偏要這樣問我。

「你不要看他在女人面前怪會說話的，一點也不會對女人獻殷勤。」陸太太說。

「你這樣不行，」陳太太說：「你不要以為大正現在享福，你不知道他追求我的時候，吃過不少苦。做保鏢，做聽差，做車夫，什麼事情都做。你發脾氣，他一百個忍耐。我一可憐他就嫁給他，他從此才有家庭的幸福。」

「現在我們打算離開香港以前，介紹你一位非常漂亮的小姐，人長得好，學問也好，性情更好。剛剛從美國回來，手頭還有兩千塊美金，如果她肯嫁你，這錢也足夠頂一點房子。你的收入也不算少，她也可以做事，你們可以有一個美滿的家庭。」陸太太說。

「她在美國幹什麼？學什麼的？」我的確被她們打中了弱點，開始有興趣地問。

「但是，」陸太太沒有理我，她忽然轉了語氣說：「像這樣的小姐，當然追求她的人很多，我們只能替你介紹認識，以後全要你自己去努力。」

「可是我想想，你這人太懶惰，替你介紹了你也不會再去找人家；一星期兩星期以後，路上碰到了，也不想招呼，還是沒有用。」陳太太說。

「這次我們想到澳門去，張小姐也有興趣去，假如你同我們一起去，這真是一個很好的機會。」陸太太這才說到了本題。

「澳門有什麼好玩？這麼熱！去一趟要花不少錢。」我對於旅行雖有興趣，但是陪幾個時髦的太太小姐們去旅行，尤其是澳門，我可覺得不是舒服的事情。

「你看，你又來了。連這點犧牲都不肯，那裡交得到女朋友。」陳太太說。

「一切開銷我們給你，不要你花錢，你不要著急。」陸太太爽氣地說。

「你們請我，我也不去；要去，我當然請你們。」我說。

「你不要推三推四，我們就要走了，這算是最後一次麻煩你。你是大正的老朋友，你好意思拒絕麼？」陳太太用她丈夫的名義來打動我了。

「你不去，也要你去。」陸太太說：「這裡只有你有資格陪我去，你是百權的朋友。要是我同別人一起去，說起來是丈夫不在，同男朋友去遊澳門，這就可以成為口舌。這就是做女人的苦處。」

「我們還為你介紹張小姐，多好？又不要你請客。」

「老實說，請三位摩登小姐遊澳門，我也請不起。」

「你倒也說句實話了。」陸太太說：「所以說，我們請你。」

「你們請我，我也不敢當。」

「那麼爽氣點，大家各出各的，誰也不要請誰。」陳太太說。

「好，好。」我終於屈服了，我說：「那麼幾時去呢？」

「明天。」

「明天？太急了。」我說：「隔一個星期好不好？」

「隔一個星期，張小姐就不會同我們一起去了。」陸太太說。

「我們特地替你介紹一個女朋友，你倒又不熱心了。」陳太太說。

「真的為我介紹，那麼也該先讓我見見，知道她是什麼樣一個人。」

「啊，總比你所認識的女人都漂亮、聰敏，英文也比你說得流利。她是一個鋼琴家，下月就要在香港開音樂會了。」

「比你們兩位呢？」

「我們，同我們老太婆比？」陸太太說。

這是陸大太客氣了，陸太太今年才卅四歲，身材婀娜，孩兒面，搽上了脂粉，看起來不過廿五六歲，只是有幾粒假牙齒，態度說話太老練一點，是一個很愛露鋒芒的太太；陳太太呢，我始終不知道她的歲數，但遠看起來，比陸太太還年輕，人不高，但細腰輕盈，圓圓的頭顱剪著短短的頭髮，是一個非常有風致愛打扮的太太，只是眉毛做得太細，嘴唇畫得太紅，說話態度顯得太做作一點。她們在香港沒有事，還不是天天游泳、跳舞、打牌，不過，對於男人，倒都有距離，總是把太太的身分掛在外面，儘管有時也喜歡人家對她們注意。

那麼，張小姐呢？

我在出發前碰到了她。

真是一個儀態萬方，出色的小姐。高高的身材，鵝蛋臉，長長的眉毛，小巧清澈而嫵媚的眼睛，說起話來眨得很快；平扁的嘴唇，笑起來，彎彎嘴角，掀掀鼻葉，似乎很動人憐憫，而又顯得非常莊嚴。

我們約好是在陸家會面。我來的時候，她們已經什麼都預備好。兩位太太打扮得非常華麗，像是赴晚會一樣的，全身發亮，每人手指上還閃著金鋼鑽的指環。

張小姐到底是美國派，短裝打扮，長褲襯衫，露著乖誘人的手臂。手腕上是一隻精緻的游泳錶，踏著鵝黃的平底鞋，一副旅行派頭。陸太太一見我就說：

「怎麼這樣晚才來？」

「我總要把事情交代一下，是不？」我說：「所以我請你們早點預備好等我。」

「這位是張綺梅小姐，我替你們介紹，這位是于大告先生。」

張小姐張一張她小巧清澈而嫵媚的眼睛，彎一彎平扁的嘴唇，表示同我招呼。

「啊，張小姐，」我看了她一眼，對她招呼一下說：「是不是我們在什麼地方見過？」

「不見得吧？」張小姐說。

「你不要聽他的，」陸太太對張小姐說：「他對漂亮小姐總愛那麼說。」

「張小姐從美國回來不久。」陳太太說。

「那也許我們在美國見過。」

「你在的時候，她還沒有去。」

「那麼也許我們在太平洋上，她去美國的輪船同我回國的輪船中途相遇，我在望遠鏡裡看去見張小姐的，她正伏在船欄上想家。」

「也許。」張小姐很懂幽默，她笑了一下，微微的點點頭。

「我們是不是現在就去？」

「現在去，正好。」我看了看錶說。

於是三位太太小姐站起來，她們眼睛都看身邊的行李。啊，原來每人身邊是一個三十六寸的提箱。我說：

「帶這許多行李？」

「多嗎？」陸太太說：「怪不得你沒有太太。」

二

一上船，陸太太就碰見了熟人。

「陸太大。」招呼她的是一個很年輕的，身材高大，穿著香港衫，露著棕色手臂的男人。他看陸太太看他了，馬上臉上浮著諂諛的笑容說：「到澳門去嗎？」

「是，是，你也是？」陸太太說著就要往前走。

「是呀。」那個男人說：「我們回頭見。」

那個男人走了以後，陳太太問陸太太：

「誰呀？」

「我也不怎麼認識他，我只在金子字號碰見過他，他說他認識百權的。」

我同船上茶房陪她們到預定的特等艙裡，幫同著把行李安放好，三位太太小姐就開上了房門。我說：

「回頭我在大廳裡等你們。」

我到我自己的房間，洗了一個臉，吸上一支煙，就走到大廳裡去。廳上已經三三兩兩有人坐著了，我也找一個空位坐下，叫了一杯橘子水，開始望望四周。我看到剛才招呼陸太太的男人已經坐在那面了。

我拿出我帶來的報紙，隨便檢閱著。一直到電報新聞都已看完，廳上客人已經快坐滿了，還不見太太們出來。船已經起程，我開始向門外望去。

門口這時候恰巧走進一個女人，打扮得非常素雅，穿一件白色麻紗的旗袍，項間閃著白亮的珠圈，薄施脂粉，似乎有點面熟，我不期裝作去看開船的走了過去。

真是面熟。——挺直的鼻子，大大的眼睛，稍高的顴骨，還有那媚柔的嘴唇。

她對我笑了笑，我看到她頰上淡淡的笑渦，這就馬上提醒了我，啊，原來是她。我說：

「露娜？」

「啊！」她加重了笑容說：「于先生，是不？」

「你怎麼會在這裡？」我問：「你來香港多久了。」

「才兩個星期。」

「到澳門去？」

「去訪一個朋友。」

「一個人麼？」

「可不是？」

「那麼我們坐下來談談。」我說：「這些年怎麼樣？」

「說來話長。」她笑著說。

我帶她到我座位上，我說：

「企道呢？」

「你不知道？」她說：「他過世了。」

「死了？多久的事。」

「半年了？」

「真的？什麼病！」

「肺炎。」

「真想不到。」我感慨著說，我忽然想起來她們好像是有一個孩子的，我問：「你們孩子呢？」

「一年前就死了。」

我一時說不出什麼。

「總是我自己命苦。」

「聽說你們結婚了，兩口子很好。」

「頭半年我們很好。後來我肚子裡有了孩子，他經濟情形不好，外頭又跟別的舞女亂七八糟，常常對我發脾氣。」

露娜說著說著眼圈紅了起來。我說：

「他家裡呢？」

「一個大家庭。他父母很奇怪，哪一個孩子得意，就喜歡那一個孩子。他死了，他們也不再當我是人，明劍暗槍的總說我是舞女，說我總有一天要走的。我先還想偏偏爭氣給他們看看，後來我知道他們要的就是我走；所以我脫離了他們，我就到香港來了。」

「那麼打算怎麼樣呢？」

「還不是下海。」

「香港熟人多麼？」

「沒有什麼熟人，以前認識的，現在也疏遠了。」她感慨似的說。

「那麼澳門？」

「啊，你曉得穆玲玲麼？我們以前常在一起的。她嫁得一個很好的丈夫，在澳門，住在河邊新街，我想去找找她。」

就在這時候，陸太太，陳太太，張小姐進來了。她們都換了衣服。陸太太穿一件金色的紗旗袍，裡面襯著黑色的襯衣；陳太太穿一件黑紗的旗袍，裡面透著白綢的襯衣。兩個人的胸背都隱約地袒露著，胸前還垂著金飾，金色旗袍裡似乎是一隻雞心，不知裡面是否嵌著百權的肖像；黑紗旗袍裡則是一個十字架，但是我從來不知道大正的太太是基督教或是天主教徒。張小姐也換上了旗袍，全身是淺黃深紫的大花，旗袍外面頸項間也掛著一串珠子，珠子似乎沒有露娜項間的大圓而亮，但比露娜的要長，前面打了一個結。短短的袖子露著豐腴白皙的手臂。我站起來招呼她們。露娜要走，我阻止了她，我說：

「沒有關係，我替你介紹。你一個人，我們到澳門可以一起玩玩。」於是我迎著兩位太太，一位小姐說：

「怎麼那麼半天。」接著我就為她們介紹：「這位是陸太太，陳太太，張小姐；這位是白小姐。真巧，我在船上也碰到了朋友。」

入座的時候，白露娜同張小姐在客氣，陸太太忽然輕輕的問我：

「誰呀？！」

「是一個老朋友，以前我們在上海百樂門常在一起跳舞，後來她嫁給我們一個朋友。」

「那怎麼叫小姐？」

「現在她一個人，所以還是叫小姐好些。」我說。

張小姐、白露娜已經面對面坐在裡面了，陳太太讓陸太太，陸太太坐在張小姐旁邊，陳太太就坐在陸太太的外首，我於是就坐在白露娜的外首。

叫了飲料，大家有小小的應酬，但當我不知和白露娜說一句什麼話的時候，陸太太忽然同陳太太耳語了幾句，張小姐也伸過耳朵去要知道，陸太太也同她耳語了一陣，大家忽然同時看了一下白露娜。

這時候，音樂臺上忽然有人在布置打「攤波拉」了。接著侍者拿著票子來兜售，我們先沒有理他，但忽然過來了那位剛才招呼陸太太的男人，他手裡拿著已經買好的兩張票子說：

「啊，陸太太，你們不打攤被拉？很好玩的。解解悶，買幾張玩玩。」說著他就揮手招呼侍者，他從袋裡掏出兩張拾元的票子。

「我買，我買。」我說。

「下次你買，我們看誰的運氣好。」說著他買了拾張，很輕鬆發給我們每人兩張，他一面說：

「打著玩，打著玩。」接著他就坐在我的旁邊，開始同我交際：

「貴姓？」

「賤姓于。」我說。他很自然的從襯衫袋掏出一張片子，遞給我說：

「講你指教。」我接過片子，看到他的名字叫：

「程冠葆。」上面刊著百部洋行經理，下角是香港地址什麼什麼，電話幾號；澳門地址什麼什麼，電話幾號，這些我已經記不清楚了。

臺上已經在報告規程。黑板上也寫出「攤波拉」得者的錢數。對坐陳太太還沒十分聽懂，在問陸太太。程冠葆就非常大方而自然的，用非常清晰的口齒講給給陳太太聽。張小姐坐在陸太太裡面，在瞧放在桌上的票子。白露娜在我裡首，她說：

「好久不玩這個了。」

臺上現在開始報告號碼，我們塗劃我們各人的票子。大概叫了十個號碼以後，我的只中了一個，看來是沒有希望了，但是還不得不聽，這玩意對我並沒有吸引力。
突然上面叫了一個二十四，白露娜碰我一下，輕輕地說：
「我中了。」
我看了一下，她真的中了。我就代她叫出「攤波拉」。
一直靜默端莊的張小姐，忽然狠狠拋了鉛筆，睜直著眼睛說：
「嗨！只差一個字，真倒楣，要是二十五，就是我中。」
程冠葆站起來說：
「恭喜，恭喜，你的運氣真不差，小姐。」
「白小姐。」我說。
「白小姐。」程冠葆又叫了一聲露出很殷勤的笑容，接著他拿了票子，到臺前去複檢。茶房拿來了獎金，是五十四元九角。我把四元九角給了茶房，把五十元的票子，交給白露娜。
「放在那裡，再買嚒。」露娜說。
陸太太看了一下白露娜，面上露出不舒服的面色，她說：
「收起來吧，下一次我們各人自己買。」
程冠葆已經回座，我說：
「下一盤我買。我們每人買一次，看誰買中。中的人自然要收起來，不能客氣。」
我把桌上的錢推到白露娜的面前，白露娜笑了笑，但仍舊把錢留在桌上，等侍者送票來的時候，她就推出桌上的錢說：
「我替你買好了。」

「不要，不要。」我說著掏出皮夾，也替每人買了兩張。我分給了大家。

第二盤陳太太忽然大聲說中了。但程冠葆馬上發現她弄錯了，叫的是五十八，她聽錯了，以為是二十八。全廳對我們一桌注意起來，程冠葆站起來從容地申明看錯了。

臺上又繼續報號子，忽然別處有人叫攤波拉了。

張小姐又拋了一下鉛筆，睜直了眼睛響亮地說：

「又是差一號！」

陸太太漲紅了臉，碰一下白露娜，非常懊喪地說：

「我也只差一號。你看，四十八，要是三十八，不就是我中了。」

陳太太還在想二十八號，她說：

「剛才明明報二十八號，怎麼又不算數。」

白露娜則只是笑一笑，她輕輕地對我說：

「你看，你買的票子不好。」

「白小姐，我買的票子好，是不是？」程冠葆馬上說：「這一盤你讓我買，你一定還會再中。」

「不，我買。我買，一定可以給張小姐中。」她看了張小姐一眼，笑一笑。

但是張小姐只是看白露娜一眼，她轉向陸太太去耳語了。

第三盤白露娜付了錢，我為她把票分給大家。三位太太小姐似乎不屑拿一般的，看看我，沒有理我。程冠葆藉著我欠身的當兒，彎過腦袋對露娜調笑著說：

「你買的一定我中。」

白露娜沒有理他。

臺上又報號碼了，陸太太、張小姐、陳太太都很專心地看她們的號子。

上面叫了三十八，又叫了三十四，又叫了五十七。

「你看，你漏了三十四。」白露娜忽然指正我說：

「謝謝你。」

「你們不要說話好不好？」陸太太說：「把我都弄混了。」

臺上報告了六十八，七十九，八十一，……忽然又叫九十一。

「這下我中了。」張小姐很認真地說，於是又大著嗓子興奮地叫：「灘波拉！」

我看她臉上發著紅光，堆滿了笑容。

啊，原來她有這樣美麗的牙齒，我想。我欠身去拿她的票子，她像是不捨得似的，一隻手按著。於是程冠葆站起了：

「張小姐，你的運氣真不錯。來，我替你複核去。」

張小姐把票子交他，看我一眼，還是露著雪白的前齒，眼睛閃著勝利的光芒。

「是不是？」白露娜對我說：「我說讓張小姐中。」

這次的獎金有六十二元三角，我給了五元的一張票子給侍者；張小姐看了我一眼，就匆匆的收起了錢。

我們又打了三盤攤波拉，但是都沒有中；這樣大家都已經買了一次。總算白露娜同張小姐各中一次。我說：

「真是太太們，先生們運氣都不及小姐們。」

陳太太陸太太看露娜一眼，意思當然是說她不能算小姐。
張小姐看我一眼，昂一下腦袋，好像我不該把她同白露娜說在一起似的。
「現在開始要輪到太太們了。」程冠葆說。
「不要來了，」我說：「我們到甲板上去看看。」
「你去好了，我們來。」陸太太說。
「我也出去走走，坐久了不舒服。」白露娜說：「總算還贏一點。」
我於是同白露娜從座位裡出來。程冠葆站在位子外面，他對陸太太笑著說：
「你們坐過來一位吧，這樣舒服一點。」
陳太太看看陸太太，陸太太說：
「你坐過去，寬敞一點。」

三

天沒有雲，海沒有浪，太陽的光芒把世界染成金色。遠處有隱約的山，漁船群集山前。風輕輕吹來，撩亂了白露娜的頭髮。她用一條白色黃花的手帕紮她的頭髮。她的眼睛微閉，眼瞼與睫毛顫動著，眉心輕蹙，小小的鼻子在稍高的顴骨中顯得楚楚堪憐。她還有她未盡的青春，整個的線條渾勻無缺；她的簡單白色的旗袍，使她看起來特別年輕。較諸我印象中過去的她，只是顯得成熟而已。然而當她把手放在船欄的時候，我發現她已有過太太的操作，一切時間是在她手中溜去的。

白露娜是上海百樂門的舞女。我初看見她的時候，她年紀很輕，態度明朗，說話響亮，豪爽磊落，不作忸怩之態。看她一點一點長成，看她一點一點紅起來。後來少去舞場，而我許多朋友都在跳她，新聞記者萬佳安，尤其喜歡她。後來做她丈夫的汪企道就是萬佳安介紹認識的。我同汪企道只見過幾次，但萬佳安在他們婚後還常同他們來往，所以我略略知道一點情形。偶然在飯館、電影院裡見到他們夫婦，白露娜總也同我招呼。一直到我離開上海，才沒有他們消息。

如今想不到竟在香港去澳門的船上碰到，她的形容沒有大變，然而態度似乎同以前不同了。她忽然問我說：

「你怎麼樣，于先生，這些年來？」

「還不是一樣，到處謀一口飯吃。」

「一直沒有結婚？」

「結婚要錢。沒有錢弄不好，難免離婚，還不如不結婚。」

「你還是男人。」她說：「要我是男人，也不想結婚。」

「你總算也結過婚了。」

「企道這個人也不壞，只是不肯刻苦，不肯做小事情，想擺闊。他要依賴家裡。他家裡是大家庭，有八個弟兄，只有老大、老三生意做得不錯，其餘的都要向家裡拿錢，妯娌間總是誰都怕誰多用家裡的錢。我是舞女出身，好像永遠就不能做真正的人。企道死了，所以沒法再在他家裡待下去。」

「但是你再做舞女，也不是一個長遠的辦法。」

「當然想嫁人。」她臉上露出淺淺的笑容說。

「這次要嫁什麼樣的人呢？」
「啊，還不是憑命運。」
「再不要找年輕的對象了，我勸你。」
「我自己也老了，誰要我？」她玩笑似的笑著說。
「你以前總還有點積蓄。」
「全給企道做生意用光了。」
「那麼……？」
「這次走開時候，他家裡給我一點錢，企道的母親同我還不壞。」
我同白露娜在甲板上待了許久，又散了一會步。望著光亮的海天，不知怎麼，在這些關於上海過去種種碎屑的談話中，我竟感到一種遇見老朋友似的溫暖。她忽然說：
「風很大，我到房間裡去休息一會。」
「你去睡一會也好。」我看看錶又說：「你還可以睡一個鐘點。」
我同白露娜走進大廳，她同我說一句「回頭見」，就回艙裡去了。我走向原來的座位去。座上的空氣已同我離開時有點不同，桌上多了啤酒、橘子水、可口可樂的瓶杯，煙碟上裝滿了煙尾；陸太太的頭髮有點亂了，張小姐鼻尖浮著汗珠，脂粉有點褪色，陳太太滿面油光。她們似乎已同程冠葆混得很熟，那正是一盤告終，侍者在售票的時候，我說：
「怎麼，有中過麼？」
「沒有！」陸太太說：「全是你。」
「怎麼是我？」

「你真是，舞女也來同我們介紹。」陸太太說：「觸霉頭！」
「那有什麼關係，我不同你說，你也不知道她是舞女。」
「怎麼會不知道？」
「你看她氣派多小？」陳太太說：「贏了幾十元錢就走了。」
「她那串珠子，一看就是假的，是不？」張小姐同陸太太說。
「人家一個人，乖可憐的，」我同陸太太說：「何必說人家呢？」
「她丈夫離婚了麼？」
「死了，怪可憐是不？」
「她是姨太太麼？」陳太太問。
「不，不，是大太太。」
「那麼一個人出來幹嘛？」
「還不是為生活。」我說。

這時侍者又拿了票來兜售，這次大家搶著買起來，各人自己付錢。我看她們每人買了三張，我為湊熱鬧買了一張，程冠葆還是買兩張。

臺上報號子的時候，程冠葆不斷的幫太太們看號子，態度非常殷勤。

真巧，這一次正是我中。獎金有八十幾元。

「你會中？」陸太太生氣地說。
「誰要你來啦。」陳太太說：「你不來這張是我買的。」
「好，好，今天晚飯我請客。」

「唉，氣死啦！」張小姐撕著廢票說。

「張小姐，你還贏一點吧？」我問她。

「全輸光了。」

大家又來了三盤，船已經快到，攤波拉也終場了。

張小姐非常懊惱地說：

「我剛才贏了一次，不來就好了。」

「真該死，你同那位舞女在談情話很好，來幹嘛？」陳太太說：「本來這次是我中的。」

「其實是我買這張票也說不定。」張小姐說著，似乎回溯剛才買票的情形。

「誰中都是一樣。」我說：「這錢夠吃晚飯了，是不？」

太太們坐著，還在生氣。程冠葆忽然談到澳門的賭場，說那面比較好玩，接著就問陸太太喜歡玩什麼？張小姐對這些玩意都不熟，很有興趣地問程冠葆，程冠葆非常殷勤的在解答。我提醒她們應當到船艙裡去理理東西，這才大家離開了座位。

我的東西是很簡單，沒有什麼可理的；到了艙內，十分鐘就出來了。我到太太們的船艙裡，她們正在洗臉打扮。我為她們付了侍者的小賬，把她們已經理好的三隻箱子交托了侍者。程冠葆這時候也來了，站在門口。我們商量定了住中央飯店，程冠葆說他同那面很熟，還可以打一個折扣。太太們覺得這倒是一樁意外便宜的事情，很高興。我於是去看白露娜，侍者說她出去到大廳去了。

大廳裡已經聚滿了等上岸的旅客，白露娜正站在甲板上看前面快到的澳門。她戴著一副太陽眼鏡，換了一件淺黃色薄綢的衣裳，手上戴著白手套，一隻手拿了一頂怪新式的傘，一隻手拿一個白皮的手袋，我注意到她已經除下項間的珠圈，但戴了一副很閃亮的耳環。

「你已經出來了。」我說：「我還以為你還在睡覺。」

「船快到了，我想看看澳門。」她說。

「你一直到你朋友家去。」

「不啊，」她說：「我先住旅館。」

「那麼我們住在一起，我們可以一同玩玩。」我說：「我可以陪你去找你的朋友。」

「一樣。」她說：「無所謂，我反正是一個人。」

這時候，程冠葆出來了，他同我沒有說什麼，但用很熱烈的笑容招呼白露娜，問她以前可到過澳門。

「沒有，」白露娜說：「這是第一次。」

程冠葆於是指點著對面的澳門，告訴她白白的牆是什麼，紅紅的屋頂是什麼，高高的房子是什麼，諸如此類的。於是也問到白露娜是不是也住旅館，白露娜告訴他是的，他於是說：

「中央飯店，中央飯店那面我很熟，可以打一個八折。」

「我反正跟于先生他們一起，比較方便些。」

「我們都住在中央飯店。」程冠葆忽然對我笑笑：「是不？」

我點點頭。這時候我看見太太們出來了，我迎了上去。

「程先生呢？」陳太太問。

「在那面，」張小姐呶一呶嘴說：「他在同那個舞女說話。」

四

中央飯店房間很擠。但是櫃上對程冠葆很熟，一再替他運劃設法，我主張到別處去，但是陸太太說：

「別處你又不熟，也不一定有房間，這裡還可以打一個八折。」

於是我也不再說什麼。

最後，總算有了四個房間，兩間大的，兩間小的。程冠葆主張我同他，一個人住一間小的，大的每間兩個女客。但是三位太太小姐要住在一起，說她們三個人一間就夠了。於是白露娜勢必一個人住一間，我把三間房給白露娜挑，她說：

「隨便，我住在那間大的也好，風涼一些。」

房間定了以後，大家休息了一會，我們出去蹓了一會街，於是去吃晚飯，這是說好了由我請客的。飯後我們到了賭場，程冠葆帶著我們在一個押大小的賭檯上坐下來。但是白露娜忽然對我說：

「我想先去找我的朋友，你們先玩。」

「那麼我陪你去。」我說。於是我請程冠葆招呼著太太們先玩，我就伴著白露娜出來。我們到了河邊新街，問到了地址，白露娜走上樓去，我等在下面，兩支煙的工夫，她下來了，她說：

「真不巧，玲玲昨天到香港去了。」

「那麼怎麼辦？」我說：「你沒有預先寫信給她？」

「很早寫信給她，她說我隨時可以來看她，我想給她一個驚奇，所以就沒有再寫信給她。」
「反正香港總碰得到。」
「幸虧她先生在家。他說她大概要一禮拜才回來，給了我一個她香港的住址。」
「那麼索興同我們玩幾天好了。」我說：「明天我們到風景區去玩玩。」
這樣我們又重新回到了賭場，走到程冠葆坐著的檯子邊，我問她們：
「怎麼樣？贏麼？」
「運氣很好。」陸太太說。
我看看張小姐，她坐在程冠葆旁邊，門前一大堆籌碼，正聚精會神同程冠葆在研究戰略，沒有理我。
程冠葆見了白露娜就趕快讓座，他拿他面前籌碼，給了白露娜一些，他說：
「押得玩麼？」
白露娜沒有坐下去，站在程冠葆的後面，她拿了一個他的籌碼押在四五六的上面。
真是巧，這一次陸太太們都著重打小，但是開出來正是四五六，白露娜的一個籌碼賠了十幾個。
「你的運氣真好。」程冠葆說：「坐在這裡麼？」
但白露娜把籌碼都交給程冠葆說：
「不，不，我到別處去看看。」
張小姐這次也輸了，她很懊傷的在怪程冠葆。陸太太忽然對我說：
「全是你，你來一搗亂，我們就輸了。」

「我們到那面去看看好麼？」白露娜忽然走過來對我說。於是我就同白露娜到別個檯子上去。我們說好每人出二十元錢，輸掉了絕不再來，贏了二十元每人分十元，也不再來。這樣我們大概玩了一個鐘頭，贏贏輸輸的。我們也贏過二十元錢，白露娜要走，但是我說再玩一會，最後我們卻輸去了。我主張添本再玩，但是白露娜阻止了我，她說：

「已經十一點了，明天我們早起去玩去，多來有什麼意思。」

於是我們就離開賭檯，我走到陸太太的檯子上去；白露娜在遠處等我，沒有走攏來。我一看三個太太已經賭得面紅耳赤，脂褪粉謝，我輕輕地上過去說：

「還好麼？」

「你又來啦，剛剛翻回了本錢，你又來啦。」陸太太張著掛滿紅絲的眼睛說。

「沒有輸什麼，我們早點去休息吧，」我說：「明天可以早點去玩玩。」

「你要睡去睡好了。」陳太太看我一眼，眼角上夾著白脂說：「我們回頭自己會上來的。」

我只好悄悄的走開，去看看張小姐。張小姐正聚精會神在同程冠葆研究紀錄，她沒有理我。我看程冠葆一隻手正挽著張小姐的腰部，也不好意思去打擾，就離開了她們，同白露娜到了樓上。我送白露娜到她的房門口，白露娜同我道再會，她忽然又回過頭來說：

「你可不要再下去了，明天八點半我來叫你。」

我離開她就到了房內，我洗了一個澡，躺在床上，但是怎麼也睡不著。隔壁有打牌的聲音，窗外燈光正亮，那時候我真想到下面同陸太太們一同去賭一回，但想到白露娜最後的叮嚀，我就沒有下去。我發覺白露娜真是聰敏，她竟預先知道我會有重新下樓去的衝動。我於是開亮了燈，撿出我隨身帶來的書，看著看著就疲倦起來，我才熄燈就寢。
一覺醒來是八點一刻，窗外陽光耀目，天氣正好。我精神飽滿的起來盥洗，正在我穿好衣裳的時候，門外有人敲門。
「進來。」我說。
進來的是侍者，他告訴白小姐在等我。
我收拾定當，就到白露娜房間去，她真的已經打扮好了，容光煥發的招呼我，她笑著說：
「昨晚上我真怕你又下樓去。」
「我倒怕你一個人下去賭去呢？」我笑著說。
「她們怎麼樣？」白露娜問。
「我不知道。」我說：「我們先去吃早點，回頭再叫她們。」
我於是就陪著白露娜去吃早點，一個鐘頭以後，我去敲陸太太她們的房門，許久才有聲音：
「誰呀？」我聽得出是張小姐的。
「我。」我說。於是我又聽到張小姐在叫陸太太，陸太太咳嗽一聲，響著乾燥的聲音說：
「又是你？我們剛睡下。」
「已經九點多啦。」我說：「你們不是說好去玩去嗎？」
「陪你那舞女去玩好了，我們要睡覺。」
沒有辦法，我沒有辦法叫她們早睡，當然也沒有辦法叫她們早起。於是我就同白露娜兩個人出來，我們叫一輛街車照著計畫玩了一些澳門風景區域。我們在一家很清靜的菜館吃飯，又坐了車子兜了一些地方。五點鐘的時候我們去跳了茶舞。澳門是一個很小的地方，一天就已經玩遍。

白露娜說，她想明天就回香港去了。

茶舞後，我們回到旅館。我去看陸太太，她們竟都出去了，也沒有留一句話。我正不知道怎麼去找她們好，白露娜說：

「她們說不一定又在樓下賭錢。」

我不信，但到了樓下，竟發現三位太太小姐同程冠葆在原桌原位上押注，大家正聚精會神地看開寶。我走了過去，正看到陸太太中了注，她一見我就說：

「你又來了，我們剛剛順一點你又來了。」

「你們怎麼不想到別的地方去走走。」

「澳門沒有什麼好玩。」程冠葆忽然接著說：「到澳門來不賭錢幹嘛？這麼熱天。」

「你不要同他扯了。」張小姐忽然拉程冠葆說：「這次我們押六好不好？」

「好，好。」程冠葆一面說著，一面招呼白露娜說：「你運氣好，也來玩一會。」

但是白露娜沒有過去。我看到張小姐正把許多籌碼押到雙六，二六，三六，四六，五六上去。

我不敢再說什麼，就悄悄地離開她們。

我同白露娜到別處又各人出二十元錢去賭了一會，這次我們竟贏了三十六元。我還要押，是白露娜告訴我已經是晚飯的時候，我於是去邀陸太太她們吃飯，她們說已經吃過點心，不想吃飯。我只得同白露娜兩個人出來吃飯，飯後白露娜說請我去看電影。

電影是一張很熱鬧的歌舞片，還有趣。電影散後，白露娜同我一道走回來，她說：

「我們明天到海邊去玩玩，好不好？下午就回去了。」

「不知她們怎麼樣？」我說。
「我看你也勸她們回去吧，輸一點也就算了。」
「你怎麼知道她們輸？」
「我看陸太太，陳太太，手上的鑽戒都沒有戴著了。」
「啊，那不會。她們總也有些現錢，不會輸這麼些。」我沒有注意陸太太手上的鑽戒，但想到就算不戴在手上，也可能收起來了。
「這很難說。」她微笑著說：「我同她們不熟，不能多勸她們。這裡來只能隨便玩玩，認真去賭錢，那太，……太不值得。」
我心裡還想著陸太太手上的鑽戒，忽然也想到似乎張小姐的珠項圈也沒有掛在胸前，那麼難道也輸去了？我說：
「我好像看到張小姐的珠項圈也沒有掛在胸前，難道也……」
「是呀。」白露娜說：「你也應當去問問她們。」
「但是哪有這個機會？」
「我想你勸她們明天回去總是對的。」白露娜說。
「但是我又不是她們父親或是丈夫，我一去她們就說撞壞了她們的賭運。」
「程先生同她們是不是很熟？」
「也不很熟。」
「你們好像不是一起來的吧。」
「船上碰見的。」

「那麼你要負點責任，她們不回去，你總得等她們；我明天先回去了。」

「你當然同我們一同回去。」

「待在這裡，沒有事幹嘛？」她說。

我沒有說什麼。白露娜忽然幽默地說：

「你等她們，不要自己也陷在裡面。」

「不，我去勸她們回香港，」我想了一想說：「她們不回去，我就同你先走。」

「那也不對，你陪她們來的。」

「但是賭錢這事情，有什麼辦法。」我說。

回到中央飯店，我一逕到賭檯去找她們，這次我很注意陸太太、陳太太手上的鑽戒，真的，都沒有戴著。陳太太戴著一隻很細的結婚戒，陸太太戴著一隻很平常的翠戒。

她們看見了我也不理我，神色非常緊張，頭髮也變了樣子。旗袍的領扣解開著，不斷用手帕押脖子。陸太太不斷的吸煙，陳太太滿面油光，一坐一起的在看賭注。

張小姐臉上已抹去了脂粉，無神的眼睛望著押在檯上的籌碼，頭髮倒垂在黃黃的臉上。程冠葆把手從她的頸後去理她面上的頭髮，她似乎也一點不覺得。

我站在旁邊，等開出了寶，看她們的錢都吃去了，我才說：

「不要玩了，去吃宵夜去吧。」

「你又來啦。」陸太太露出討厭我的面孔說：「剛才我們很好的，你一來我們就沒有好過。」

「你不要來囉嗦，好不好？」陳太太說。

我知道她們已經失去了一切的儀態。賭昏了的人正同酒醉的人一樣，沒有法子理喻。我一聲不響的離開了她們。我決定明天留一個條子給她們，她們不走，我也同白露娜回香港了。

當時我離開了她們，但我竟尋不著白露娜，我想她也許回到房間裡去了。我於是就上去看她。她果然在裡面，她叫我進去，她叫鈴要侍者去買一些水果，於是坐下來說：

「我怕你又要拉我去賭，所以先上來了。她們怎麼樣？」

「我不管她們了，明天她們不回香港，我決定跟你一同回去了。」

「那不好，他們以為我在什麼你了。」

「我看她們都賭瘋了。」

「這樣賭有什麼意思。」白露娜說。

「這怎麼辦？」我說：「我真後悔同她們一同來。」

「明天你不要出去，等她們起來的時候，你再勸她們。」白露娜說。

侍者拿水果進來，我們吃著水果又談了一會，白露娜於是催我早點睡覺，她說：

「現在你不要下去了，她們賭得正酣，你還是等明天她們不賭的時候勸她們好了。」

白露娜說著在我身後關上了門，不知怎麼，這短短的談話，使我忘去了剛才被陸太太們所激起的不舒服。我有比較寧靜的心境回到自己的房內。

五

「剎，剎，剎剎。」

我在睡夢中被敲門聲驚醒了。天還沒有亮，我開了燈，我問：
「誰啊？」
是陸太太。我說：
「怎麼？」
「你開門。」陸太太用命令的口吻說。
我開了門，陸太太焦急地進來說：
「你有現錢沒有？」
「不多。」
「借給我。」
我揉揉眼睛，定了一定神說：
「你坐一會，好不好？」我說著看錶，是四點三刻。
「你怎麼那麼牽絲攀藤，」陸太太說：「我到香港就還你。」
「陸太太，」我說：「我難道會不相信你，你聽我講。」
陸太太非常不安地望我。
「你請坐。」
她終於頹傷的坐下了。我說：
「陸太太，我們是老朋友了，是不是?你們一來就這樣賭錢，我實在不贊成。」
「但是……但是……」
「輸一點就算了，好在你這還輸得起，再賭下去，可不是玩的。」

「但是我的鑽戒……」

突然，陸太太竟像小孩小哭了起來。

「真的輸去了？」

「我當了。」

「當多少錢？」

「八百元。」

「明天把它贖出來，我們回香港去吧。」我說：「你想翻本，那就更可怕了。」

「還有陳太太的鑽戒，張小姐的珠項圈。」

「也當了？」

「是呀。」

「你們自己當的？」

「我們叫程冠葆去當的。」

「她們當多少錢？」

「陳太太的一千元，張小姐的一千四百元。」

「那麼，」我說：「一共要三千多，我也沒有那麼些錢。我想只有回到香港，我再來替你們贖，明天決定回去吧。」

陸太大還是哭。

「不要難過了，」我勸慰她說：「八百元錢，譬如百權生意虧了本。」

「我還有兩千元現鈔。」陸太太還是哭著說。

「她們呢？」我問。

「她們在樓下，等我拿錢下去。」

「我叫茶房找她們上來吧。」我說：「你想我這裡只有幾百塊錢，一輸就輸完了，輸完了連旅館錢都付不出來。」

「旅館錢，程冠葆說欠一欠也不要緊，他有這點面子。」

「但是這樣我們多丟臉？」

我於是叫了茶房，請陸太太寫了條子，去請陳太太與張小姐。

陳太太同張小姐上來的時候，情勢洶洶，好像是幫陸太太來吵架的，但是一見陸太太很頹喪地在啜泣，兩個人竟也坐下哭了起來。這倒把我弄得沒有辦法。我勸了她們，她們似乎也有點覺悟。她們把當票交了我，最後，我勸他們早點去睡。明天我先去買船票，她們起床就可以上船了，但是陸太太忽然說：

「我們還沒有吃過飯。」

這一句話把陳太太、張小姐似乎都說餓了，我於是又叫茶房，為她們叫了幾碗麵，送她們到了房間。

第二天，我九點鐘的時候去看白露娜，我把昨夜的事情告訴了她，白露娜說：

「這樣太麻煩，你去了還要帶錢來贖當。」

「那有什麼辦法。」

「別的倒不怕，」白露娜說：「我怕你一個人當沒有贖，錢倒賭光了。」

「那麼你同我一起來。」

「我想還是我借給你，你現在替她們贖出算了。」

「你有這許多錢？」

「老實告訴你，我就是來拿錢的。」

「拿錢的？」

「我有一批貨色，托玲玲她們賣掉，他們要把錢寄我，我想反正我要看玲玲，自己來拿算了。」

「但是玲玲不是不在？」

「他先生在，他也認識我。」她忽然說：「他們現在生意做得不錯。他們要請我吃飯，陪我玩玩，我說我有許多朋友在一起，第二天就要回去，下回來看玲玲再來打擾他們。」

「啊，你倒有本事！」我說：「會做生意，那還做什麼舞女？」

「還不是想找一個丈夫。」她笑著說。

當時我就同白露娜出來，我去買了船票，又去贖了當，隨便走了一會，回來的時候，陸太太、陳太太、張小姐已經起來了。我告訴她們已經買了船票，陸太太忽然說：

「再晚一天走，好不好？」

「為什麼？」

「張小姐；張小姐……」

「張小姐，怎麼回事？」

「我……我昨天上樓的時候，還有些籌碼在程冠葆地方，他剛才說他幫我贏回了六百元錢。」張綺梅小姐那小巧清澈嫵媚失去了原先的光彩，似乎不好意思地說：「所以我們再想去賭一天。」

「算了，算了。贏了六百元就少輸六百元，再好沒有。再去賭要是又輸了怎麼辦？」

大家沒有說什麼，後來張小姐到浴間去，陸太太忽然過來同我說：

「啊，我是想回去，但是程冠葆勸張小姐一個人晚一天回去，我不放心，所以我只好陪她一天。」

「但是你們不回去，我可回去了。」我說：「我同張小姐、程先生都不熟，你既然帶張小姐來，程先生又是從你那裡認識的，你倒要負點責任。」

這時陳太太又過來說：

「我看程冠葆這個人不存好心。我想還是勸張小姐回去吧。他說贏回了六百元錢，根本是他自己墊的。」

陳太太的話總算決定了陸太太的主意，張小姐出來的時候，我們三個人就在一個立場上你一句我一句的說服了她。我發現了張小姐是一個很沒有主意的人，如果放她單獨同程冠葆耽上半個鐘頭，她一定又會改變主意的。我於是很乾脆的結了旅館的賬，帶她們一同去吃飯。飯後叫了街車，在澳門兜了一個圈子，又回到旅館，拿了行李就上船了。

就在拿行李的時候碰到了程冠葆。他驚訝於我們很快的要回香港，很熱心的陪我們上船。但是陸太太、陳太太到了船艙裡說想睡覺了，張小姐同程冠葆像有點戀戀不捨，談了好一會，才同兩位太太進去。程冠葆方才離開那裡。

船開了以後，我才把贖回的首飾交還給她們。她們知道是借白露娜的錢贖的，很難為情地彼此看看，陸太太忽然說：

「她倒是肯相信你。」

船上仍舊有攤波拉，可是只有我同白露娜在玩。許久許久以後，陸太太、陳太太、張小姐才出來，她們坐著喝咖啡，沒有買攤波拉。如今她們的談話一點不怪我了，兩位太太在說上程冠葆的當，把程冠葆說得一錢不值，到澳門一趟，一點沒有玩，倒輸了不少錢。張小姐則神情恍惚，望著海天，愣坐在那裡。

尾語

老于說完了他的經過，又感慨地說：

「女人的嘴，你看看。現在她們又把什麼都推在我身上了。」

「但是她們沒有撒謊，只是沒有告訴我程……程什麼呀？」

「程冠葆。」他說：「陸太太、陳太太要面子，所以不敢提到他，其實倒是他在陪她們玩澳門。」

「我想這個人也許是賭場的……」

「誰知道。」他說：「這種人香港很多。」

「那麼，那位白露……白露什麼呀？」

「白露娜。」

「她現在什麼地方做舞女？」我說：「我倒想去見識見識。」

「啊，她不做舞女。」他說：「她回頭就來這裡，我替你介紹。」

「她來這裡？」

「我們約好在這裡見面的。」

「那麼張小姐呢？張什麼呀？」

「張綺梅。」

「我倒也想見見她。」

「幹嘛？」

「很有趣，她現在怎麼樣？」

「聽說要開音樂會。」

就是這時候，門口走進來一對很出色的男女。男的很壯健，高高的個子，光亮的頭髮，穿一件短袖香港衫，露著棕色的胳膊；女的亭亭玉立，有很好的身材，穿一件花旗袍，戴著太陽眼鏡，項間掛著一串珠項圈，打了一個結，垂在胸前。

「啊，就是她，就是她們。」老于說。

「誰呀？白什麼嗎？」

我望著那一對男女走向裡邊去，老于說：

「張小姐，就是張綺梅。」

「男的呢？」

「程冠葆。」

「真巧。說到曹操，曹操就到。」我說：「你怎麼不同他們招呼。」

「沒有看見就算了。」老于說：「我看張小姐還要上程冠葆的當。」

老于說到那裡，忽然望望門口站了起來，我看到一個穿著白底紅花旗袍的小姐過來了，她一隻手拿著一把輕巧細長的傘，一隻手握著白色的手袋，臉上露著淺淺的笑渦在招呼老于。

老于面上浮著笑容，替我介紹：

「這位徐先生，這位是白……」

「白露娜小姐。」我說。

老于拉開椅子讓白露娜小姐坐下，我忽然覺得我應該走了，我起來告辭。老于忽然叫我等等，他從紙包裡拿出一張講究的結婚的喜柬給我，他說：

「剛剛印好，剛剛印好，老朋友，就當面交給你了。」

一九五二、七、三、下午。香港。

父仇

陶鏘申那時不過二十八歲，同我的年齡相仿，面目非常清秀，瘦長的個子，長長的手指，說話的聲音也很悅耳，一點看不出是個殺人犯。許多囚犯對於我這樣去訪問，開始時大都表示厭憎，但是陶鏘申則並不這樣，他眼睛露出可親的光芒，嘴角浮出淡淡的笑容。我於是非常技術的說明我的身分與來意，希望他肯同我合作，算是幫我個人的忙，把他犯罪的經過與身分詳盡地同我談談。

那時我研究犯罪心理與變態心理的關係，我作這種訪問囚犯的工作，自然事前我曾經有點布置，是特准可以給囚犯一點紙煙與少量的酒，陶鏘申對於這點享受很感謝，他說：

「這有什麼關係，我的一生也沒有希望，什麼都可以告訴你；我沒有理由要同你撒謊，是不？」

於是他很爽氣的講他可憐的身世與奇怪的遭遇。

「那是一個初秋的天氣，我帶著手槍到典而愛路去看我父親，我的目的原是去殺我父親的。」他開始說，噴一口煙，眼睛望著煙霧。他換了一個比較舒服的姿勢。我自然很吃驚，但抑制著自己，聽他說下去：「典而愛路是最高貴的住宅區裡一條美麗的路，你當然知道。這樣長一條路只有十幾家人家，都是花園洋房。高大樹木伸在天空，馬路蔭涼乾淨，除了那些洋房門口停著的汽車，沒有一點雜物。除了園裡的鳥鳴與房子裡音樂的無線電的聲音，沒有一點別的聲音。我一面走，一面越來越恨我父親。他那麼舒服，而我同我的母親竟始終在貧民窟裡過著骯髒卑賤的生活，我的憤恨增加了我的勇氣。……」

「我不懂，這難道是你第一次去看你父親？」我問。

「第一次，自然是第一次。」他盯我一眼，似乎還有餘恨似的說：「當母親沒有生我的時候，他遺棄了我的母親。我的母親賣淫、做工掙了錢把我養大，使我受到中等教育。我大了，想知道我自己的父親，母親告訴我已經死了。一直到她臨死的時候，才告訴我父親是誰。現在你當然也知道，他是一個發了財的有名的工程師。

「我去看他時，穿著借來的一身還看的過去的西裝。我用一張母親給我的他過去朋友的名片去找他，所以很容易被帶到他的客室裡。

我等他十分鐘，他方才叫我到書房裡去，他坐在寫字檯邊，嘴裡含著雪茄煙。他是一個壯碩的人，但一見我他就吃驚了，因為我叫了他：

『爸爸！』

『你？』他說著站起來，注視我許久。母親告訴我我十分像他，他似乎馬上就發現了。他的面色驟然變成青白。

我這時手摸我袋裡的手槍。這手槍是以前一個小軍官遺留在我母親床上的，我把它藏在袋裡，我說：

『母親死了。』

他不響，鎮靜了一下。他開始坐下，閉了閉眼睛，面上慢慢的恢復了常態，隔了半晌，忽然莊嚴地說：

『那麼你是我的孩子。』

『爸爸，你看。』我側轉頭，把我耳後的紅痣給他看。我母親曾經告訴我他也有同樣的紅痣。

『你現在在幹嘛？』他還是莊嚴地說。

『沒有幹嘛。我始終以為我是沒有父親的孩子，原來我的父親是有錢有地位的人，他遺棄了妻子，叫她們過非人的生活。母親做工，甚至賣淫養大了我。你害了我母親一生，你害了我，你是我母親的仇人。你……，你……我自然不能承認我有父親。你……你是我們的仇人……』我當時情緒非常緊張，一面我去取我袋裡的手槍，一面我心裡似乎還覺得我還有許多話要責問他。我還沒有決定是否要馬上動手。

但是父親突然把他桌上的一隻大筆筒推在我的身上。他突然過來握緊我的手臂，他的力氣比我大，而我心裡也有奇怪的自卑感使我無力抵抗，他從我袋裡拿去了手槍。他沒有叫佣人，很安詳的把手槍納入自己袋裡，安詳地走開去，莊嚴地說：

『這都是你所知道的父親，那麼你可也知道你的母親？』

我不作聲，沒有看他，他說：

『你可也知道你母親同你父親的上司通姦？那時候我是副工程師，他是老闆；你可也知道你母親告訴我，你是他生的，不是我的？你可也知道因為我不願離婚，那個老闆陷害我，叫我過了一年牢獄生涯？你可也知道他暴病死了，他家裡的太太來了，把你母親同你趕了出去，才使你們淪落的……』

『我不知道。』我說。

『不知道。』他冷笑著說：『因為你母親是一個善於說謊的女人。』

『我不相信。』我憤慨地說：『我希望你不要侮辱我的母親。我母親是一個最偉大的母親，她做工，她刻苦，她甚至自己挨餓，她沒有忘去愛她的兒子，培養她自己的兒子。』

『這因為你只是女人的兒子，不曾做過女人的男人。』

『你這是什麼意思？』

『你知道不知道蜂王，她在雄蜂給她懷孕後就把他殺死了，以後她要的就是工蜂。女人要男子的也是一樣，不過男子沒有雄蜂同工蜂的分別罷了。』

父親的聲音洪亮，態度莊嚴冷靜，我一時為之氣奪。我沒有說話。他突然踱過來，站在我面前說：

『你有沒有女人？』

『我有愛人。』我說。

『你想結婚麼？』他奇怪地問我。

『我們好了很久，她已經二十二歲。母親一年前就叫我們結婚，但是哪裡來錢？』我說：

『母親患肺病，死前病了很久，我做一切苦工想替她治療，我還做了小偷，我被拘禁……』

『你已經很對得起你的母親。』他似乎冷笑的說：『現在你做什麼事？』

『沒有事，沒有人替我找事。』

『你會什麼？』

『我只讀過初中。』

『你的女朋友呢？』

『她是我們鄰居，只有小學畢業。她也沒有父親，家裡比我們還窮。』

『如果你以為她是一個可靠的女人，你可以結婚，我給你錢。』

父親說完了就走到寫字檯，他打開抽屜，拿出支票，簽了一張兩千元的支票給我。他說：

『你不要專做女人的兒子，你也該試試去做女人的男人。』

他說完從袋裡摸出手槍，交還了我說：

『只要你證明你的女人不但可以做好母親，而且還可以做好太太的話，你再相信你母親也是一個好太太，那時候你再來為你母親復仇。』」

陶鏘申說到這裡聲音有點顫抖，他喝了一口酒。我趁這個機會就問他：

「你父親離開你母親後就再沒有別的女人？」

「我當時不知道。」他又喝一口酒說：「但是我後來知道他雖然沒有太太，但外面有不少情婦，都沒有正式結婚。」

「那麼當時你怎樣呢？」

「我當時一句話也沒有，拿了支票同手槍，沒有看他一眼，就走了出來。」

陶鏘申說到這裡，看我一眼，於是換了比較平靜的口吻說：

「對於父親說母親的話我並不十分相信，但是父親給我印象似乎比我未見他以前要好得多，堅強爽朗；他的態度使我對他有點折服，尤其他發現我手槍並沒有叫佣人，也沒有把我送警。我覺得母親已經死了，第一我先應當把她葬好。我回家就先進行為我母親營葬。」我抽起一支煙，遞給他一支，為他點上了火，又聽他說下去：

「兩千元錢在我當時是個很大的數目，我葬了我的母親，我租了一間房子，買了一點家具，娶了我的愛人，我那手裡還有一千多元，我們過著很節省的生活，我希望慢慢的可以找到一個職業。這一切當然很好，但是，可惜我有一種嗜好，我喜歡賭錢，開始當然賭得不大，但輸了一些以後，我就慢慢的賭大了。我的賭運並不是很壞，我賭博的技術也不壞。但是賭博這事情，你是知道的，贏了以後，我覺得這錢既然贏來的，花錢就沒有以前的節約；輸了，我又覺得節省下來的錢同輸去的數目比較起來，實在太沒有意義，所以也不再計較花錢，這樣一千多塊錢連花帶輸的不到兩個月都花光了。

「我起初雖然想找職業，但是因為有一千多元錢在手邊，並不急。在我賭錢的時候，進出都是幾百元，小事情自然也就看不起，而我學識有限，也沒有什麼親友。

「那時候我家裡的房子雖還是那麼大，但是就為對於錢看輕，月微——啊，月微是我太太的名字，她自然也跟著看輕。我們用了一個佣人。一個月開銷也要六、七十元錢。這就是說，我必須有這樣的收入才可以維持我美滿的家庭。

「月微是一個非常好的女人，她長得很好看，性情也很和善。她也不要什麼新奇的打扮，什麼都聽我支配。我在贏錢的時候，自然也愛買點衣料什物給她，但她從不自動要買什麼，她買的總是我要用的東西。我們倆從不吵架，我們可以說是很幸福的。

「但是現在沒有了錢！月微自動的提議不要佣人，由她自己來操作。但是佣人的開銷在整個的支出中並不大，而即使減去了佣人也是毫無辦法。

「自然，唯一的辦法是找職業，但是我向那裡去找呢？不用說，我想到了我的父親。

「我有點怕我父親，這因為我的二千塊錢用得太快。如果我不賭錢，把一千多元錢做點小生意，也許還可以維持我們清苦的生活的。但是我從來沒有作過小生意，我不會做，起先也沒有想到。我以前雖做過打雜一類的事，但並無專長，即使自己找到職業，也絕不會有六、七十元一月的薪水的。於是我還是去找我父親。

「這次他知道是我，他馬上見我。我以為他一定要問他兩千元錢的去處；我想定絕不同他講別的，只講要找一個職業。一個兒子要找職業總不是壞事，我相信他也不好意思一點不管。

「他見了我竟一句沒有提起他上次給我的錢，他只是和氣地說：

『過得不很好？』

『很好。』我說：『但是我總應當有一個職業。』

『職業？』他忽然說：『你能做什麼？』

『什麼事我都肯做，』我說：『只要我能力所及，我只希望有六、七十元一月。』

『六、七十元一月？』他譏笑似的說一句，於是又改為和氣誠懇的語氣說：『這總要等機會，我替你去問問看，也許碰巧會有，也說不定。』

他看我不說什麼。於是又說：

『你先回去，我一有消息就通知你，你留一個地址在這裡。』他把他寫字檯上的日曆推給我，看我在日曆上留了我的地址，似乎要看看寫的字是什麼樣子。我說：

『但是我急於要事情做。』

『一星期，一兩星期，最多兩星期我給你回音。』

我當時就告辭出來，回到家裡，等待父親的消息。我們當去了一些東西，我把送給月微的一隻金戒也當了，她一點也不生氣。我們在期待中，雖然貧窮，但因為我不去賭博，我們一時好像反而好像過得特別甜蜜與幸福。兩星期工夫輕輕就過去了。

我滿以為父親也許是敷衍我，也許是有意騙我，也許會因為事情忙會忘去我的事情；但是並不，滿了兩星期，我就接到了他的信，他叫我第二天去看他。

第二天，我到了他那裡，他還是坐在寫字檯前，含著雪茄。他遲緩地問我：

『你的妻子叫什麼名字？』

『月微。』

『幾歲？』

『二十二歲？』

『你說小學畢業？』

『是的。』我說。

『有一個事情，到很合適，』他忽然說：『但是他們要女的。』

『什麼事？』

『皇宮飯店開電梯。』他說：『薪水八十元，供給制服，一餐飯，一天八小時工作，是輪班的，有時候時日班，有時是夜班，不知道月微願不願去？』

我當時自然覺得很好。月微是一個身體很健康的女人，她也不是養尊處優出身的。我相信同她去講，她不會不聽我話。但是我當時說：

『那麼我呢？』

『你暫時沒有機會，不過如果月微肯去，八十元一月薪水，你們也夠用了。而且每月還可以分點小帳，做一年半載，總可以加點薪水的，我想。』

我當時就說，月微是一個很刻苦耐勞的人，我們感情很好，她自然會願意去的。父親於是就打開寫字檯抽屜，拿出一張名片，他用鋼筆寫了幾句，他交給我說：

『那麼叫她明天上午九點鐘到皇宮去看張先生好了。』

我接了名片站起來要走的時候，父親忽然說：

『這事情並不難，但是要守時刻，不要晚到早退，你應當告訴月微。還有月微的親友不能到飯店去找她，連你在內。』

我答應著就走了出來。到了家裡，告訴月微。月微知道自己可以賺八十元一月，她高興得不得了。她想到如果我也有一個職業，兩個人就有一百六十元一月，只要不賭，我們可以搬到獨家的一幢房子去住。她還想到她要每月積二十元。最後她忽然怕人家不喜歡她，又怕自己能力不夠，夜裡她醒了好幾次。第二天七點鐘就起床，她換了三四件衣裳，問我到底哪一件好。八點不到，她喝了一碗稀飯就出去了。我一個人睡在床上等她，但是並沒有睡著。四點多鐘的時候，她回來了。她滿面笑容的告訴我皇宮飯店裡的種種，牆壁是怎麼樣，電梯是怎麼樣，地毯是怎麼樣。最後她說出張先生已經決定用她。明天是星期二，上午八時到下午四時；以後每逢星期三、星期六則是下午四時到夜間十二時；星期四、星期一則是夜裡十二時早晨八時；星期五同星期二一樣；星期日還有一天休息。

第二天起，月微就開始去工作，我呢，就在家裡，專等她下班回來。她每天回來總有許多關於皇宮飯店的種種可以同我談，客人怎麼樣，吃飯怎麼樣，房間有多少多少，住在那裡的人一天要花多少錢，還有每夜的餐舞時人們怎麼樣打扮。於是說到上下的茶房，男女的侍者，各種各樣名稱都說不清，她始終不知道一共有多少人。但光是開電梯的，就有十五個小姐，都很漂亮，她很希望我可以在裡面尋一點事情……。她做一星期以後，她的打扮也有了改變。她們飯店供給制服，但這制服要求大家穿平底黑皮鞋與白襪，這是要自己備的。她的頭髮也改了樣子，她嘴上也擦起口紅，眉毛也畫成細狹，手上也擦起指甲油，這因為那裡的同事都是那樣的，據她說。

但這些並不妨礙我們的幸福。我每天沒有事，想著她既然在外面做事，我也就多做一點家事的事情。我常常去看看朋友，我已決計不賭錢，但為解悶，我有時也打打很小的麻將，沒有什麼輸贏。我也不告訴月微，我絕不在她回家的時間，還待在外面不回去。她在家的時候，我總是陪她，有時候我們同去看一場電影，一場戲，生活不能不算甜美。

於是她第一次領到了薪水。那天她回來較晚，她帶回來許多東西，化妝品，手絹鞋襪、衣料、手袋……她說這些都是她不能省的，大家都是很講究，她不能太不像樣。我當然也喜歡她打扮，一點不覺得這是意外；她還帶回來一些食物，當時我們有很豐富的飯菜。但是我沒有看到錢。

過去，錢是我的，什麼錢都由我管。月微雖不花什麼錢，但我從不吝嗇她花錢。現在錢是她賺的，是不是什麼錢都由她管呢？我不好意思提起，但是我心裡有一點奇怪的感覺，我當時就隱隱約約的談到，我說：

『那麼還剩多少錢呢？』

『總夠一個月開銷了。』

『我想把以前當去的東西先去贖了。』

『明天我回來順便去贖回來好了。』

『我也有點零零碎碎的用處。』

『啊，對啦，對啦，你也要零用。以後，我每月給你十五元，理髮，買煙。我給你十五元一月。』月微好像給我非常恩典似的說。

『好，好，隨便你。』我說。她的態度我不喜歡，但是錢是她賺的，我們從來沒有吵嘴，我自然不願意為此吵嘴。

這樣過了許多日子，月微忽然說她工作後要同同事大家去學點英語，這因為飯店裡許多地方都用英語，不懂實在太吃虧。

這當然是有理由的，我沒有法子反對，從此她在家裡的時候更少了。後來她又常常晚回來，不是說同同事去看電影就是陪同事去買東西。她天天做新衣裳，她打扮越來越入時，她每天到飯店，總打扮非常漂亮。他的制服原是在飯店裡，她到飯店去換的，但是黑平底鞋同白襪是自己的，本來是穿著去，穿著來，現在她也把它放在飯店裡，自己穿起肉色絲襪與高跟鞋，同制服一樣，每天在那邊換。我們本來有一個女佣人，現在專門管她的衣裳，要燙、要洗的都忙不過來。我沒有事，自然也幫著做做家裡的事情。這很自然的使月微也就指使我起來。這原沒有什麼，但慢慢對我忘做的事情，她竟責怪我了，說我勤吃懶做，不肯去找事。

她初初做事的時候，偶而我也到飯店門口去接她，現在忽然很不喜歡我這樣做了。不知怎麼，有一天，我一時竟想起父親的話，我偷偷的到飯店的門外等候她。我反正沒有事，可以天天這樣做。但是等人是痛苦的，尤其是我存著奇怪的心理，我一方面希望證實父親的話是不對的，而一方面我竟想抓到她一點證據。我吸著煙，一支一支的吸著。我看每一個出來的人，最後我終於看到月微出來了。她不是一個人，是同一個女的，看起來是她的同事。我跟著她們，聽她們說些我沒有興趣的話，一直等她們上了電車。如是者我等了幾次，等過日班，也等過夜班。我發現她的確沒有別的男人，不知怎麼，當時我竟自己感到十分慚愧，我對她有說不出的感激，我開始覺得在家裡為她做事，聽她責怪，都是一種光榮的事情了。——這真是一種奇怪的心理，你剛才說你研究人的心理，那麼你當然知道這是怎麼回事。」

陶鏘申說到這裡，忽然停頓了，他用舌尖舔舔乾燥的嘴唇，於是他喝了一口酒。

「那麼以後怎麼樣？」我問。

「也許是因為這樣，她越來越被我寵壞了。」他提高了嗓子，噓一口長氣又說：「但是我們是幸福的。我似乎越來越愛她，她比以前不知道好看多少，皮膚白了許多，人也胖了一點，尤其她的舉動談話服裝，完全是公主的樣子。我覺得我做她奴隸都願意，只要她愛我，同我在一起。有時候，我希望可以同她一同出去，我們出去總不外看看戲，看看電影。但是她開始不要我同她走在一起，不要我同她一起進戲院。常常是我先進去，她要等燈黑了才來，出來的時候也不願我同她走在一起，我起初不知道這是什麼原因，我只覺得只要她不是另有男人，那麼她總是對的。後來，在一個鏡子面前，我看到了我同她在一起的樣子。啊，那真不像樣，我的衣服太敝舊，我太潦倒，我像是一堆牛糞，而她是一朵鮮花。我開始想到我要略略打扮打扮，於是當她第四次領薪水的時候，我提議我要做兩身西裝，買一些襯衫。

『你早就應當買了。』她忽然說。

『我哪裡來錢，你知道我失業。』我說。

『我不是給你十五元一月麼？』她說。

『但是我要理髮，我要抽香煙，我跑出去也要車錢……。』

『你還要打牌。』她忽然用譏諷的口音接我的話說：『這許多日子，如果你不瞎用，一兩套西裝錢難道還不夠？你是一個男人，又懶又糊塗，一點也不爭氣，不想找事。你知道我賺點錢也不容易，起早落夜的。……』

月微說著忽然啜泣起來。你說我當時是怎麼樣的感覺，我竟一點沒有怪她，我只是自卑自慚，我可憐地求她，勸她，半晌，她方才揩揩眼淚說：

『其實你不做衣服也沒有什麼關係，反正沒有事，待在家裡。不過有時候同我一起出去，別人看見了不像樣子，以後我們少出去好了。在家裡待待也很好。』突然她同我又和善起來了，她說：『我總想多積一點錢可以搬大一點的房子，所以我自己也很省。今天我在飯店裡看到美國蘋果，我想回來時在路上買一點回來，但是後來我覺得還是省省吧。我想這一定很貴，你現在替我出去買一點好不好？如果貴，就少買一點。』

我看她高興起來，很高興的拿著她交我的一張鈔票，飛也似奔出去。我買回來六隻蘋果，她吃一隻，也要我吃一隻，她說：

『這四隻給我收起來，我明天吃。』」

陶鏘申忽然換了一口氣，又換上一支紙煙，他很流利的說下去：

「像這樣的小事情，常常發生，我也說不勝說，但是我從不說她。後來我居然找到了個職業。——你知道我沒有能力，也沒有什麼經驗，但是因為月微賺八十元一月，我想我的職業至少也應當有六、七十元一月，而這竟是沒有可能。我也有一些朋友，正像我以前養母親時候一樣，雖然待遇不好，也常常有點零碎的工作找我做。月微有職業以後，偶而也找過我，但是我拒絕了他們。我心裡想，反正月微賺來的錢可以夠用，何必找這些臨時的工作，於是別人不再找我，我自己也懶惰下來。於是我又在懇托朋友，我說現在就是十元一月薪水，我也願意去；事情也巧，恰巧一個朋友要到船上做事，他原來貨棧裡一個職位可以讓我，他為我介紹，我也就被接受了。待遇三十元一月，還供給中飯、晚飯，不過工作時間很長，從早晨八點鐘到夜裡八、九點鐘，星期日也沒有休息。人雖然須在那邊，工作倒不是經常很忙，忙的時候固然很緊張，空的時候就什麼事情都沒有，只要坐在那面就是。

我把這消息告訴了月微，月微聽了非常高興，她說：

『現在我們可以搬一個好一點地方去住了，我想把佣人省去。』

我沒有反對她的意見，也沒有贊成她的意見；由她去找房子，我幫著搬了過去。那裡離皇宮飯店很近，離我做事的貨棧則是很遠，是簡單的小公寓，月微把它布置得很精緻，我也不知道她哪裡來的錢。我們沒有了佣人，我在貨棧裡有飯吃，她在皇宮飯店也有一餐飯。她告訴我，家裡的開銷以後都可以由她負擔，我的收入希望可以照顧我自己個人的用處。

這樣我沒就開始過一種奇怪的生活。第二天我回去已經不早，但是月微還沒有回來；我起來的時候，她正要睡，她怪我把她吵醒。第三天我工作很忙，回去月微還沒有回來，我很疲倦，就一個人先睡了。但是半夜裡她忽然把我叫醒，她說：

『你看你的鼾聲，吵得我睡不著覺。』

『真的麼？』我醒過來說：『我自己一點也不知道。』

『你真是，這麼髒就睡了。你現在自己也有收入，也不知道買幾件睡衣。』

你知道，我們一直很窮，從來不穿睡衣的，月微穿睡衣也是幾個月的事情。」

陶鏘申說著看看我，忽然把視線低垂下來，他說：

「當時我就說：

『我才做三天事情，也沒有發薪水，拿什麼去買睡衣。』

『難道我上個月也沒有給你錢麼？』她說。

我沒有理她，她忽然說：

『明天我在那間小間裡替你鋪一張床，你睡在那面；我晚回來也不會吵醒你，你也不會吵醒我，這樣大家可以好些。』

『我不知道你現在為什麼常常要這樣晚才回家？』我說。

『我有我的應酬。』她說：『還不是為我們家庭打算。』

當時我因為想睡覺，沒有再說什麼，可是第二天到了貨棧裡，我忽然想到月微是否已有外遇，我心裡非常不安。以後這個不安一直在我心裡。當天我回家，看到她已經在佣人間裡為我布置了一個小床，把我的東西也都搬來，而她自己的房間則加上了一把彈簧鎖，我只得獨自睡了。早晨我要上工，而她還沒有起來，我們倆就無法見面。我於是在星期三決心等她，星期三她是十二點下班的，回家應當不過十二點一刻，但是我等她到三點鐘才聽她回來。我聽見門上鑰匙聲音，我就迎了出去，但是我就聽見了月微說話的聲音，我知道她不是一個人，我馬上退入自己的房間，在鑰匙洞裡看著。我們的房子是外面有一個十幾尺長的小走廊，兩端就是她的房門同我的房門。從我房門看走廊，應當看得很清楚，但是她開門進來，這門就擋住我的視線；如果她開亮了燈，在關門的時候，我當然也可看得清楚，偏偏她沒有開燈，關上了門走廊裡就一無光線；她藉著外門透進來的光線開她自己房間的鎖，兩個人影。她走進房間，就關上了門。我於是輕輕地打開門，走過去，我聽見她在裡面開亮了電燈，我赤著腳，想從她的鑰匙洞裡張望，但是她裝的是彈簧鎖，這鑰匙洞始終插著鑰匙，我看不見什麼。我只聽見裡面有人在說話。我一時怒火中燒，我打門。

『誰？』

『我，』我說：『是我，你開門。』

『這算怎麼回事？』她說。

『你開門。』我一面打門一面說，我的聲音是粗厲的，我打門打得很重，她終於開門了。她憤怒地說：

『你要怎麼樣？』

我闖了進去，沒有同她說什麼，我一看裡面沒有人，我望了床下，望了廚內，我奔到窗口，窗口是一條小巷，有五層樓的高度，並不是這樣可以下去的。

『你聽我講，你聽我講。』月微忽然軟了下來，拉著我說。我當然以為她有點愧羞了，我當時看到浴間，裡面的燈還亮著，我一把把月微推開，我闖了進去。

啊，裡面竟是一個裸女，她驚慌地從浴缸跳出，在抓衣裳。我一看我闖進去，她就叫了起來。

『這算怎麼回事？她是我的同事，你要怎麼樣？』月微趕上來拉我說。

我知道我疑心錯了，我馬上拉上浴間的門。我內心自責起來，我懇求月微原諒。

但是她不理我，她忽然號啕大哭，她說：

『你把我的臉丟到那裡去？』

我不斷地求她原諒，但是她始終不理我，只是哭，最後她說：

『你還不出去睡去，要怎麼樣？我的朋友也讓你駭壞了，我們也要睡了。』

她站起來，揩揩眼淚，一面把我推出門外，她關上了門。

我當時心裡又抱歉，又慚愧，又痛心，接連幾天我都想找機會同月微解釋，求一個諒解，但都沒有法子碰見她。第二天夜裡，我一直支持疲倦的眼睛，守了一整夜，我發現月微竟通宵沒有回來，我心裡非常焦急。第五天我告了假，一個人在家守她，下午她回來了，我告訴她前夜守她一夜，而她沒有回來，我心裡非常難過。你猜她怎麼說？她很冷淡地毫無表情地說：

『她們現在都不敢到我地方過夜了，自然我只好到她們那裡去。』

我正想說點解釋的話，但是她打斷了我話，說：

『你又貪懶惰，不去做事，回頭打破飯碗，又要問我拿錢了。』

『但是我告假，完全為關念你，想同你解釋。』我說。

『為關念我，那麼讓我安安定定睡覺吧，』她說：『我已經熬了夜，做了八小時的工作。』

她又推我出來，輕輕地關上了門。

當時我一生氣，一個人去喝酒，喝了酒到朋友地方去打牌。從此我同月微就很少見面。但是每夜回家，我希望有一天她會想到我，想同我談談。但是沒有，她常常不回家，回家也獨自進房關門，我也不去理她。

這樣過了兩個月，我發現她竟是好久不回家了。我告了假，按照她去上半下班的時間到皇宮飯店門口去伺等她，但不見她進去，也不見她出來；這使我很奇怪。第二天我又伺等她一天，仍不見她進去，也不見她出來。如是者我等了四天，我猜疑她會不會是病倒了，住在同事家，或者甚至住在醫院裡。我於是鼓足勇氣到皇宮飯店裡面去。

我問了許久，才見到一個管事的，他說：

『開電梯的，沒有一個叫關月微的。』

『怎麼會沒有，除非現在調到別部門去了。』

『這是開電梯小姐的名單。』她拿一張名字牌給我看，他說：『你自己看去好了。』

啊，的確沒有一個叫關月微的。我失望之餘，回到家裡，我叫銅匠撬開她的房門。裡面什麼都沒有變動，但似乎少了一些日用的衣服。我想她或許同同事去旅行了，那麼皇宮飯店總應該知道，她是不是告假走的，為什麼連她的名字都查不出呢？就在我思索這些問題的時候，我看到了她床邊的一張半身照片，我靈機一動，就拿著那張照片到皇宮飯店去問。我仍舊找那個管事，我給他照片看，問他是不是認識這個人。

『她麼？她叫關慈君。是的，她在這裡服務過，但是不久以前她辭職了。』

『辭職了，她上那裡去？』我問：『你們辭她的，還是……』

『她自己辭職的。』

『為什麼？』

『誰知道，』管事笑著說：『小姐們辭職，總是為嫁人，我想。』

『我，我就是她丈夫。』我說。

『你？那麼你怎麼連自己的新娘子到哪裡去都不知道？』

『新娘子？』我吃驚了，我說：『我們結婚已經快兩年了。』

『但是我們只知道她是小姐。』管事的說：『啊，她很漂亮，追求她喜歡她的很多。』

『你是說客人們麼？』

『客人自然也有。』他說：『但是她很莊重，而且這裡規矩上是不許同客人出去的。』

說著，有人來找這位管事，他就同我告辭。沒有辦法，我只好一個人拿著照片回家。路上我所考慮的是是否我應當到公安局去報告失蹤？

但是，回到家裡，我開始想到父親，月微進皇宮飯店，父親是介紹人。他應當知道她為什麼改名，他也許是保人，自然在辭職前，飯店方面或者月微自己會讓他知道的。

於是，我一直到典而愛路去找我父親，他不在，我留一個字條，說我第二天上午去看他。

第二天，父親果然等著我，他一見我進去，很莊嚴慈祥的說：

『你昨天來過了？』

『是的。』我說。

『有什麼事麼？』他問。

『月微辭職了，你知道麼？』

『我知道，你難道不知道麼？』

我沒有回答他，我問：

『她在飯店裡，怎麼不叫關月微？』

『我怎麼知道？』他微笑著說：『也許是飯店裡希望有一個容易記的名字，也許是她自己要改個名字，怕外面人知道她在開電梯。』

『那麼你知道她上哪裡去了？』

『你是他的丈夫，你不知道？』我父親竟浮出譏笑的笑容說：『如果她是你的好女人，她到那裡去怎麼會不告訴你？如果她不告訴你而私奔了，那麼她不會是你的好女人了，我想。』

關於父親說母親的種種，我早已沒有想到。如今方才提醒我，父親還是要我知道女人。我悔不該到他那裡去打聽月微的，我沒有作聲，但是父親忽然說：

『但是我相信她仍會是一個好母親。』

當時我不願聽父親的譏笑，我知道他不但在譏笑我，還在譏笑我的母親。我一言不發，返身就走，但等我走到門口，父親忽然響亮而遲緩地說：

『如果你想找月微不難，她住在貝當路華加丹公寓四四號。不過為你與她的幸福，你還是不去找她好。』

我當時記下地址，一言不發，就走了出來。我想去找月微，但又想她既然不做我好女人，我還找她作什麼？我一個人去喝了酒，回到家裡，我衰頹的睡了一覺，但真是奇怪，我竟做了一個夢，夢裡好像說是月微有孕了，醒來我就想到父親的話：『……她仍會是一個好母親。』於是我想到了我自己，難道母親當初也是這樣生我的？

我突然振作起來，我決計到貝當路去看月微。

那天是天色將暗未暗，街上燈光剛剛亮起的時候，但我離貝當路不近，到貝當路問到華加丹公寓時，整個公寓的窗戶都已經亮滿了燈光。我發現這是一個非常講究華麗的公寓。我搭電梯到四樓，找到四四號，我按鈴。

應門的是一個女佣。她半開著門問我：

『找誰？』

『關慈君小姐在麼？』

『你是哪裡的？』

『皇宮飯店來的。』我說著就擠門進去。我把女佣推在一邊，一直向亮著燈的房間進去。

在輝煌華美的飯廳中，我看到了月微，她正坐在一瓶夜來香的花束前吃飯。

她一看見我進去，吃驚地站了起來。我看到她穿一件紫色的衣裳，我看到了她的肚子。

『你來幹什麼？』她驚慌地說。

我沒有理她，一直走過去。但是她害怕了，她從旁門出去，她想關門，但是我已經推住了門，我擠進裡面。裡面是廚房，那面還有一個門，但是關著。她來不及開，我就站在那個門前拉住了她。

『你要幹嘛？』她說：『這裡又不是你家。』

『這是誰的？』我一手按著她的肩膀，一手指著她隆起的肚子說。

『反正不是你的。』她說。

『不是我的？誰的？』

『你管不著！』

我這時真是不知道自己。我打了她的面頰，我扭她的手臂，我說：

『你說，我非要你說不可，這是誰的。』

她突然然哭了起來，她說：

『你管不著。』

『誰的？』

『不是你的。』她用奇怪的眼光盯住我，矜持了她的眼淚，又用非常輕視我的聲音說。

就在這時候，外面有人進來了，我想到這是女佣叫來了警察。我一慌就抓住了一把菜刀。這是一把狹長的刀子，在我憤恨羞愧驚慌之中，我把那刀鋒貼在她隆起的肚子上，就用我的身子貼在刀柄。我的眼睛貼著她的眼睛，我的嘴貼在她的嘴唇。我右手握著擠在我們身子間的刀柄，左手握著她的兩手，按著她垂下來的頭髮，一同壓在門板上。我用力的把我的身體擠壓她的身體，我聽到刀子插入她肉體的聲音，我感覺到她的痙攣。……我一直壓著，一直到來人硬把我拉開，我也就失去了知覺……」

陶鏘申說到最後，面色變成青白了，他似乎很吃力，他喝了一杯酒，最後他垂下頭說：

「我從來沒有殺過人，我相信我不會再殺人，我不知道為什麼要殺月微？我不知道我想殺的是她肚子裡的孩子還是她？我殺她時不知道我在殺她，沒有看見一滴血，沒有意識到我在殺人。而我竟這樣的殺死了兩個生命。」

他苦笑著，面上浮起了不舒服的痙攣。

我告辭出來，心裡有奇怪的害怕與惆悵，腦子裡可浮起了許許多多問題，譬如：

「到底是陶鏘申變態，還是他父親變態？是女人在害男人？還是男人在害女人？把陶鏘申這樣的犯人留在世上有害於社會呢？還是他的父親更有害？究竟陶鏘申的父親是一開始就有整個的計畫，來對自己的兒子證實女人是勢利現實無情無義呢，還是後來因某些關係才促成這樣的？為什麼陶鏘申的父親要把月微的住處告訴陶鏘申？假如陶鏘申不殺月微，那麼事情又將怎麼樣呢……」

這無數無數的問題我都無法解答，到現在我也仍是無從解答。

一九五二、七、十六、晨三時、香港。

壞事

一

要是我不搬到楊光章家裡去，我不會認識那位英國太太金衛德夫人的。

楊光章的家在哥倫比亞路，是一所有花園的小洋房，因為一個弟弟結婚了，搬了出去；一個妹妹嫁人了；還有一個弟弟去南京做事；所以房子就空了出來。恰巧我要租房子，他就叫我住他家去。他把樓下一間客廳一間飯廳租給我。飯廳與客廳雖說兩間，但只是隔著一個帳幃。走出這飯廳客廳就是一個小小的花園，說明這是公用，但他們自己並不用，用的是他們一隻叫做肯明的狼狗。幾天以後，肯明同我很熟。樓下常常沒有人，有肯明當然安全許多，所以我也很喜歡牠同我做伴。

這花園不大，三面圍著籬笆，靠著籬笆種有矮小不齊的冬青樹；園中種著一株東洋楓，一株月季，其他還有一些零碎的草花。是晚春，陽光下，這些小小的綠意紅趣，倒也使我很願意在園中去散散步，有時也會拿一把藤椅子在楓樹旁看書。肯明則常在園中瞎跑。有一天下午，我忽然聽到隔籬有人在叫肯明，我抬頭一看，知是隔壁的鄰居。我從楊光章那裡知道他們隔壁住一個英國太太，但從未見過。這時候隔著籬笆，我隱約地看到她瘦長的個子，披一件粉紅色的薄絨線衫，領下扣一粒鈕扣，但手臂沒有穿在袖子裡。一隻手支著腰，一隻手扶著籬笆，半低著頭，從籬笆裡在看肯明。她的頭髮是栗色。我走了過去，她忽然抬起頭來，似乎對狗，又似乎對我說：

「天氣很好啊。」

肯明不會說話，我就順口回答她：

「真是難得的天氣。」這時我看到她的臉是長方形的，雀斑隱在粉裡，下頦外凸著，嘴部凹在裡面，說話時露長斜的牙齒，鼻子很高，眉骨支出著，下面深藏著眼白與眼珠難分的眼睛，假如是三十七、八歲，那麼在外形上看來不算老。

「你就是新搬來的中國人吧。」她說著用不屑的眼光看我一眼，收回了她支在籬笆上的手，她的手是長長的，手臂上浮著茸毛，鬆弛的皮膚有赭石的顏色，但有許多黑色的雀斑。

「一點不錯，你當然是長住在中國的英國太太了。」我拍著肯明的頭，用一種不十分喜歡她的聲音回答她。

「我喜歡中國。」她忽然說：「生活便宜，更可以有佣人。」

「我倒喜歡英國。」我說：「英國小姐比中國小姐美麗和氣。」

「你到國英國？」她說：「在什麼地方？」

「倫敦。」

「這是一個很美麗的城市，是吧？」

「很美麗。」

「但是太熱鬧。」她說：「住家，我喜歡中國。便宜，什麼都便宜。」

「你在這裡多久了？」
「十三年。」
「一個人？」
「我丈夫死了，我一直住在這裡。」
「他死在中國？」
她點點頭，忽然說：
「日子過得真快。」
「你沒有孩子？」
「我有兩個孩子，一個男的，一個女的。」
「他們？」
「他們當然要受英國的教育。女兒根本就沒有來過中國。」
「你後來一直沒有見過她？」
「沒有，但是她有信來，去年聖誕節還寄來賀卡。啊，她已經結婚了。」
「兒子呢？」
「啊，也大了。這不能同你們中國比，母親可以常同兒子女兒在一起。」她說：「我也不希望同他們在一起。」
這時候肯明忽然叫了起來，她叫著肯明說：
「啊，肯明，肯明。」於是又對我說：「它也怪可憐的，自從赫白死了以後，它就沒有了伴侶。」

「赫白？」

「是我以前養的一隻狗，去年冬天死了。」

「啊，怪可憐的。」我說。

忽然我看她們屋裡走出一個穿著白衣的西崽，高高的個子，頭髮梳得很光，很恭敬的走到園中，用山東口音的英文說：

「太太，茶已經預備好了。」

於是金衛德太太就同我告辭。她很莊嚴的走在前面，那個西崽連看都沒有看我一眼，很專心而恭敬的搶上去為她開門，我只看到他一個圓形的年輕的面孔。

二

從此，我同金衛德太太時有這樣的談話機會，總是在園中，隔著籬笆，有時候一談也有二十分鐘。忽然有一天，正當我在園中的時候，隔籬竟有狗叫的聲音，肯明當然響應著奔到籬邊狂吠，我追了過去阻止它。金衛德太太招呼了我，她很高興的告訴我她領來一隻狗，我馬上看到她身邊一隻灰毛尖嘴的狗在東嗅西嗅，我說：

「你買的？」

「一個朋友回國去了，我問她要的。」她忽然說：「肯明又有了新朋友了。」

「它叫什麼名字？」

「勃朗寧。」

「勃朗寧，」我說：「詩人勃朗寧！是先生還是太太？」

「小姐，才六個月。」她說：「你知道詩人勃朗寧？」

「我當然隨便讀過他一些詩。」

「你也讀過依利莎伯勃朗寧的詩？」

「當然，這是一對情人永遠是令人羨慕的。」我說。

「依利莎伯勃朗寧，啊，那是我頂喜歡的詩人。」她說著忽然頭抬向天空，，天空裡有碧藍的雲彩，她似乎想擁抱那雲彩似的伸出手來，她用她沙濁的聲音朗誦勃朗寧的詩句：

「A heavy heart, Beloved, have I borne from year to year until I saw thy face, and sorrow after sorrow took the place......」

但是，這時候勃朗寧竟過來嗅嗅隔籬的肯明大叫起來，肯明也叫，於是打斷了金衛德太太的朗誦。

當時我們大概各帶著我們的狗走開了。

以後，金衛德太太每次同我見面似乎比較親熱起來，她大概以為一個中國人居然也知道英國的詩人，這是值得她重視的。她常常同我談起英國的詩歌，以及詩人的浪漫史與逸事，可是我們始終是隔著籬笆。一直到有一天早晨，正常我要出門的時候，我看見金衛德太太也在門外，打扮得非常整齊，戴一頂闊邊的帽子。她們的門開著，門口站著那位高大的西崽，穿一身潔白的衣服。金衛德太太正在對他發脾氣，一看我出去了，她說：

「哈囉，早安。」

「早安。」我說。但是她馬上悻悻地說：

「你看這個中國人，你看這個中國人！」
「什麼事？」
「我早就叫他為我叫車子，他……。」
「車子？我替你叫。」我看附近並無車子，我說：「走過去就有了，天氣很好，散散步也很好，是不？你急麼？」
「我沒有什麼事。」她說著似乎氣已經平下來，走在我身邊望望天空，她說：「你不會怪我脾氣太壞吧？彼得實在太笨。」
「但是他看來是一個很忠誠的人。」
「很忠誠！當然當然，他是世上最忠誠的佣人。」她說：「就是太笨。」
「天下當然沒有十全十美的佣人，正如沒有十全十美的丈夫一樣。」我幽默地說。
「你們那個女佣人，怎麼樣？」
「你說黃媽？黃媽是楊家的佣人。她來了一年多，很好，很聰敏。」我說著，看到前面一輛空車，就為金衛德太太雇了，送她上車。
那天我回家是下午三時，我搬回了一些寄存在朋友家裡的書，下車的時候，恰巧彼得在後門口，他看見我拿書有點困難，就過來為我幫忙。
這是彼得第一次同我交友，也是他第一次走進我的房間。我敬他一支煙，他不吸，我順便問他，我說：
「你在她那裡做得很久了？」
「差不多有兩年了。」

「她就是一個人嗎？」
「就是一個人。」
「那應當很空？」我說。
「事情倒是不忙。」他忽然說：「可惜她脾氣太壞。」
「她常常像今天早晨一樣要發脾氣麼？」
「一點點小事就發脾氣，每天總要發一趟，兩趟。」他說：「我幾次都不想幹，可是她事後又挽留我，加我薪水，我不好意思，只得待下來。現在，她發脾氣，我只裝作沒有聽見。」
「我想她一個人，太孤獨，難免脾氣不好。」我說：「也許她心地並不壞，我可討厭她老是『中國人』『中國人』的。」
「在中國的外國女人，大半都口口聲聲喜歡中國，心裡又鄙視中國人。」彼得忽然說：「這種人我見得很多。」
「她這裡朋友多麼？」
「沒有什麼朋友，總是這幾個，也不親密。」
「她的丈夫是死了麼？」
「誰知道他。」彼得說著，忽然看到了我房中的鐘，他說：「她大概要回來了，她回來要知道我在這裡，她又要發脾氣的。」
彼得說著就走了出去。以後彼得同我就常常有點往還，我知道他家裡都在煙臺，父母都上了年紀，有一個姐姐已經出嫁，都很窮，他每月要匯錢回去。因為知道我在銀行裡有點熟人，所以後來要匯款常常托我，我們間建立了很自然的友誼。

慢慢的我知道彼得這個名字是金衛德太太給他取的。金衛德太太叫佣人用英國名字，可是自己則用定了這個翻譯的中國名字。她每星期日上午總打扮得很整齊去做禮拜，回來以後很愉快，吃了飯，午睡一覺，起來就是吃茶的時候。自從那時候起，就囉哩囉嗦對彼得有許多脾氣，不是說他這樣，就是說他那樣。平常日子很少出門，如果出門，她總是打扮得整整齊齊，回來也總是很高興，但不一回，又要對彼得發脾氣。彼得在她發脾氣時總裝作沒有聽見，但是事後就來告訴我。他說他不知道辭職多少次，金衛德太太總是挽留他，加他薪水，他現在薪水已經高過普通銀行裡的職員，所以他不好意思再辭職，好像他辭職就是為加薪。

但是，彼得也知道金衛德太太對他是好的。比方彼得認為還可以吃的東西，如隔夜的菜，半爛的水果，金衛德太太總是不准他吃，要他倒去。有時候彼得怕糟蹋東西，偷偷地吃了，她一發現，就要發脾氣，最後她又不斷地說：

「你們中國人，你們中國人！」

等我同彼得熟了以後，幾乎每天都可以聽到彼得告訴我她可笑的脾氣與漫畫式的故事。有一兩次，彼得實在受不了她的脾氣，他很想辭職，他托我在公共或商業機關找點事情。我總是安慰他，告訴他各地方做事都要受氣，而待遇絕不會有金衛德太太地方好，好在金衛德太太心地不壞，忍耐忍耐就算了。

三

日子過得很快，天氣一天一天熱起來。園中白天很熱，但四點以後太陽就被房子擋住，比較可以散散步坐坐。我發現金衛德太太每天吃茶的時間都來園裡吃茶，一隻藤桌子，上面鋪著藍格子的檯布，兩把很舒適的藤椅，一把自己坐，一把大半是坐著勃朗寧；她打扮得很整齊。於是彼得端著講究的茶具出來，一樣一樣搬到桌上。這時候金衛德太太就對彼得有許多挑剔，不是說牛奶上有灰，就是說茶具沒有擦好，彼得一聲不響，就安置了一切，拿著空盤進去。於是金衛德太太就一直坐著，手裡拿著一本書，但很少在讀，眼睛總是望著樹枝與天空，嘴唇掀動著，發出聽不清楚的聲音，像吟詩也像自語，這樣一直坐到天暗。我看到她坐在那裡吃茶，自然不會同她招呼，她當然不會為招呼我而站起來。所以反而沒有她搬到花園裡吃茶以前談話的機會多了。

有一天早晨，我們的黃媽給我一封信，說是金衛德太太交她的，我拆開一看，原來是她約我下午吃茶去。這很出我意外，我想問問彼得她有什麼事，但竟沒有碰見他。

下午，我穿得整齊的準時去赴茶約。彼得來開門，他沒有同我說什麼，一直招待我到裡面去。金衛德太太在客廳裡招待我。原來她們的房子同我們的有不同的組成，樓下雖也是兩間，但是很小，實際上只是長方形的一間。裡面布置得非常講究，地上鋪著地毯，真是一瓣灰都沒有，門鈕銅鎖，都擦得晶亮，酒櫃上放著鮮花，沙發上的靠墊，窗臺上的窗簾，都是乾淨整齊。

金衛德太太穿扮得非常華麗，身上發著陣陣的香水味，戴著銀手鐲，像是舉行非常正式的茶會樣子，我想她一定還有約別的客人。她招呼我坐下，敬我一支煙，談些應酬的空話，大概十分鐘以後，她邀我到園裡去喝茶。我雖然看到園裡仍只是放著兩把藤椅，但是我還是很隨便的問她：

「你還約了別的朋友？」

「不，不，沒有別人。」她說：「地方小，也不能約朋友。」

我馬上發現她的花園是精緻的，碧綠的草地，四周有許多紅花紫花，一株不大不小的樹，彎彎的在右角撐著。我坐下來，先誇讚她的花園，又誇讚她的房間，她忽然說：

「這都是彼得的功勞，他真是一個好佣人，什麼都會做。」

於是，彼得端來了一大盤的茶點，那些銀色的茶具都擦得雪亮。彼得很有序的一樣一樣放好，金衛德太太就開始為我斟茶。接著彼得又端來了小巧精緻的三明治與蛋糕。金衛德太太說：

「這都是彼得做的。」她一面遞給我一面說：「你試試。」

我拿了一塊，吃了一口。這時彼得已經進去，我就說：

「做得非常好。」

「可不是？」

「你不應該再說彼得笨了。」我玩笑似地說。

「自然，他非常好；但有些地方……你知道，他總是太死板。」金衛德太太喝了一口茶說：

「比方，他昨天忽然又要辭職了。」

「辭職？」我很奇怪彼得要辭職會沒有同我談起。

「他要辭職，但是我挽留他，他也就算了。」金衛德太太又吃了一口三明治，眼睛望著右首的花草說：「可是這次，他好像很堅決，他給我一個月期限。」

「啊，他一定尋到什麼別的事情。」

「沒有，沒有。」金衛德太太很確定的說：「他要是有更好的事情，我當然不能勉強他。」

「要是沒有，那又何必一定要走，你這裡事情也不忙，你待他也不錯。」

「是呀，所以我說他笨，死心眼兒，是不？」她說：「我這裡薪水也不少，我也願意再加他一點；我希望你可以勸勸他。」

現在我知道金衛德太太請我吃茶的意思了，原來她是叫我挽留彼得。那麼彼得究竟為什麼又要辭職呢？他怎麼沒有同我談起？事情當然還是為金衛德太太的脾氣，這次大概有使彼得受不了的地方，但是我不好意思問金衛德太太，我想反正我可以從彼得地方知道的。當時我就答應她單獨去勸彼得，接著我們就談了一些別的，她又說到她非常喜歡中國，她說在中國住了十年以上的西洋人，是無法再回西洋去的。但是話一轉向，她又批評中國這樣不好，那樣不好。於是她又叫我原諒她，說她在中國人前願意批評中國，在西洋人面前則要維護中國。

我們談了好一回，我才告辭，臨別的時候她又叮嚀我勿忘她托我的事情。

我於走出門口時，就叫彼得於晚飯後到我地方來一趟，我說我有事情請他幫忙。

晚飯後，彼得果然來了，我就問他辭職的事，他竟很急的說：

「我受不了。」我於是勸他安靜一點，坐下來談談，於是我問：

「到底為什麼事，你這次怎麼沒有告訴過我？」

「還是昨天半夜裡的事。」

「半夜裡？」

「二點多鐘，她按電鈴，我上去，她說她睡不著，想喝一杯熱牛奶。我告訴她牛奶剩的不多，也不很新鮮，我已經給勃朗寧吃了。她於是就大發脾氣，說我糟蹋東西，沒有得她吩咐，就給狗吃。我沒有理她，就下到樓下；她又按鈴叫我上去，說我怎麼不聽她的說話，就下樓了。於是責備我沒有禮貌，說我傲慢，說我懶惰，甚至罵我是豬。我當時就無法再受，我下樓想了許久，早晨我就決心辭職了。像我這樣的人，哪裡不好吃飯，要受她這氣。她看我辭職，又想挽留我，說加我薪水。我說我上次說過，我如果再辭職的話，就再也不改變了。我限她一個月。」彼得說完了，兩隻大大的眼睛望著我，似乎等我批判是非曲直。但是我竟沒有從那方面想，我問：

「她常常半夜裡要吃東西麼？」

「她常常失眠，睡前總要喝一杯牛奶。」

「那麼是你送上去的？」

「自然，我每晚在我睡前給她送上去。」

「那麼她也就同你談一回？」

「我送上去，有時候她嫌我太早，說我自己要睡，想把牛奶給她就算了。有時候牛奶放在那裡冷了，等我睡下了，她又叫我起來為她去熱去。」

彼得很老實地對我傾訴。但是我可禁不住笑了，我說：

「彼得，照我看，這事情怕是你不好。」

「我不好？」彼得奇怪的問。

「我想她對你不錯。」我笑著說：「你不應當這樣辜負她。」

「我辜負她？」

「你知道她需要你什麼？」我說：「她一個人，三十多歲，失眠，你也……彼得，你結婚了沒有？」

「我？沒有。」

「那麼，」我說：「你應當也有這種需要；這有什麼關係，她也不是特別難看，是不是？」

「先生，你同我開玩笑了。」彼得害羞地說：「她是英國人，我不過是一個boy，她怎麼會……」

「啊，你不要以為她表面上好像什麼，人都一樣，是動物進化來的，越是愛擺尊嚴的人，——男人也是一樣，你看許多表面上道學先生——越是有這種需要。」

「啊，你太開玩笑了。」彼得說：「這事情我怎麼可以隨便，我是一個好人，我從來沒有做過這種壞事。」

「彼得，你是好人，但這不是什麼壞事。」我說：「她需要，你也需要，這又不是害人的事。我覺得道德是對社會負責的，對社會無害，沒有牽累第三個人，兩個人彼此都有益處，這有什麼不好？」我說。

一時間彼得似乎被我說服了，他沉吟了許久，我說：

「奇怪，她在這裡難道沒有男人來往麼？」

「啊，幾個牧師，一些疏遠的朋友，都自己有家的。她好像也不要什麼朋友。」

「彼得，那麼我的觀察一定不錯，你不妨試試看，如果她真的需要你，你也不必太固執，我想她的脾氣就會好起來，你也不必辭職了。」

「那怎麼試法？」

「平常你送牛奶上去，她在幹嘛？」

「她有時候拿著一本書在沙發上，有時候靠在床上，閉著眼睛養神，或者她吸著煙。」

「那麼你放下牛奶就出來了。」

「當我告訴她牛奶放桌上時，她總是微啟睡眼叫我做點別的事。」

「大概哪一類的事？」

「比方說叫我把窗簾拉上，叫我開床燈或者叫我關房燈，或者告訴我早晨不要忘記寄一封信。」

「那麼，你關上燈以後，何妨走到她身邊去，如果她不響，你何妨把床燈也替她關了。如果她再不響，你何妨先碰碰她……」

「如果她問我幹什麼呢？」

「你就借一件隨便什麼事問問她，比方說你怕她睡著了受冷。」我說：「如果她再不作聲，那麼你就可以坐在床邊上了，……是不？」

「啊，這怎麼可以？」彼得說：「她要是要男人，哪裡不可以找，也不會要我。」

「為什麼不要你？」我說：「像她這樣，哪裡去找男人？她要裝著尊嚴，擺著高貴，來往的人都是教堂圈子裡的人，有一點事情就大家都知道了，這於她虛榮心很有損害的，是不？」

「那麼我……我……」彼得雖然表達不出他的意思，但是我從他表情是了解的，我說：

「你不要顧忌太多，你反正要辭職了，如果她真不是我所想的這種女人，最多她辭退你，是不是？」

彼得不響。

「你今晚就去試試看，她要是不需要你，她就會叫你出去，你就下樓好了，反正你一點點也不勉強她。」

彼得羞澀地笑了笑。他站起來，點點頭，我說：

「明天一早你來告訴我，但是千萬不要同任何人說什麼，說出去才是一件害人害己的事情，知道麼？」

彼得看我很認真的叮嚀他，他也很嚴肅的說：

「自然，自然。你放心，先生。」

四

我的動機完全是一種好意，為金衛德太太，也為彼得。我覺得只有這樣可以為金衛德太太挽留彼得，也只有這樣可以使金衛德太太少發脾氣。可是等彼得要依照我的話去做的時候，我倒有點不安起來了，萬一有什麼不好的結果，好像我是不能辭咎的。主要的還是彼得，假如金衛德太太有變態的錯綜，她要是反噬了彼得一下，說他對她施暴，那麼，我怎麼對得住彼得。所以那天晚上，我心裡竟有奇怪的不安，我失眠很久，我希望長夜快過，可以早點聽到彼得的報告。可是我一覺睡醒以後，倒把這件事情忘記了。吃早點的時候，黃媽告訴我，彼得已經過來問我好幾遍，叫她等我起身時去叫他。我叫黃媽叫彼得過來。

彼得匆匆忙忙的跑來，神色很不安，他站了好一回，等黃媽出去了，他才說：

「怎麼辦？這叫我怎麼辦？」我發現他聲音裡有一種興奮與驕傲。

「怎麼回事？」我問。

「她現在還不起來。」

「現在？」我看了看鐘說「現在不是才九點一刻。」

「她平常七點鐘就起來的。」

「哪有什麼稀奇？」我說：「那麼昨天晚上怎麼樣？」

「啊，糊里糊塗的。」彼得很不自然地微笑著說。
「到底怎麼回事？」
「我送牛奶上去，她躺在床上，……後來我照你的話做，我……我關上了床燈，我為她脫去拖鞋，我……她突然抱住了我，糊里糊塗的。」
「她同你說什麼？」
「什麼也沒有說，她只是一直像夢裡一樣咿咿唔唔的。」
「你呢？」
「我也沒有說什麼。」彼得很嚴肅的說：「後來，後來她在我胳膊上睡著了，我可怎麼也睡不著，我起來回到自己地方去睡去。」
我聽了彼得的報告，一時竟不知怎麼好，覺得奇怪，也覺得好笑。彼得不安地說：
「你說這怎麼辦？」
「這不是很好麼？」我玩笑地說著，可是我馬上想到了這奇怪的經過中彼得所演的角色，我說：「彼得，你回頭見了她，將怎麼樣呢？」
「我不知道怎麼辦好，所以我來請教你。」
「你最好連看她都不要正眼看她。」我說：「你應當什麼都同平常一樣，當作沒有昨天的那件事情。」
「那麼晚上呢？」
「晚上，那還可以一樣的做。但如果她有一點點不願意，或者問你幹什麼，你一定還要裝作是為請教她什麼，一點不要勉強她，或者同她講些什麼。除非她先同你說。」

「對，對，對。」彼得高興地連連稱是，我發現彼得的確了解我的意思，他是一個聰敏的人。

說著，我已經吃好早餐，彼得回去，我也就出去了。

下午吃茶的時間，正是我午睡起來，洗了澡。我到花園中去窺探金衛德太太，她仍舊打扮得很整齊的坐在精緻的茶具前，手裡拿一本雜誌。但是抬著頭在看天，天上有悠悠的白雲閃著太陽的金光在藍天上浮動。我走向籬邊，勃朗寧從藤椅跳下，狂吠著過來。金衛德太太這才注意到我，我看她臉上浮出稀有的光彩，我說：

「天氣真好。」

「啊，」她的聲音好像圓潤了許多似的說：「徐先生，我正想怎麼好幾天沒見你，你好麼？」

「很好，謝謝你。」我說。

如是這般的我們談了一回，她並沒有問我挽留過彼得沒有，我也沒有提起。肯明叫著過來，我就藉著肯明就同她告辭。

一切都是向好的美的、善的變化，我想著，心裡很安慰。

第二天，彼得又過來看我，他告訴我一切都很好，他照我所說的做，什麼都同平常一樣，對金衛德太太，沒有點破，沒有說穿。金衛德太太也完全同平常一樣，可是對彼得說話竟和善了許多，昨天一整天沒有罵他笨，沒有對他發脾氣。

「那麼昨天晚上呢？你……」

「啊，同前天一樣，我們很好……」彼得居然說「我們」了。

「還是糊里糊塗的。」我問：「沒有講什麼話？」

「沒有，沒有。我倒是想同她談談，但是她不理我，只是咿咿唔唔的，像在夢裡一樣。」

「我想還是不談什麼好。」

「後來我也就不說什麼。她睡著，我也就下樓了。」

「我想現在你可以不辭職了？」

「她不發脾氣，不整天罵我，我本來不要辭職。」彼得說。

「那麼你回頭同她講，我下午去拜訪她。」

下午我過去，在金衛德太太茶座上坐了一回，我告訴她，我已經勸了彼得，他不要加什麼薪水，但答應取消辭意了。她很自然的笑了笑說：

「謝謝你。」於是用似乎覺得自己高於中國人的聲調說：「中國人，愚笨的中國人，是不是？其實他在我這裡有什麼不好？就算我有時候要說他幾句，還是因為他太笨。」

「其實彼得在中國人裡面一點不算笨。是不，金衛德太太？」

但是她沒有摸到我的話裡的話，她說：

「自然，自然。你看那些馬路上的人，多髒，多醜，多……」

「啊，我還有事，」我站起來說：「我走了，我只是來告訴你，我總算為你挽留了彼得。」

「謝謝你，謝謝你。」

五

這以後，好些天沒有碰見金衛德太太，彼得雖有碰到，但他再也沒有同我談到金衛德太太，也沒有抱怨她發脾氣了。我想一切應該都是很好的，也就不再想到這個高尚的鄰居的瑣事。可是有一天早晨，我又接到了金衛德太太邀我吃茶的字條，我以為彼得又在鬧辭職了，我找了一個機會問彼得，他說：

「沒有，沒有，我們什麼都很好，我為什麼要辭職。」

「每天晚上還是一樣？」

「一樣，一樣。」

「你們沒有談什麼話？」

「沒有沒有，白天我們都當作沒有晚上的事情。」

「那麼她一定為別的事情了。」我說。

下午，我打扮得很整齊，去赴金衛德太太的茶約，她還是同上次一樣的殷勤地招待我。我坐在她小巧精緻花園裡。微風送來她身上香水的芬芳，我看她用細長乾瘦的手指把著銀壺為我斟茶。半晌，她忽然說：

「我想辭退彼得。」

「你？」我說：「他有什麼不好麼？」

「他……啊，他很好，只是……」她說了半句，低下頭看看茶，用銀匙攪著說。

「怎麼？他……他是不是手腳不乾淨？」

「不，不。」她說著抬起頭看我一眼，露出長斜的牙齒笑著說：「他很好，因為他沒有什麼錯處，所以我不好意去辭他。我想到你，你也許可以幫我把意思告訴他。」

「我當然願意為你效勞，」我說：「但是為什麼？難道你要回英國了？」

「啊，不，不。」她笑著說：「我要是真要回國，那倒是很好的理由，我自己也可以同他說了。」

「那是為什麼？」

金衛德太太忽然抬起頭來，用她高貴的眼光看我一眼，於是牽動她塗過口紅的嘴唇，微笑著說：

「我忽然覺得像我這樣一個單身的女人，用一個boy很不方便。我想用一個女佣人。」

「啊，你真是中國化了，怎麼有這種中國舊式的想法？女佣人會做什麼事？」我說：「你還有這個精緻的花園要收拾，是不？」

「但是，」她忽然說：「你們中國人家四周都是女佣人，說起來很不好聽。」

「說什麼？」

「說我愛用一個男人，薪水那麼高，總之，你知道，你們中國女人的嘴巴……」

「胡說，胡說。你用彼得已經兩年，怎麼忽然想到這個？」我說：「誰都知道你是一個高貴的英國太太，就是什麼，也不會找一個中國boy，誰會說這些話。即使她們胡說八道，也沒有人會相信。」

她忽然低下頭沉吟了許久，我又說：

「要是為這個，我想大可不必。彼得這樣忠實的佣人不容易找，你已經訓練他很久，換一個新的，就算不錯，也要長時期的訓練。如果用女佣人，那可有許多麻煩，今天娘家有事，明天夫家有事。彼得這裡只一個人，可以不告假，是不是？而且這個人好，也從不在你背後胡說八道，這些你都可以放心。」

金衛德太太很注意的聽我的話，於是又沉吟了一會，忽然說：

「謝謝你給我寶貴的意見。那麼，我……考慮再決定好了。」

「我想這不值得你考慮。像你這樣，雖然你中國話懂得不少，究竟，啊，你不要生氣，總之，如果用不到一個可靠的合適的佣人，生活一定不能怎麼有條理了。」

「是啊，所以我要同你商量。」她說。

我又坐了一回就告辭出來，以後就一直沒有聽到彼得要辭職。我同金衛德太太也常有碰頭，同彼得也常談談話，可是他很少同我講到金衛德太太。我想他們都很快活，因為他們都能夠在白天忘記晚上的生活。

我於那年冬天離開上海，臨行的時候，我向金衛德太太告別，彼得還幫我提行李。後來我同楊光章通訊，他告訴我那位高尚的鄰居一直沒有搬，彼得也一直沒有離開那裡。我寫信去就請楊光章為我致意，當然，楊光章並不知道我所知道的一切。

花束

花束

一

金薇死了。

金薇死得很突兀。頭天中午，她還是好好的；但是第二天早晨，她媽媽就哭得驚天動地，所有的鄰居都知道了這個消息。

認識金薇的人，真是沒有一個不喜歡她。她是這樣的美麗，又是這樣的嫻靜，平常不多說話，待人接物又是這樣的和藹，做父母的人有這樣一個女兒誰都會覺得驕傲，何況她是金先生金太太的獨養女兒，難怪他們是非常愛她與珍貴她的。

在金薇死後，家裡有一番騷動，父母為她備了最講究的棺木，一切的禮節都非常隆重，每一個親友都來弔慰；人人都流了惋惜同情的眼淚。

自然金薇的母親同金薇的父親是兩個最痛心的人物，但兩個人對金薇的死竟有非常不同的反應。金太太一直嚎哭啜泣，逢人便談金薇，一談就是淚流滿面；金先生一直緘默無言，一個人關在自己房內，除非不得已，連人都不願意見，見了人也一言不發。

從金太太的口中，知道金薇死得很意外。頭天晚上，她說有點不舒服，沒有吃晚飯，就獨自到自己的房裡去睡覺。第二天早上，十點鐘的時候沒有見她起來，家人去看她，她已經死了。金先生是有名的醫生，他去檢驗，也沒有查出確切的原因。

經過幾天哄亂，金薇終於葬到郊外一個公墓。金先生金太太都親自到墓場，但是金先生一直低著頭，沒有同人說一句話，只是痴呆地在墓場中站了許久，金太太則一面啜泣，一面檢視泥土墓廓，指揮這樣，指揮那樣，總想儘量把女兒葬得安逸美麗。最後金先生同金太太坐上汽車回家，汽車裡，金太太又不住的哭泣，金先生始終一言不發。

從此，這世上沒有了金薇。

金家也不再有這樣美麗的女兒。

二

金家搬到雁蕩路才三個月。金先生先在這裡，買了雁蕩路的房子，在中區租了一個診所。於是接來了家眷，——金太太同金薇。

雁蕩路在精美的宅區，金家的房子當然也是精美的住宅。那是一所三開間三層樓的洋房，很大的花園，園中有不少的樹木。

這房子原是多年前的建築，但是金先生費了很大的心血把它修葺裝置，這筆費用怕比買房子的錢還要多。樓下，不用說，那是客廳、飯廳；二層，是金先生金太太的區域；雖然都有近代的設備與時式的家具，但是都沒有三層布置得講究華麗，因為三層樓是屬於金薇的。

金先生很忙，每天上午要到診所，下午要看病人，晚上偶而還有應酬。金太太與金薇則很少出來；偶而有些太太們拜訪金太太，但很少看到金薇。金薇是在三層樓，她有她自己的生活，上午有一個比利時籍的老音樂家在教她鋼琴，她的鋼琴已經有十年的功夫，下午有一個英國太太在教她英文。夜裡，他們是沒有客人的，你可以看到樓下柔和的燈光與輕妙的音樂，偶而有低微的笑聲與喁喁的談話。

而星期日，一家三口，總是很固定的上午坐著汽車到郊外去，到晚上方才回來。

是這樣一個美麗的家庭，是這樣一個美麗的生活，而如今竟失去了金薇。

從此三層樓的燈光再也不亮，三層樓的琴聲也永遠消失。從此夜裡他們的樓下也再沒有音樂與笑語聲可以讓路人聽到，而星期日也沒有車子到郊外去了。

不但如此，金先生於送葬回來後就再沒有出門，診所與病人委托了他的同業。他一言不發，一個人躲在自己二層樓一間房裡，連吃飯都要佣人搬進去了。

整個精美的洋房變成了一個墳墓。

偶而可以聽到的是金太太的啜泣。

日子就是這樣的過著。從天堂到地獄的距離有時竟是這樣的接近。

三

金太太很了解金先生的脾氣，她不敢去擾亂他，也不敢去問他。她原以為隔了一些時候金先生的悲哀總會淡下去，但是日子一天天過著，金先生竟仍是這樣。有時候她拿著飯菜進去，抑住自己的傷心，露著勉強的笑容，很希望同金先生談談，但是一看金先生的樣子，她就再不敢作聲。他不是躺在床上，就是坐在沙發上，穿著一件灰色的晨衣，手裡拿著煙斗，眼睛望著空虛，閃著一種神祕的像是思慮像是憂鬱的光芒。金太太遲疑了一回，只得把飯菜放在桌上就走出來了。

但是半個月以後，金太太開始受不了了，她又從啜泣變成嚎哭，就在金先生房間隔壁，她一面哭一面咒訴，她說：

「女兒死了，又不是我害她的，傷心也總有完的時候……」她又說：「沒有人可憐我呀！你倒是平平安安死了，天翻地覆都可以不管，叫我受罪，叫我在你們金家受活罪。」她又說：「你要有靈的話，你同你爸爸去說去。要死就大家死，裝著活死人一樣的，還不如大家死去。」

但不管金太太怎麼哭，金先生在房裡總是沒有一點聲音，也不出來。而只要金太太一停止哭聲，整個房子就完全靜寂，靜寂得像一個墳墓。外面傳來無線電的聲音，傳來汽車的聲音，傳來瀟瀟的風聲淅瀝的雨聲，這些都使金太太感到自己與世界已經隔絕得很久很遠，她毛髮悚然，神經顫慄，心靈晃搖。她唯一的解脫似乎就是號哭，只是自己的哭聲可以解救自己的害怕。

也曾經有親友來給他慰問勸解，但無人可以打破金先生的圍牆，因此也無法減除金太太的害怕；日子一多，親友們也不敢再來，而金太太也更覺得除了啜泣咒訴以外，無法減少自己的害怕。

三層樓如今早沒有人上去，但夜裡，只要從樓梯下面走過，仍舊使人覺得上面會有人下來似的。而偶然隔壁的鋼琴聲，也好像是從三層樓傳來。金太太突然感到這房子越來越小，好像只剩了她自己的房間了。
只有號哭，只有咒訴，只有在號哭咒訴之中，她可以有膽子走出自己的房間，有勇氣去對這可怕的世界挑戰。號哭咒訴越多越久，於是一靜下來更覺得可怕，也因為一靜下更覺得可怕，她不得不增加她的號哭與咒詛。最後她除了哭倦咒倦使她入睡以外，她無法停止她的號哭與咒訴，而在她號哭咒訴得越劇烈，越長久時，她越覺得膽壯，越覺得有勇氣。
於是有一天，她終於闖進了金先生的圍牆。
她一面哭，一面闖進金先生的房間。
金先生坐在沙發上，灰色的頭髮似乎更形淒白，蓬鬆地披在額前，眼睛深凹，露出毫無表情的痴呆，鬍鬚長亂，披著晨衣，圍著圍巾。他沒有理金太太。但是金太太又哭又嚷的走到他的身邊。
「你到底是怎麼啦？你要怎麼？你要死，大家就死好了！」
金先生還是一聲不響，他用陰涼的眼光注視著金太太。金太太用手搖他的身上！他不動。於是金太太又嚷：
「女兒又不是我害死的，你自己是醫生，你不會救她，你……你……你現在想怎麼？你……」
但金先生注視著她，她身體就軟了下來。她跪倒在他的腳前，終於咒詛變成了哀求，她說：
「饒了我吧！快不要這樣，你也要想到你自己的身體，想到我。她已經死了，死了不會復活。我們即使不會再養孩子，我們可以領一個。我們……唉！這地方已經同地獄一樣，……讓我們搬一個地方，搬一個地方，我們可以領個孩子，我們重新……」

但是金先生突然握住了金太太的手臂，他用乾啞的嗓子裡低沉的聲音說：

「到底阿薇是怎麼回事？」

「死了。」金太太哭著說：「她死了，死了就不會活了。」

「但是到底怎麼回事？」他用另一隻手握著金太太肩胛說。

「什麼怎麼回事？」

「說呀！說呀！怎麼回事？」

「怎麼怎麼回事？」金太太抬起頭來望著金先生說。

現在金先生似乎從金太太的眼睛發現金太太真不知這回事了，他說：

「你真不知道怎麼回事？到她死了，你還不知她是怎麼回事？」

「怎麼啦？」

「你知道她是自殺的麼？」

「自殺的？」金太太張著紅腫的眼睛，楞了。

「你竟什麼都不知道？」金先生凸出深凹的眼睛，驚異而憤恨地說：

「你告訴我那是什麼人？」

「什麼？」

「你真不知道？」金先生說：「你怎麼連這個都不知道？」

「我不知道你說的是什麼？」金太太自言自語說。

「那麼你真的一點不知道？」

「什麼？是什麼呀？」

「你竟連這個都不知道！」金先生全身發抖，狠命的捏金太太的肩胛同手臂說：「她肚子有三個多月的孩子，你不知道？」

「啊！」金太太叫了一聲，於是睜著毫無表情的眼睛說：「不會的，不會的，這怎麼會呢？這怎麼會呢？……」

突然她眼睛一閉，身子一軟，金太太竟暈倒了。

四

這個人是誰呢？是什麼樣一個人？是怎麼一回事？

如今金先生永遠想著這個問題，他盤問金太太同金薇的生活，從他離開她們母女的第一天起，到她們搬來的八個月中，她們到底過著什麼樣的日子？每一個接觸的人，每一件做過的事，每一段走過的路，每一家過訪過的人家，他問到每一個細節，每一句交際應酬的閒話，他甚至要知道她們碰見過男人的衣著。金太太有時不能記憶，他逼她想，他發脾氣，他要她從頭到尾的敘述，他不斷用筆記錄她所說的一切。

但是，夜以繼日的盤問，數出來可以作為研究的男人一一細查，金先生始終無法確定是誰，有時候他以為每個人都可懷疑，但突然他又覺得沒有一個人是有這可能的。

而金太太到底也無法完全記清楚她女兒單獨一個人的時間。今天說的同昨天說的又不一樣，而隔一天想想又覺得同昨天所想的不同。

最後，金先生終於感到絕望了。突然他想到金薇的遺物，那裡面總有可以充為線索的東西，日記，信札，甚至照相，或者……總之，男女的交往，一定有什麼東西饋贈受授的。而金先生奇怪自己竟忘忽了這個重要而易尋的線索。

金先生於是走上了那塵封了很久的三層樓。自從金太太告訴他金薇死了那天早晨他上去以後，他沒有再上去過。那天，他發現了金薇自殺，就注意過那房中的種種，他不願意別人知道金薇的死是由於自殺，而自殺是由於肚子有小孩。他就冷靜說一句心臟病，連他太太都騙過去了。但是他不知道是他騙過太太，還是太太騙過他。像金太太這樣的人，她對世界不能保持家庭的祕密，她可能知道這件事，但為怕丈夫責備，她索興一字不提。她也可能並不知道詳情，但至少總曉得一點那段浪漫傷心的事情。他當時一言不發，但相信金薇一定在什麼地方留有一封遺書，他終於在抽屜裡找到了，那是一封非常簡短的信，信裡說：

爸爸媽媽：我沒有面目再活下去，你像公主一樣的愛我，而我竟有淫婦一般的罪惡。請把我忘去，原諒我，並請珍重你自己。

你的女兒

但是金先生知道金太太心直口快的脾氣的，他不願意她女兒負著這可怕的污點，因此他沒有告訴金太太。他沒收了，並且燒毀了這遺書。但是他始終相信金太太是當然知道這一點金薇的那段浪漫史的，而她竟一點沒有告訴他。他開始厭惡甚至深恨自己的太太，但是他不願聲張，因為這事關於他自己女兒的名譽。她女兒有公主或仙子一般的名譽，他願意他所愛的人永遠有這樣美麗的印象留在人世。

他一直緘默。在緘默中，他無時不想知道這罪惡對象與這可憐可恥的經過，他要在最好的場合問他的太太，但是他怕她叫嚷，怕她泄露她女兒的醜史。

而現在，金太太竟連什麼都不知道，這樣大的事情竟沒有一點線索可尋；那麼當然，金先生可找的是一些金薇的遺物了。

三層樓已經是布滿了灰塵，鋼琴仍舊開著，樂譜打開著蕭邦的曲子，牆上掛著是金先生的照相，瓶花已經枯了，但仍在花瓶中憔悴。陽光照在寂寞的房中，像是有意要揭穿房中的祕密。

金先生拉上了窗簾。他開始檢查這整個的房間，從每一個抽屜尋到每一個房角，他從被褥尋到手帕，從天花板搜尋到地下，他什麼都沒有發現，沒有一張可以審查的字片，也沒有一張值得思索的照相。金薇應該也有通信的朋友，至少有曾經讓金先生會見過的那些女同學，但是房中竟沒有這些的痕跡。留下的照相都是與家庭有關係，但有金薇自己在裡面的都已沒有，更不用說金薇自己單獨的照相。金先生最後斷定，這一切都是金薇在死前有計畫的清理，是她決心不願自己還留有任何的遺跡在世上了。這個性是多麼像自己呢？金先生想。

在絕望之餘，金先生已經無法再動，他痴坐在金薇的房內，像在墳墓中伴著金薇的幽魂。

五

在金薇房中想到了自己像是在墳墓中伴著金薇的幽魂，金先生開始想到了金薇的墳墓，這現在變成了唯一的金薇留在世上的可以為或者當作紀念的東西。金先生一時竟起了非常強烈的欲望想去看看，而他是自從送葬以後一直沒有去過。

於是他站起身子，他到樓下換了衣裳，一個人走到外面，坐上車子，誰也沒有告訴，他獨自駕車，一直駛到郊外。

廣大的公墓在起伏的丘陵中。那裡並沒有圍牆也沒有遮欄，散亂的樹木間伸著參差的十字架與墓碑。那正是黃昏，夕陽照在林間，不知名的鳥兒唱著不知名的小曲，偌大的廣場沒有一個人影，盤旋的小路以外都是青翠的草地。金先生從車子下來，望望天空，望望參差的十字架與墓碑，又望望廣大的墓場。他就從一條小路上進去，走過一個墓穴，又走過一個墓穴。他心裡很急，但是腳步很慢，他不知心裡負載著什麼，覺得很重，使他的呼吸都感到一種壓迫，他用力地吸了一口氣。於是他拿出了煙斗，他需要吸煙。

如今，金薇的墳墓已經在前面了，他遠遠地望著它一步步走過去。這是一壙占地較多的墓穴，大理石的碑上刻著金薇的名字，墓蓋上刻有十字架的圖案，後面的樹是矮小的，還沒有長起。金先生突然看到了碑下的花園與花束，這還是葬埋時的點綴，如今這些花已經枯萎。他覺得他以後應當常常來放點鮮花，而他馬上又想到他以後自己也會常來。他已經在這個墓前，感到了一種說不出的安慰，好像他是站在金薇所住的房間的門外，而金薇的靈魂的確是醒在裡面一樣。

「我要知道，我要知道一個究竟。」他忽然自言自語的說。

靜穆的，死寂的空間沒有一點反應。金先生忽然想到他應當在墓碑後刻幾句話，他覺得這既然是他的女兒的住處，他應當留一點情感或意念在上面。

他在墓前站了很久，看看天際的夕陽下墜，萬雲重疊變幻，輕輕的風掠過了他太亂的頭髮，他感到一種輕寒。他開始想到回家，但這只是心裡在想，他的腳步始終沒有走動。

「我要知道，讓我知道一個究竟。」他像祈禱一樣的自語著。

於是太陽終於在西方消失，層層的雲彩在五彩的變幻中驟趨灰黯，天空中浮起了半月。

他這次沒有想到什麼，他下意識的走向墓外。他感到一種大自然的感應，好像生死的間隔並不是他所想的遙遠。每個人都是這樣的歸宿，早早晚晚也難有多大的分別。只要他可以天天來看這個墓塋，他可以意識到他女兒好像並沒有完全離世。不知怎麼，他心裡開始感到一種安慰，一種舒展了他多日鬱悶的安慰。

他跳上自己的車子，但是他突然想到：

「但是我要知道，我必須知道一個究竟。」

六

金先生回到家裡，心境同出來的時候已完全不同。他開始說話，他對金太太有和善的安慰，他要求金太太從明年起開始重新振作做人，重新整理房子裡的種種。他決定去找房子，早點搬家，從此再不許提起這段生命。但是他沒有再說什麼，他沒有說出他到過金薇的公墓。

第二天，金先生真的振作了，他出去理髮修面，他開始修飾自己。傍晚四點鐘時候，打扮得非常整齊的獨自駕車出來，他買了一束龐大的名貴的鮮花，他駛向郊外公墓去訪金薇的墓塋。

當他到了目的地，跳下車子，捧著鮮花從盤旋的小路走進去的時候，他突然有一種奇怪的感覺，使他想到了他年輕時候捧著鮮花去訪問情人的情境，這是兩種多麼不同的意象，怎麼使他會有這樣聯想，他自己也無從解釋。

但是，當他只想到他仍舊可以把鮮花送到墓頭，來點綴他所心愛的女兒時，他心裡就有了一種歡慰。這一種歡慰使他面對著靜寂的墓場與黃昏的斜陽而竟不感到淒涼與悲哀。他走在陽光中，又走在樹蔭下，他望著天空的白雲，又望著樹枝上的小鳥，他覺得以後永遠可以在這樣的環境中去點綴金薇的靈魂，這是一件多麼快樂的事情呢？

於是他走到了金薇的墓頭，但當他彎下身子，想把他手上的花束存放到墓碑的前面時候，他突然發現了四周已枯的花中有一束潔白的鮮麗的月季。這使金先生有點吃驚了；他昨天來過，昨天以前絕沒有人來此獻花，而昨天以前所獻的花也早已枯萎。那麼放這束花的人是誰呢？是他的太太麼？他知道金太太今天沒有出來過。是他家的佣人麼？他知道也絕不是的。那麼這送花的人是誰呢？是愛他的人？還是害他的人？還是……

他開始把那束花拿起，他一手把自己的花束安放在那個位置，那是正靠著墓碑的中間，直伸到十字架圖案的頂首。他再仔細看那束月季，希望可以找到一張卡片或一個暗示，但是他找不到什麼，只找到一二瓣在外面的微黃的花瓣有點搖落，他摘下一瓣，又重新驗查這花束的特點。假如可以找到買這花的花店的名字，那就好了，金先生這麼想，但是竟找不到一點點這種提示。

金先生雖感到失望，但馬上想到了樂觀的方面：

「他當然還要來獻花的，只要他還來，只要……」

金先生想著，重新把這花束放在墓上，他把它斜放在十字架上的中心。他看著這一個美麗的圖案。忽然他想到了上次的祈禱：

「讓我知道，讓我知道一個究竟！」

他忽然感到一種奇怪的迷信在他科學的頭腦中浮起，他竟相信了這花束是金薇給他的答覆。

他於是重新彎下身子，俯首去看那束月季。那月季雖尚未枯萎，但細看起來當然已不十分鮮艷，他斷定是上午獻放在墳上的；他相信以後如果他能於上午來這墓場，他也許就可以碰見這個獻花的人了。不知怎麼，他心裡馬上有一種自信，他想：

「這是金薇的幽靈已經體驗到愛她的父親的痛苦，而來讓我知道她的命運的究竟了。」

他抱著這樣的信念與安慰離開了這個墓場。那時夕陽光還未西下，靜謐的四周有陽光的映照，滿地是綜錯的樹木與十字架的影子。他踏著這些出來，心裡浮蕩的似乎已不是傷心，他有一種安慰，也有一種希望，他開始想到：

「也許靈魂真是不滅的。不然她怎麼對我的願望有這樣的感應？」

七

從此，金先生每天於上午到墓場去，大概總在十點到十一點之間。他不再帶花，因為他想到這也許會使那個來獻花的人有所顧忌。

但是他去了三天，都沒有看見人來，也沒有見到另外的花束。他想到，會不會是他上次的花束驚退那個來人？他的心開始有新的不安，他在金薇的墓前佇立很久，最後他又祈禱似的說：

「假如你死而有靈，讓你父親知道一個究竟吧！」

那天，他非常沮喪的回家，但第二天他仍是照舊的到了墓場，他遠遠就望見有人在那面，他滿以為也許就是那個獻花的人了，但沒有走了幾步就看到那邊有好幾個人，好像一個人是站著，三個人是蹲著。再走過去，他知道那是掘墓守園的工人，於是他看到他們離金薇的墓塋還很遠，而金薇的墓前並沒有人。他很失望，但是仍向著金薇的墓塋走去。但當他走到墓前，他吃驚了。

他發現碑前正供著一束潔白的月季，這是同他上次所見的完全一樣的花束。只是這束花比上次的更要鮮艷，不用說這因為上次他所見到的是多經過好幾個鐘頭太陽的曝曬。

金先生的希望又重新升起，他有種種說不出的高興。但他沒有去驚動那束靠在碑上的花束，他只是俯身去檢視了一下。而就當他站起來的時候，他又看到了前面三個工人，他們好像在布置一個新的墓穴，他就走了過去。他問：

「對不起，朋友，剛才有人到那個墓前獻花，你有沒有看見？」

「哪一穴啊？」一個年老的長者回過頭來的。

「那面，四百六十六號。」金先生指著說。

「沒有，沒有。」那個老者又問其餘兩個人說：「你們有沒有看見？」

「沒有，沒有看見。」那兩個比較年輕的人支著手中的鐵鋤說。

「謝謝你。」金先生很失望的說著，他預備走開了，但忽然他有所感悟，於是又回過身子對那老者說：

「啊，這是一個新的墓穴？」

「可不是。」

「你們今天才開始的？」

「可不是。」

「請問你們早晨是幾點鐘來的？」

「六點鐘。」

金先生於是想到這束花大概是在六點鐘以前來供獻的。他又問那老者說：

「你們還要來幾天吧?」
「總要一禮拜,」老者說:「這一穴完工了,那面還有一穴要做。」
「那麼我可以拜托一件事情麼?」
老者抬起頭來。
「請你們多留神四百六十六號的那一穴,如果看到有人來獻花,為我看看錶記下他來的時間,還請你為我記住他的模樣,是男是女,是高是矮,是瘦是胖。這裡……」金先生說到這裡拿出皮夾,他把皮夾的鈔票都拿出交給了老者。
但是老者客氣了許久不肯接受。但是金先生說:
「四百六十六號是我女兒的墳,我只有這個女兒,活的時候沒有好好照顧她,現在死了,希望她的墓穴可以常常清潔美麗,你以後多為我看看就得了。這點錢,你們大家去喝點酒,不要客氣了。」老者終於收了錢,於是金先生又說:
「如果看見有人來獻花,你們只要記下告訴我就是,千萬不要去同他談些什麼。」
三個人都點點頭,於是金先生非常欣慰的從墓場出來。他知道他終於可以獲得究竟,而這是金薇的感應,她的靈魂是長存的。
金先生精神的恢復,使陰暗的家庭重新有了生氣;他開始招請了許多親友到家裡來,他鼓勵金太太打牌,而這是金薇在時沒有的,因為金先生是最討厭打牌的人。但是金先生自己並不同她們在一起,他還是很少說話,一回家就走進自己房內。
而今天,金先生在回家路上有一個新的打算,一到家裡,就對金太太說:
「我們房子決定不搬了。」

「但是……」金太太很感到奇怪。

「三層樓這樣關著不對，我搬上去。」金先生說：「你在二層樓可以多找一些朋友來玩玩。我喜歡你會熱鬧，熱鬧可以忘去悲哀。現在我贊成你打牌請客跳舞，不過頂好在家裡。」

當時，金先生就指揮大家收拾地方，他於當天就搬上了三樓。

八

以後金先生還是天天上午到公墓去，但一直到第三天，他才又重新在金薇墓頭發現了花束。這花束還是同上兩次一樣，是純白美麗的月季。但是築墓的工人告訴他，他們來上工的時候，就已經看到那束花，但是沒有看見人。那位老者說：

「但是昨天晚上墳上絕對是沒有花的，我想他一定是在天沒有亮以前來獻花的。」

金先生沒有再問什麼，他心裡也覺得老者的假定完全是對的。他在園中徘徊了許久，他決定下一次自己在清晨四點鐘時候就來等待。他從兩次花束睽隔的日期，想到送花的人下次再來的日期。但是見了那個送花的人，金先生將怎麼樣呢？來送花的人既然是這樣神祕，他當然不會聽金先生的招呼。那麼金先生是不是應當驚動他或者找他談話呢？

金先生一直在墓場中徘徊，他始終不知道他應當取什麼樣的態度。但是，不知怎麼，他忽然被一個墓碑所吸引了，這也許是金薇幽靈的暗示。那墓碑斜對著金薇的墓塋的背面，它使金先生想到如果他坐在那個墓碑後面，是很容易窺伺金薇墓前的種種的。他覺得他應當先看到那個人，是男是女，是高是矮，是瘦是胖？主要的到底他是誰，是不是金先生認識的，或者是什麼親友。

很奇怪，金先生沒有再考慮，他只是重新走到他認為可以窺伺的墓碑邊看看，他估計與金薇墓塋的距離與角度。

第二天，金先生買了一個手電筒。下午一直在三樓，夜裡很早就睡覺，他把鬧鐘撥到三點鐘。於是，四點一刻的時候，他到了郊外的公墓。

天上沒有星，沒有月，層層的灰雲封住了所有的光亮，公墓竟是一片漆黑，只有他汽車的燈光驚動了樹木與十字架，慌亂的影子攪成一片，金先生關了車燈，把車子停在遠處的轉角，於是憑著手電筒走到預定的地點，他坐在地上。

四周漆黑，沒有一絲聲音，沒有一絲光亮，但是他看到了這參差的樹枝與十字架交錯的輪廓。他還看到了天上的雲層，這些雲層不斷的在蠕動，偶而露出悽白的天空。於是他注意到他可以窺伺的自己女兒的墓塋，他想到睡在裡面就是他所心愛的女兒，心裡起了一種奇怪的想法，是不是睡在裡面的屍身可以化為鬼魂出現呢？在傳說中，在文學中，在神話中，鬼魂的出現原是很普通的事情，那麼她為什麼不可能出現呢？他望著墓碑，望著幾株小樹，望著這整個墓塋的輪廓。不知怎麼，金先生好像不是為等候獻花的人而是等候金薇的幽靈出現了。他自語地說：

「出現吧，出現吧！讓我看見你。」

他注視著，注視著，他注視了大概有十分鐘的時間，忽然一陣索瑟，風搖動了四周的樹木，宿鳥發出了可怕的怪叫，雨淅淅瀝瀝的下來了。

於是慢慢的慢慢的，金薇的墓塋清楚起來，四周的景物清楚起來，地上浮起灰白的反光。鳥兒在樹上開始蠕動，一聲兩聲的呼起了各種的鳥鳴。天已經亮了。

金先生清醒過來，知道他的衣裳已經淋溼。他沒有彷徨，好像發覺自己的變態，而急於要躲避似的，他很快的跑出了墓場，跳上汽車。

回到家裡，他喝了兩杯酒方才休息。他竟沒有想到他所窺伺的人，也沒有感到失望。

九

此後金先生總是隔天去那面窺伺。於是，有一天，當金先生拿著手電筒從墓場裡盤旋的小路進去的時候，出他意外的竟發現一個人站在金薇的墓前。他只看到是一個高高的個子，穿著灰色的衣服。他趕快熄了手電筒，但已經驚動這個站在那裡的人了。他似乎也曾回頭看了一下，而金先生因為已經熄了燈光，並沒有看見他臉。金先生裝著很平常似的走過去，但是那個黑影也移動了；金先生加緊一點腳步，那個黑影也走得快些。最後金先生就有目的似的趕過去了，他索性開亮了手電筒，一直照著那個後影。金先生看到這個人的頭髮有點灰白，似乎很蓬亂；於是金先生看到他在樹旁躍上了一輛自行車。原來他有自行車停在樹旁，這輛自行車就繞著盤旋的小路出去了。等金先生發覺無法追及，他趕快折回自己停車的地方，想用汽車追趕的時候，他已經不知道這輛自行車的去向。金先生很失望的駕著車子回到墓場，他發現金薇的墓頭正安放著一束鮮艷潮潤的月季，潔白的花瓣在他手電筒的光照中閃耀，碧綠的葉子輕輕的在晨風中顫動。金先生突然感到追趕這個獻花的人是有點過分了。假如追及了又將怎麼樣呢？他想到他來得太晚，不然，如果他可以預先埋伏著來窺伺那個人，那麼就無須有這樣的驚動，而金先生也可完全看出這個人到底是誰。

現在，金先生擔心的是這個人會不敢再來獻花。只要他還來獻花，金先生是不難看到他的，金先生想。

此後，金先生還是隔天到墓場來窺伺。他怕那個人因這次的驚動會提早趕來獻花，他索興於兩點鐘的時候就趕到他所看定的墓碑下等待。

於是，有一夜，那天天氣很好，星星滿天，月色如畫，墳場的景色清晰可辨。有初秋的清風吹來，帶著薄寒。金先生非常耐心地等在那塊墓碑的後面，他注視著金薇的墓塋。在月光下，他看得非常清楚。他想，如果今晚可以等到那個人，那麼他一定可以看得清清楚楚。於是他又重新對著金薇的墓塋祈禱似的自語了：

「讓我知道，讓我知道一個究竟吧！今夜。」

就在他這樣低訴的時候，他突然看見一個黑影出現了。他走得很慢，但金先生可以看出他手上捧著白色的花束。金先生注視著他，發現他是一個瘦瘦高高的個子，背有點佝屈。他穿一件灰色的西裝，似乎已經很敝舊了。金先生看他一步一步的走近來，於是他看到他的面龐是瘦削的，他的眼睛是深凹的，他的頭髮是蓬亂的，他已經走到金薇的墓前了。他站了一回，於是跪下去，雙手把鮮花仔細的放在他常放的位置。但是他並不起來，他一直跪著。忽然金先生看到他的面頰有點抽動，嘴唇顫抖像在自語，像在祈禱。金先生竭力想聽他所說的話句，但是竟無法辨認。於是金先生看到了他清瘦面頰上滾下淚珠，他似乎很用勁的閉他的眼睛，而淚珠還是不斷的從他眼睛裡滾下來。

金先生不知不覺得忽然同情這個跪在他女兒墓前的人了。假如他是愛金薇的，而金薇也是愛他，為什麼不好好相愛，不讓自己的父母知道而產生這樣的悲劇呢？金先生這樣想著的時候，他馬上發現那個人是貧窮潦倒的，而且年紀已是同金先生相彷彿了。那麼金薇難道會愛這樣一個男人嗎？

自然，愛情是不可解釋的，他也許是一個音樂家，一個畫家，儘管消瘦，儘管潦倒，但金先生看出他絕不是沒有修養，沒有智識的人。但無論怎樣，金薇愛這樣的男子是不可能的，有多少比他漂亮富有年輕的人，都曾經追求過金薇，金薇從來沒有去理睬過，難道會接受這樣男子的愛情麼？

金先生似乎有一種奇怪的妒忌，要否認金薇愛這樣一個男子。但是，要是金薇沒有愛過他，那麼這悲劇是由他暴力而產生的麼？而在他跪在那裡流淚的神情來看，金先生是無法相信他是會用暴力侵犯女性的人。要麼，他只是一個單戀金薇的人，而摧殘金薇的是另有別人。

但就在金先生這樣的想的時候，他忽然看到跪在他女兒墓前的人匍伏在地上了，他在吻墓石上的十字架。忽然，金先生聽到了他用法語在說：

「寬恕我，親愛的。」

而這幾個聲音是這樣的清楚，字字都敲在金先生的耳鼓裡。

「啊，是他，是他，是他摧殘了金薇，是他，是他害了金薇。……」金先生一面很傷心的這樣自語，一面，不知怎樣，他忽然像受電擊一樣的發現了他是誰了。

「是他，還是他！」

十

他叫殷靈為。他是金先生留法時候的朋友。

殷靈為比金先生年輕，但比金先生早在法國，他們在法國做了很好的朋友。金先生在法國學醫，殷靈為是音樂家是詩人。兩個人興趣個性不同，但竟互相敬慕，常常聚在一起。兩個人並不是同時出國，但同時回國。金先生是醫院派出去的，回國後仍回到醫院裡服務，殷靈為則在大學教書，還努力於寫作，他的詩很快的就鬨動了文壇。

那時候，金薇是十三歲，金先生是四十三歲，殷靈為則是三十四歲。殷靈為時常到金先生的家裡去，金太太同金薇都喜歡他。他活潑高興熱鬧，陪他們遊山玩水，唱歌游泳。有時候金先生、金太太怕金薇走不動路，不想帶她同去，總是殷靈為擔保負責，才一同出去。到金薇走不動的時候，常常由殷靈為背著走。殷靈為還時常教金薇唱歌頌詩。金薇叫殷靈為叔叔，而叔叔來的時候，總帶來了熱鬧帶來了好吃與好玩的東西，這使金薇非常喜歡殷靈為。在金薇十五歲的時候，殷靈為鼓勵她學鋼琴，還送她一架鋼琴。那時殷靈為收入不錯，一個人沒有地方花錢，所以他可以隨便買東西送人。

金先生與金太太都勸殷靈為成家，但殷靈為條件非常苛刻，許多對他有意的女朋友，他都不喜歡。他同她們來往都只止於普通友誼，也常常帶到金家來玩，都很自然有趣。金先生因為醫院工作忙，所以反而不常參加。但他覺得殷靈為的確使他家庭有了活潑熱鬧愉快的空氣，所以也非常希望他來玩。

但在金薇十八歲的時候，殷靈為不知怎麼竟愛上金薇；他的活潑的態度忽然有點變化，而有時候竟非常痴呆地望著金薇出神。金先生當然很快的就感到了，他想在無形之中使金薇避開一點殷靈為，他要叫金薇到外埠去讀書。殷靈為知道這件事以後，心裡非常難過。他考慮了很久，決定坦白地去告訴金先生，他告訴了金先生說他已經愛上了金薇，他想向金薇求婚。但是金先生避重就輕的，竟當殷靈為的話是尋開心似的，他說：

「老弟，你說什麼笑話？她叫你叔叔，實際上你是我的好朋友，還不是同父親一樣。」接著他就扯到了別處。

從此以後，金先生竟竭力設法避免金薇同殷靈為見面了。

可是就在金薇要到外埠讀書去的前幾天，金先生在陽臺上看到殷靈為與金薇在園中一株樹下接吻。金先生當時就下樓，當面同殷靈為決絕，他甚至罵殷靈為為流氓，叫他馬上出去。第二天金先生把一切殷靈為送給金家的東西，包括那架鋼琴派人送還了殷靈為，他寫了一封信很清楚的叫殷靈為不要再來看他。

金先生當時還取消金薇到外埠升學的計畫，他請了兩個教師到家裡來教她。

他開始非常關心金薇，他用所有的心力與財力來博金薇的進步與歡笑，他不再歡迎客人侵入他的家庭。而他自已在工作後，總是馬上回家來陪伴他的太太與女兒，他的家庭就成為非常有秩序非常美滿的一個家庭。

沒有人再聽到殷靈為的消息。他於半年後失去了文壇的令名，一年後失去了教授的地位，不到兩年，有人說他失去健康，他也就此失蹤，沒有人再知他下落。

而如今，他就跪在金薇的墓前。

他是金先生的仇人。

一切剛才浮到心上的同情驟然消失，金先生心中突然充滿了奇怪的妒忌與仇恨，像是急於衝心而出。

「假如我有一把刀，一枝槍……」他說。

他突然想挺身出去，但他的年齡與科學的修養使他壓抑了這種一時的衝動。

「一枝槍，一枝槍。」他想：「而下次這樣的機會正多。」

這時候，金先生看到他的仇人已經站起，月光下他的面色是淒白的。金先生很清楚的認出這個仇人的臉龐，儘管它是已經與以前完全不同了。

他於是看到他仇人遲緩地從原路走開去。他一直望著他，望著他一步步的遠去，而那時天色也是一層一層的亮起來。

金先生一直沒有動，他已經無法移動。

「我不過離開金薇半年，而他，他怎麼忽然會出現呢？」

金先生這樣想著，但他無法解答他自己的問題。他似乎也不再求解答，他只是憤恨妒忌。他的手冰涼，頭發熱，四肢在抖索。突然，他竟很奇怪的哭了起來，他開始恨自己，恨自己竟離開金薇有半年，而她的肚子是三個月！

他發覺他仇人想害的原是他，而竟先害了金薇！

金先生於他的仇人影子消失後，很久很久才從他躲著的墓碑後面站起來。他走到金薇的墓前，他看到那躺在墓頭的嬌艷潔白的月季，他忽然對它有莫名其妙的厭憎，他一腳就踐在那束花朵的上面，那束潔白的花束馬上就癱瘓了。

但是這竟使金先生看到自己的女兒。他想到這送花的人竟是一隻自己穿著皮鞋的腳，而癱瘓在他腳下的則是金薇的肉體。一時間他為那束花惋惜，他俯身去看那束花上未被踐踏的花瓣。

就在這時候，他發現他背後有人，他馬上站起來回過頭來看，啊，原來是那個守墓園的老者。

「啊，先生，是你？」那位守墓園的老者說。

「是我。」

「那麼早？」老者說：「我還以為是那位送花的人又來了。」

「謝謝你，謝謝你，」金先生說：「以後你不用為我注意了。」

「你已經看到他了？」

金先生沒有再作聲，他點點頭就走開去。

太陽已經出來了，照著清晨露潤的大地，有萬種的清新。四周有鳥兒在叫，微微的輕風吹在金先生的身上，他的心有他所踐踏的鮮花一樣的癱瘓。

步出墓場，他跳上汽車就回到家裡，他喝了好幾杯酒方才就寢，但是無法入睡。他眼前旋轉著他所踐踏的潔白的月季，一朵一瓣的跳動，忽而圍成一塊，忽而散成粉碎，忽而糊塗，忽而清楚；於是這白色的花瓣湊成了一個圖案，這圖案像是一個人體，一個裸女，但是她馬上發現了那是金薇；他似乎很為她著急，他正想拿一個被單一件衣裳給她，但是已經有人在她身上蓋了一條紅色的氈子。回頭去看認那個人的臉孔，他馬上發現正是這個無恥的殷靈為……。

金先生始終在夢中盤旋，他醒來已經是下午。他起來，他知道今天第一件事是要找一枝手槍。

十一

金先生的袋裡有了一枝手槍，金先生的心裡有了一個目標。他很堅定的每天一早到墳場去。

他永遠等在固定的地方。他故意要在他仇人跪在金薇的墳前時死去，以泄他心頭的仇恨。

這樣過了一星期，而他的仇人竟沒有出現。金先生雖然納悶，但是還是很堅定的每天去等，他相信他仇人一定不會永遠不來的。

於是有一天，天已經冷下來了。滿天星斗但沒有月光，沒有風，夜非常寧靜。金先生於二點四十分就躲在他固定的伺候的墓碑後面。到三點鐘的時候，他看到一個人遠遠的騎著自行車來了，他的心突然的跳起來，他知道這一定是他的仇人無疑。他遠遠的看他的仇人跳下車子，把車子靠在樹邊。但是他的仇人竟並不走過來，好像在車後拿些什麼，於是坐倒在地上，似乎非常悠閒在吃什麼。

金先生開始奇怪，在朦朧的星光下他原沒有看清這個來人的臉，如今他懷疑這來人也許不是他的仇人了。他一直注視著。大概有十幾分鐘的功夫，那個黑影從地上站起來，仍是非常悠閒的把東西——好像是熱水瓶似的東西——放到車後，他整理一下衣裳，拉起衣領，——身上似乎穿著大衣，於是又在車後拿了一包東西。他開始抬起頭來，他看看天，看看四周，似乎慢慢地離開了他的車子，於是他的人影就被樹木擋去，金先生就看不到他了。但是金先生望著他應當走過去的方向。

又隔了好幾分鐘，金先生終於看到這個人影在陰暗的樹木與墓廓邊上出現了。他看到這個人影竟是這樣悠閒，像是在留戀風景一樣，不斷的在望他的周圍，遲緩地走著。

——難道不是殷靈為?金先生想。

但是他果然繞著小路向金薇的墳墓走來。金先生看到他的輪廓，他的走路的姿勢，看到他手裡拿著的是一束鮮花，他知道這是他的仇人無疑。他非常興奮，很想跳出去馬上對他下手，他從大衣袋裡拿出手槍，打開保險門；但是，金先生抑住著這個衝動，他知道今天的殷靈為是無法逃出他的命運了，他要等他跪在金薇的墓前時方才下手。

而殷靈為果然是走到了金薇的墓前。他照舊的在墓前站了好一回，金先生如果一動手，他馬上就會倒下去，但是金先生並沒有動手，他注意著殷靈為。殷靈為於是把手上的花放在墓頭，突然的跪了下來。

金先生在殷靈為跪下的時候就拿出手槍瞄準，但不知怎麼，金先生竟聽到殷靈為在低訴什麼。他似乎非常痛苦，非常虔誠，又非常委屈似的。金先生竟有欲望想細聽他的辭句，他沒有發槍。

但是金先生並沒有聽到他在低訴的辭句，而一種希怪的感覺竟使金先生的手軟了下來。他覺得他應當讓殷靈為死得明白一點，他很想跳出去訴告殷靈為的罪狀，再讓他死。但是他並沒有那麼做，而殷靈為竟忽然啜泣起來。他有點奇怪，他覺得他應當對殷靈為面對面的問一個究竟，究竟在什麼樣的過程之中陷害了金薇。

樹上有一陣悉索。是風，風使金先生感到寒涼，但他看到殷靈為蓬鬆的頭髮在波動，他也已經衰老了，金先生想。於是他想到殷靈為當年的活力與生氣，他的光耀高揚的風姿與他爽朗不倦的精神。

而就在金先生在回憶中出神的當兒，他發現殷靈為已經倒下；他以為殷靈為在俯吻墓碑，他當然要等他起來。

但是殷靈為竟一直沒有起來。金先生開始伸出身子去探看，他看到殷靈為很安詳地躺在十字架的旁邊，好像是想在夢中與金薇團聚。

但是金先生不相信殷靈為這樣就可以入夢，他很想走過去把他驚起，但又想索興看殷靈為有什麼其他的動作，他彷徨許久，最後他決定等他一個究竟。他換了一個比較舒適的姿勢坐下，把背靠在石碑上面。他又把手槍納入了大衣袋中。

而這時候金先生看到了天。看到了灰暗的廣闊的天空，天空上的星斗已經疏淡，許多雲層聚攏來又散開去，而東方已經有跳躍的白光透露。不知怎麼，他發現宇宙的一切並沒有關心他的一切，他緊張的情緒突然鬆弛，有萬種的疲倦襲來，他也就昏睡了過去。

沒有人知道金先生睡了多久，而一陣鳥叫把他驚醒時，天已經亮了。

金先生摸到了身旁冰冷的輕霜，他醒了過來。他看到這光亮的大空，他一時竟不知昨夜所見的仇人是夢境還是現實，他望望四周，才警覺地去探視他的仇人，他竟擔心殷靈為會在他睡去時逃脫。

但是，金先生沒有失望，金薇的墳墓上仍有人躺著。

那麼他是殷靈為麼?金先生又開始懷疑。但是這時候他已經支持著起來，他一手伸入衣袋按著了手槍，很快的就跳出躲著的地方。

他走到金薇的墓前，一束新鮮潔白的月季靠在碑下；旁邊就躺著那個蓬鬆灰白的頭髮，他的臉貼在石廓上，身子屈著，手縮著，像是一個無人管理的死屍。

死屍，這個概念使金先生有點驚惶。他馬上俯身下去，推動了這個躺著的人，但是這個人沒有反應。

沒有錯，金先生馬上認出他就是有無比活力與光耀風姿的殷靈為。

也沒有錯。金先生是醫生，他知道這死屍是吞服什麼樣的毒物死的。

就是金先生俯身檢視的時候，金先生發覺後面有人，他回過頭去。

「先生，又是你。」金先生認識這是那個守墓園的老者：「這麼早？」

「是的，還有他。」金先生頹傷地說。

「是那個送花的人麼？」

「是的，但是他也已經死了。」

凶訊

一

我的心跳著，很快的從樓梯上去，一層、二層、三層，於是我看到了那扇暗紅色的門，門上有一個小方的口子，門邊有一個黑色的電鈴。但是不知怎麼，我竟不敢按鈴。我躊躇了許久，我一再思索我應當怎麼開口。來開門的要是佣人，我是不是要給她一張名片？我應當先問開門的人同他的關係麼？我當然說要看他的母親，他的母親我沒有見過，如果來開門的就是她，那麼我應怎麼說呢？我當然先問這是不是楊家？她說是的。那麼我是不是馬上就說我來看楊太太呢？她如果說「我就是」又反問我：「你是哪裡來的」，那麼我應當要告訴她我是誰。要是她問我有什麼事？那麼我怎麼說呢？假若她肯開門讓我進去，讓我抽一支煙，給我一杯茶，那自然比較自然，我至少可以先談談別的。……

就在我這樣躊躇的時候，樓梯上走上來一個年輕的女人。她穿一件淡藍色的雨衣，左手拿一隻藤質的書包，我這才想到外面正在下雨，風還是一樣響著。她看我一眼，似乎要問我找哪一家。我馬上想到她該是姓張的，她一定就是他同我說起過的張小姐，我還在他那裡看到過張小姐的照相。但當我正想看看她的面孔時，她已經很快的上樓去了。我想叫一聲「張小姐」，假如她回過頭來，我何妨先同她談幾句，但是我並沒有叫她，我望望她後影，她很快的轉到我看不見的地方了。

這時候我才不加思索的按了那門上的電鈴。門上的小方口開了，我沒有看裡面是什麼樣的面孔，我簡單的問：

「是楊家麼？」

但是這個小方口突然關了。裡面的人打開了門，是一個十七八歲的少女，披著頭髮，穿著白襯衫花裙子，赤著腳拖一雙紅色的木屐。她抬起頭，露出非常親熱的笑容，很客氣地說：

「徐先生，啊，徐先生，是不？我哥哥不在家。」

「你是，你是他妹妹？」看她很像她哥哥，我問。

不錯，她很像她的哥哥，那長得很開的眼睛，那平正的鼻子，那常常帶笑容的嫵媚扁薄的嘴唇。

「我是楊素原。裡面坐，裡面坐，我哥哥就會回來的。」

「好好，謝謝你。」說著我就進去了，我等她關上了門。我問：「你怎麼認識我呢？」

「上次我哥哥請你來看我們排戲，我就是演你《母親的肖像》裡的女兒。」

「啊，他沒有告訴我。」我說。

「裡面坐，裡面坐。」

素原帶我走進了他們的客室。這客室不大，但還布置得乾淨。一張方桌，四把椅子，靠窗是一套舊沙發，牆上掛著一些照相。一面是半截的板壁，板壁上糊著花紙，紙上有焦黃的水漬，靠著板壁是一隻很高的木書架，上面有一些書，下面的一格則放著茶壺、熱水瓶、幾隻玻璃杯。書架旁邊的板壁上是一個日曆，日曆上面掛著古舊的鐘，響著滯鈍的聲音，這時候是五點三刻。

我在沙發上坐下，素原到書架邊為我倒茶，我說：

「不要客氣，不要客氣。你媽媽呢？」

「媽媽出去了，也就要回來的。」

「你媽媽出去了？」

「她同我姨母去買東西，家裡就剩我一個人。」她說著端了茶過來，放在我旁邊的茶几上。於是她坐在那方桌邊的椅子上，開始同我談起話來。

先是好像她意識著要做個主人，為哥哥招待客人，有點羞澀；慢慢地她談到了《母親的肖像》這個劇本，於是較自然自由起來。我發現她是一個很活潑有趣的女孩子，但是我因為心裡蘊積著一種期待彷徨的痛苦，我無法同她作安詳愉快的談話。板壁上的鐘忽然敲了，遲緩沉重地打了六下，我抽上一支煙，視線在他們狹小的房內盤旋，實則我沒有看到什麼，但是素原以為我看到了他們牆上的照相了，她說：

「這就是我母親。」

我無意識地站起來，我走到那張照相的面前。這是一張八寸照相，她母親坐在中間，素原與她哥哥大原站在兩邊。

「這還是前年照的。」素原說：「你看已經不像我了，是不？」

「好像長大了一些。」我只看到她那時梳著兩條辮子，我還發現現在的她似乎更像大原。她母親年紀不大，方方的面型，照中國的說法，該是有福氣的，但是，……我心中突然有一種焦燥，我說：

「怎麼，她還不回來？」

「就快回來了，我想。」素原說著忽然說：「我去打一個電話問問看好不好？」

「怎麼，你想你母親會去姨母家麼？」

「不，不。」她說：「我說我哥哥，他常常到他一個同學家去，他們有電話，我去借打一個電話問問他們看。」

「不用，不用。」我有點顫抖，我說：「我是說你母親。」

「媽去買東西，沒有法子打電話給她的。」素原微笑著，忽然她看了看板壁上的時鐘，她說：「我想她們也快回來了，你坐一坐。啊，你想看照相麼？」

素原沒有等我回答就跑了進去。就在我重新坐到在沙發的時候，她拿一本照相簿出來，我就隨便拿在手裡翻閱。如今我看到大原以前的照相，一個壯健、活潑、頑皮的小孩子；而素原，她的甜美的笑容似乎從小就有的。我自然還看到她的母親，他們雖然很像她的母親，但都比她們母親好看。於是，我看到了一個男人，一個穿著西裝，手裡拿著帽子的男人，大概只有三十歲，素原忽然說：

「這是我的父親。」

「你的父親？」我開始發現了這照相同大原的相像地方。那眼睛，那嘴……我心裡有一種奇怪的感覺，我知道她們的父親早已過世，而他在照相中顯得是一個多麼強壯有生氣活力的一個人呢？

「我父親在我四歲時候就過世的。」素原說：「我一點印象都沒有。」

「你四歲時候？」我說：「現在你幾歲了？」
「十七歲。」她說：「已經十三年了。」
「啊，……」我想說些什麼，但是竟不知怎麼說。空氣突然岑寂下來。這時窗口有雨飄進來。風更大了，素原跑到窗口，望望天，忽然說：
「雨又大起來了，哥哥怎麼還不回來？」
「你哥哥？」我說：「你媽媽呢？」
「已經六點多，他們怎麼還不回來。」素原說著，我不知道她自己在著急，還是在為我著急。
我心中非常不安，很想說出我應說的話，但是素原竟還是一個天真的女孩子，她似乎還無法應付我們常識以外的經驗，我必須等她的母親。當時我心裡有模糊的波動，倒反而沒有注意她的焦急。我無意中還在翻動著照相簿，不知怎麼，我在照相簿中看到了一個女孩子，突然令我想起剛才我在樓梯上看見的女人，我就說：
「這是不是就是住在樓上的張小姐？」
「啊，是的，你怎麼知道？」
「你哥哥給我看過她的照相。」我說：「剛才我打門的時候，有一個女孩子上去，穿一件淡藍色的雨衣，拿著書包，可惜我沒有看清她臉，但不知怎麼，我竟想到是她。」
「是的，我想一定是她，她一定剛剛放學回來。」
「他們是不是已經很要好了？」
「我哥哥告訴過你？」素原忽然笑著問我。

我點點頭，但是我眼前忽然浮起一個暗影，我說不出什麼。

「她現在在學速寫，如果她也可以找一個職業，我哥哥就可以結婚了。」

我腦中綜錯著凌亂的影子，我馬上看到我是面對著更複雜的環境，我只希望素原的母親早點回來，我可以單獨的同她談一回話。我沒有說什麼。

窗外這時下著雨，風聲更緊；房內已經很暗，空氣很沉悶，我無法吐露我心中想說的話，素原見我很消沉，好像因未能盡情地用她天真的熱忱來招待陌生的客人，而感到了一些不安。

就在這時候，電鈴忽然響了。這馬上解除了我們的沉悶，素原很興奮的站起來說：

「哥哥回來了。」

「啊，我想是你母親。」我嘴上雖是安詳地說，但是心裡有奇怪的難受。

素原奔了出去，我也站起來企候她的母親。我的心不期的跳了起來。

於是我聽到素原與來客談話的聲音，我知道來人不是她的母親。這使我緊張的情緒鬆了一下，我感到安慰，也感到失望；感到安慰的是可以不馬上碰到難題，感到失望的是我還不能吐我想急於吐露的鬱悶。

門口出現了素原同一個與年齡相仿的女孩子。她穿一件大花旗袍，赤腳穿一雙白色的便鞋；我心裡就想到她就是剛才在樓梯那裡碰到的女人了。

「這是徐先生，這就是張錦居小姐。」

「啊，徐先生。」張錦居笑著同我招呼，她有一個很甜美的臉龐，小巧的嘴，兩邊掛著笑渦，眼睛不大，透露流動的青春的光芒。她似乎比素原高一點，恐怕也比素原大三、四歲，我想。

「怎麼，大原還沒有回來？」張小姐在問素原。

我不作聲，很悶，我抽上一支煙。

「誰知道他。徐先生已經等他很久了。」素原說。

我還是不作聲，我說：

「怎麼，你媽媽還不回來。」

「下雨，也許同姨媽在哪裡吃點心去了。」素原說：「但我想也就要回來了。」

我想說些什麼，但是竟不可能。素原似乎看出了我的不安，她對張錦居說：

「剛才是不是你？徐先生在樓梯上碰見你。」

「我看徐先生在躊躇，我想也許走錯了地方。這裡找大原來的人我大都認識，後來我想說不定就是徐先生，所以我下來看看，啊，我倒是猜中了。」

「我也想是你，張小姐，他常常同我談到你……」我說著，可是我心裡的暗影咽塞了我的談話。我又順手拿起剛才放在沙發上的照相簿翻閱著，我一面模糊地聽到素原與錦居在談話。錦居忽然拿起一本電影畫報坐到我對面的沙發上，素原就坐在沙發邊上，同她一同翻閱著。

如今我才注意到我剛才沒有翻下去的照相，那裡有好些張大原與錦居照在一起的。這是一對多麼可羨慕的情侶。他們沒有看到人生，只看見愛情。他們有無邪的夢，有光輝的青春，那裡大原總是露著他的壯健的活力，錦居總是露著她的自然的生氣……。我從這些照相，又去看坐在我斜對面的錦居本人，那勻淨的皮膚，那談話時微笑的神情，那沒有人生體驗與命運感覺的天真，我知道她不但相信大原，也一定相信著世界；而世界竟不是她所相信的，人生也不是她可以忽略的。

而素原，她坐在錦居所坐的沙發邊上，晃蕩著她勻稱的小腿，蹺動著她腳上的木頭拖鞋。她的頭髮倒垂著。我不能想像她心上是多麼簡單與純潔。自然她愛她的哥哥，她只有這一個哥哥，而他是他們家裡唯一的希望與依靠。

我還看到素原與錦居的友好，我相信素原的母親也一定愛她們，她們想像得到錦居可以是大原最好的太太，可以大家在一個屋頂下活得非常美滿。這個簡單的家，這些純樸的人，這些真誠的愛，我相信他們母親會期待一個可愛的孫子，會想到家裡有更多的生氣與愉快。

但是，我今天竟想來對她們說一句話，這句話就是要打斷她們的夢想，要打破她們的期待，要毀滅她們的世界，要摧殘她們的信仰。從此，她們會發覺一切，她們認為可靠的竟都是無根的，而人生並不是一條平正的路，看到的目標，不見得就可以走到。

這正如我們坐一隻小船在平靜的湖上駛行，陽光照著我們，微風輕撫我們，這湖水是平順的可靠的，我們從不會對它懷疑；但是，突然一聲霹靂，風浪大作，整個的天地變了形狀，而人生就馬上就失去了支持。

在她們，大原竟是一隻小船，她們的愛與希望寄托在大原身上正如坐在船裡的人之於船，如今我的話就是這聲霹靂。而事實上，風浪早已掀起，小船已經沉沒，我是無法永遠藏著這聲霹靂而不作聲的。

大原，這個壯健活潑可愛的青年，就是在風浪中消失的。

二

我同楊大原認識是九個月以前的事，他在德誠中學教書。為學校裡的一個懇親會，學生要演我的《母親的肖像》，他是導演，寫信給我徵我同意，並且同我談到演出的種種。他年輕，強壯，有生氣，非常直爽，幾次的晤談，彼此都很愉快。在《母親的肖像》彩排的時候，他一定激我去看看，我去過一次。懇親會舉行那天，我恰巧有事，所以沒有看到他們正式的演出，他似乎很覺得不舒服，第二天就來看我，後來我們常常有點往還。他告訴我他父親早已去世，家裡也沒有什麼遺產，一個母親一個妹妹，完全靠他生活，而教書收入不多，所以有時候也很困難；問我是否有什麼地方要翻譯一些什麼，替他留意留意。

不久以後，恰巧有一個出版社要我代拉幾本翻譯小說的稿子，我就想到了他。他問我可譯的書，我介紹一本John Steinbeck的*Cannery Row*給他，但並不一定要他譯那本書；我認為翻譯應該找譯者所喜愛的作品才對。可是他看了*Cannery Row*竟很有興趣，隔了一星期就帶給我四章譯稿，很謙虛的要我給他看一遍，我發覺他的英文程度還不錯，但是中文的運用則欠熟練，所以有些地方我為他改動一點，並且到書店預支了一些稿費給他，這的確鼓勵了他的工作；他似乎很預備以後要多做翻譯工作了。

這以後，我們就常有碰見。有時我們也一同喝喝茶，看看電影；但是大原告訴我他喜歡看球；我說我一直沒有去看過，雖然我知道球賽在香港是很風行的玩意，有機會我倒也很想去看一次。於是有一天，他買了兩張票子請我去看足球。在看臺上，他不斷的為我解釋這一隊與那一隊，這個球員與那個球員，談得頭頭是道，非常有勁；我可只看到人來人去，球進球退，並不覺得有什麼好玩，看到他與許多觀眾的情感隨著球升降，非常羨慕，覺得大原到底比我年輕。

大原帶我看球以外，還帶我看跑馬，他告訴我這是他唯一的娛樂，每次跑馬他一定去。他在馬場裡輸去不少錢，但自從我約他譯書以後，他一直沒有去過，所以他母親認為我是一個好人，叫大原應當向我看齊。可是有一次，我竟向他看齊了。我跟著他去看跑馬。

大原在馬場裡竟同馬一樣的活躍。他拿著好幾份報紙，好些小書，告訴我各種的預測，於是他又用他的意見判斷這些預測。他告訴我這匹馬的記錄，那匹馬過去的成績，又告訴我場地的乾潮，騎師的好壞。他帶我到那塊牌子，又帶我到這塊牌子，於是教我如何去買票。

現在我知道大原平常用錢很省，買馬票手面可很鬆。我呢，只是湊合著每次買五元、十元的。而且我也沒有跟他的預測去買。這並不是我有什麼別的判斷，而是因為我有一次記錯了他告訴我的號子，以後我就不記了；我站在行列裡，聽到我前面一個人買什麼，我也就買什麼。我覺得這樣比較簡單。

買了馬票，站在看台上，我既認不出馬，也認不出騎師；所以傻頭傻腦的只是看人。大原可非常興奮，大叫大喊，這倒沒有稀奇，因為我覺得他年輕；而許多年紀很老的紳士，打扮得很華貴的太太們也都像大原一樣，我看得非常有趣。頂奇怪是他們踩了我的腳，甚至把吐沫濺到我臉上也毫不覺得，好像認為這是極自然的事情，我感到很滑稽。於是我在人叢中看到了熟人，我自然就走過去同他招呼，奇怪，他竟非常冷淡的連看我都不看，下意識的伸一隻手同我握了一握。

後來據說，一場跑完了。我也不知道幾號是第一，幾號是第二，我看大原很失望在撕手上的馬票，我就問他到底什麼樣票子算是中了。他說：

「沒有中，沒有中。」

「但是我的？」我說著把票子給他。

「啊，你不是同我買一樣啊？」他驚奇地看看票子說：「啊，你中了！冷門，冷門，四百八十六元七角！」

大原忽然興奮起來，他很高興的教我如何去領錢。

這就是大原，他把我的輸贏同他自己的看作一樣；我的勝利竟使他忘了自己的失敗。

那天總結，好像他輸了兩白元左右，我贏了三百十二元。我一定要把我的贏錢同他平分，他起初怎麼也不肯，我再三向他解說我不是來玩跑馬的，只是為著看看熱鬧，而且對此不會再有興趣；我們既然一同來玩，我不願意他輸得太多；我並且勸他把這隨興玩玩無所謂，如當作值得研究而沉湎與此，似乎不值得，有這個精神，還不如去研究希伯來語好些。最後他終於接受了我的贏錢，而對於我給他的這些勸告，似乎非常感動。以後沒有聽說他再去跑馬；我倒去過幾次，可是總同別人一起去的。

於是天氣漸漸熱了。在香港，熱天裡最好的消遣莫過於游泳，大原說。他又告訴我他的游泳經驗很豐富，去年還曾經參加越海比賽。我告訴他我從來沒有下過水，他很熱心願意教我。我們去了兩三次，我發覺大原真是一個很好的教師。後來我還有幾個朋友，經過我的介紹，也要請大原教。有時大原也有兩三個朋友，無形之中我們就湊成了一個小小的集團，一星期兩次的到海濱去。我們過著很愉快的熱天。

但是大原對於教朋友的熱心，使我感到他自己似乎並不在娛樂。我知道一切的遊戲，一個精通的人同初學的人在一起，一定是沒有意思的。打球、下棋甚至打牌，因為不能彼此分開，所以會更覺得無聊。而游泳，則大家可以自管自，自然比較好些。可是大原一定要照顧我們，看我們在淺水的地方爬來爬去，我覺得這於他一定是非常膩煩，所以，等我們都會爬爬打打的時候，我就要趕開他，叫他自管自到深水地方去游泳。這樣我們都比較可以自由自在，大家只是一同去一同回來；而在海灘上，有時談談話，看看書，還是在一起。高興的時候就各自各的到海裡去游一陣。這就變成了我們的習慣。

可是，今天，在石澳，我們七個人去玩，竟少了一個大原。

我同老王，梅光都在海邊游水。忽然風雨大作，海邊的人都上岸了。我們也就回到帳篷，清君他們三個人這時還在帳篷前玩撲克牌。我們原想風會小，雨會停，但一等等了半小時，遊人們都紛紛換衣回家，海上已經沒有人了。這時候我們才想到大原怎麼還沒有上來，我們開始著急，通知了救護處。三隻救生船派了出去，這時候天上黑雲密布，雨越下越大，海上的浪一層層擁上來，一層層坍下去，遠處像是小山大嶺的搬動，聲音如萬馬奔騰。剛才還是平靜柔和的海，現在像是激怒了的野獸。救生船於三刻鐘以後回來，說是一無所見，一無所獲，而海上的風浪也使他們無法作再遠的探視……

如今，我們對大原已無法再作別種臆測。我們研究又研究，討論又討論，各種的希望逐漸隨著時間消失。大原，這個年輕壯健的人，除了這小山大嶺的怪獸以外，是無人會把他吞噬的，他的失蹤變成了一個無法否認的慘案。

望著黑黝黝雲層飛動的天空，望著奔騰升躍極力想攫噬天空的海浪，我無法想像大原還可以在那裡生存。一瞬間，我看到了這宇宙竟是海水與烏雲的搏鬥，我似乎看到一個壯健青年被海浪沖送到黑雲裡，又被黑雲拋擲到海裡。大家痴呆了許久，一直到雨勢稍稍消滅，我們才想到應當通知大原的家。而我，我竟負擔了這個使命。

但是，對這完全信賴她哥哥，還始終以為我是去拜訪大原的素原，我看到她的稚嫩與天真的心靈，我覺得我沒有權利去泄露這可怕的消息；而大原的愛人，我從她的眼睛中，看到她因為信愛大原的緣故，而對我有一種奇怪的信任外，就是她無限素樸而簡純的性格，我更覺得我無法說出這殘忍的凶訊。

我知道我喉底所藏的話竟是一把刀，一顆炸彈。我一放鬆，她們兩個人就會在我面前暈倒，她們的心會馬上破裂，她們也許就會恨我如仇。我坐在那裡，幾乎每秒鐘都想從遠處尋一句話，可以讓我從那句話中，慢慢引到這把刀與這顆炸彈上去，但是我還是找不到一句合適的引子。我早已決定，我要把這個消息同她母親說，但是我仍有欲望想先對她們有一點透露。藏在我喉底的話不但對她們是一把刀子，在我也是一把刀子。它似乎忽而伸向我的心頭，使我感到隱隱作痛；我的眼睛，時時像有淚欲流；忽而它又像伸到我的舌底，想脫穎而出。於是我就再無法開口，好像一開口它就要跑出來刺傷我對面的兩個少女似的。我只能靜默，我也不敢再看坐在我斜對面的素原與錦居，我假裝著我一直在翻閱照相，但是我意識到她們都不時在偷窺我，她們一定在想，這位徐先生怎麼這樣驕傲或落寞吧！

我希望她母親快來，只是這句話我可以自由運用，我說：

「怎麼你母親還不回來？」

三

突然，電鈴終於響了。

「哥哥來了。」素原忙著從沙發邊上下來，一隻紅木屐忽然掉了，她急於拖著出去開門，但是錦居已經站起，兩個人於是搶著一同走出去。我也站起，我的心突然緊張起來。於是我聽到素原的聲音：

「媽媽，姨媽。姨媽，你身上都溼了。」

「姨媽。」錦居也是同樣的叫著。接著我就聽到她們媽媽同姨媽的聲音。

「大原還沒有回來麼？」

「沒有，」素原的聲音：「徐先生來看他，等了他許久。」

「哪一個徐先生？」

「就是寫《母親的肖像》那個劇本的。」錦居的聲音。

這時候，錦居同素原已經走進客室，兩個人手裡都拿著許多她們買來的東西，於是她們兩個中年婦人也跟進來了。我這時心裡又慚愧又焦急，我不知道應當怎麼樣開始談話才好。可是素原已經為我介紹：

「這是我媽媽，我姨媽。他就是徐先生。」

她媽媽是個方面孔，中年身材，胖胖的人；她姨媽很像她媽媽，但比較瘦一點。我叫了一聲：

「楊太太。」但是楊太太竟非常客氣用很爽亮的聲音說：

「啊，徐先生，久仰久仰，大原一直談起你。」不知怎麼，她忽然看到了我的茶杯，她責備素原說：「素原，你怎麼一點也不知道，徐先生第一次來也不泡一杯茶？啊，香煙呢？怎麼也不懂得去買一包？」

「楊太太，不要客氣，我就要走的。」

「啊，你坐一回，大原就要回來，一同吃了飯去，難得你來。」她忽然又對素原說：「傻孩子，先去買一包煙。」

「我有煙，我有煙。」我說。

「我上樓去拿好了。」錦居說著，搶著就去了。

「素原，你去泡茶。」

素原正在打開她們買來的東西，楊太太推開了她，接著自己就同姨媽兩個人忙著收拾買來的東西。一面不斷地同我說話：

「徐先生，真對不起，你來，我們恰巧都不在家。大原也是，一個人不知跑什麼地方去了，老是一出去不知道回來。我平常很少出門，今天我妹妹來，要我陪她去買點東西，想不到天又刮風又下雨。香港的天氣，真是。」

我沒有作聲，她回頭望我一眼，面上浮著熱忱的笑容，接著又說：

「你千萬不要客氣，這裡沒有別人；剛才那位是錦居，她就住在樓上，是大原的女朋友；素原同你談起過了吧？」

這時候門鈴又響，楊太太出去開門，錦居拿了一罐香煙進來。她很客氣的遞給我一支，我自已點上了火。楊太太回來又忙著理東西，這時素原捧了一杯泡茶出來。楊太太忽然拿了一些東西走到裡面去，她又看我一眼，笑著說：

「徐先生，你坐一回，我進去一回就出來。」於是又對素原說：「你們陪徐先生。」

楊太太進去後，那位姨媽還在包東西，我想是她們姐妹兩個人買來的東西本來是包在一起的，現在分開來重包。我看她把包好的東西，又一樣一樣放在紙袋裡，最後她把紙袋放在一邊。收拾了地上的紙皮與繩子，也走了進去，房中又只剩了我同素原與錦居。

「徐先生，」素原忽然笑著說：「你看媽媽像我們麼？」

「什麼媽媽像你們，你不說你們像你媽媽？」錦居說。

「很像，很像。」我嘴裡這麼說，心裡可真是不知怎麼才好。

「哥哥像，還是我像？」

「差不多，差不多，你同你哥哥都很像。」我只是隨便說著。

天色已經暗下來，素原走到門口開亮了燈。我說：

「素原，我就要走，還有點事。叫你媽媽不要客氣，我只想同她談幾句話。」

「我媽媽不會同你客氣，哥哥也就要回來的，你不要客氣，吃了飯去好了。」素原說。

就在這時候，楊太太又重新在門口出現。她已經換了一件黑色的旗袍，也換了一雙黑緞的繡花鞋子。她非常愉快而煥發的走過來，嘴裡說著「對不起」，坐到我旁邊的沙發上，順手在煙罐裡拿了一支煙遞給我。我謝謝她，她看我點上了火，於是說：

「天下雨，衣服都溼了，我換了衣裳。大原不知道在哪個朋友家裡，大概也因為下雨所以還沒有回來。」

我這時心裡只惦念著我喉底的話，現在正是我應當說的時候了。但是我看到這個母親的笑容與煥發的精神，我竟不知道如何開口。我的話從我喉底又沉到我心上，它是一把鋒利的刀子，它刺著我的心隱隱作痛；於是它又上升到我的喉頭，我決心想把它吐出來，但當眼睛看到楊太太，我的話終於又沉下去了。

如今我知道楊太太正是一個同任何母親一樣的母親。她的臉是方形的，下頦推出胖胖的筋肉。嘴同大原、素原一樣，扁薄的嘴唇，不笑的時候也浮著笑容，微笑的時候，胖臉上還露上淺淺的笑渦。眼睛也長得很開，閃著很有精神的光芒。她的聲音是和善的，但說話很快，她說：

「徐先生，大原一直講起你，他真是佩服你；他愛聽你的話，你知道他現在不去賭跑馬了麼？那完全是你的力量。他什麼都同我講過，你還教他譯書。」楊太太說著用感激的眼光看我一眼又說：

「你知道他從小就沒有父親，一直沒有男人好好教導他。小的時候，我當然太疼他一點，所以他脾氣很驕傲，不愛聽別人的話。對於你，倒真是什麼；你肯教他帶他，我真是感激。……」

「但是，楊太太……」我自己也不知道我要說什麼，可是楊太太已經搶斷我話，她說：

「自然，他是好孩子，煙也不抽，酒也不喝，但是到香港來了以後，被朋友帶帶，不知怎麼，竟忘不了賭跑馬，我真是擔心，不過現在好了，幸虧是你。」

「我，我……說起來……說起來慚愧。」我囁嚅著說。一瞬間似乎我可以吐出我喉底的刀子了，但不知怎麼，這刀子又沉到我的心頭。

「媽，你不是說今天姨媽帶你去算命麼？你去過麼？」素原突然問。

「是呀！自然去看過，不然也不會那麼晚。」楊太太說：「徐先生，你不要笑我，我們迷信。但也真奇怪，他算得很準，他一看八字就說我沒有丈夫，不死也要離婚。他還說我只有兩個孩子，一男一女。他說我兒子很好，將來可以享兒子的福，他說我有老年運，越老越有福氣。……」

楊太太還在說，但是我已經聽不清楚，我只看到她臉上浮著安慰得意的光彩，眼睛閃著驕傲的光芒，這光芒似乎立刻征服了我，使我無法再有勇氣說我想說的話了。

忽然，在裡面的姨媽也走了出來，楊太太忽然又說：

「老實告訴你，徐先生，我們今天專門為大原同錦居去合合八字，我沒有給大原知道。其實他們兩口子戀愛，還合什麼八字，不過我的妹妹說那個命相家很準，很靈，而我們家鄉有這樣的習慣，所以不妨去合一下。」

「媽媽，他怎麼說？」素原一面頑皮地看看錦居，一面問。

錦居則低著頭拿著電影畫報走到桌邊去，裝做沒有聽見。

「好極了，他說什麼都好，將來還有三個兒子，所以我那麼高興。」楊太太說著笑了起來，又望望她妹妹對素原說：

「他還替你姨媽算過，也很準，說她有七個孩子，說她前年破財，說她……」

我沒有聽下去，我已經知道我是無法說出我想說的話了，我非常焦急與鬱悶，我想告辭。但是楊太太這時竟站了起來，她拉著素原一同走出去，一面同我說：

「徐先生，你坐一回，我們沒有菜，但是你千萬吃了飯去。」

我知道楊太太拉著素原是去設法弄小菜去的，我發覺現在真是無法說出我要說的話了，即使我還有勇氣，也再沒有機會，我下了決心，我說：

「不客氣，不客氣，我走了，我還有一點事情。」一面說著，一面搶著走了出來。我聽到我後面的楊太太同素原竟非常熱忱地在挽留我，但是我沒有理她們，走到外面，拉開外門，我走了出來。楊太太還在門口對我招呼，不斷的說我太客氣，並叫我時常去玩，可是我已經走下樓梯。

外面，風已經小了，雨還是下著。天是黑黑的，街燈已經亮了。一瞬間我感到空虛與寂寞，我自己都不大相信大原真已離塵世。我一個人踏著潮溼的人行道走著，我想到如果我吐出了這個凶訊，這位太太同兩位小姐現在是怎麼樣呢？但是這是遲早要給她們知道的。為什麼大原的凶訊竟在我的喉底呢？為什麼是我同他去游泳而出事呢？為什麼我竟會一直一點沒有管他，沒有想到可能有這樣的意外，反慫恿他獨自去游呢？為什麼我反對跑馬而贊成游泳呢？假如是跑馬，最多是輸錢，而游泳竟是傷生；為什麼我竟也會覺得游泳是很好的消遣與運動呢？儘管大原就游泳講，可說是我的老師，我的年齡總比他大，他又是很肯聽我話的，為什麼我連叮嚀他小心都不會呢？想到他母親慈愛的面容，我感到說不出的慚愧……我無法安頓自己，也無法安頓喉底的凶訊，我不能把這個喉底的凶訊吐在路溝裡，也不能把它拋在海裡，我希望它會不在我的心頭，然而它竟是跟著我在雨中躊躇，這凶訊竟變成了大原的幽靈。

我已經走到街口，前面比較熱鬧，店鋪的燈光更亮，但是我不知道我該到什麼地方去。

突然，我看到前面有一家小咖啡館，我就走了進去。我痴呆地坐下，我要了一瓶威士忌，我一連喝了兩杯。我開始感到我比較有點勇氣了，我覺得我必須吐出我要說的話不可，我沒有別的辦法，我於是問侍者要一張紙，我寫：

楊太太：

我盡我最大的力量來報告你這個凶訊。我知道它在你是一個驚天動地的霹靂，所以我在府上坐了這麼久都無法啟齒，但是這是遲早要給你知道的。所以我現在寫在這裡，那是：大原同我們在石澳游泳，一直沒有游回來；我們盡了最大的忍耐與努力都找不到他。……

我把這字條摺好，寫了地名，我交給侍者兩張鈔票，我叫他立刻為我送去。

我望著侍者同櫃上交代，看他拿了傘，帶著凶訊出去以後，我開始喝第三杯酒。我看了看錶。

我決定在半個鐘點以後，重新去看楊太太同素原。

手槍

一

「要是我有一支手槍……」

沈家光近來常常想到手槍，現在他斜躺在床上，又這樣的想起來。他懶於做家裡的瑣事，但勤於這樣胡想。可是每次胡想對於現實的問題都沒有解決。米沒有了；房錢要付了；妻在咳嗽，顯然是嚴重的肺病。他已經跑斷了腿去找過職業，如今他已經絕望；他也曾厚著臉皮相一切認識的人去借貸，起初還有人給他一點應酬，如今沒有人理他了。他現在怕出門也怕見人，他很少說話，他不是在狹小的房中走來走去，就是躺在床上抽煙。

「你總得出去跑跑，這樣下去怎麼辦？」他的太太陸小音咳嗽著說：「明天我們又沒有東西吃了，房錢也不能再欠下去……」

「你怎麼只煩這些，不好好睡在床上？」

「但是我們要吃飯，是不？」

「隨便找一點什麼去當當好了。」他說。

看到陸小音他心裡就心酸，是多麼美麗的一朵鮮花，嫁了他沒有四年就枯萎了。如今她瘦得像一束枯柴，不時咳嗽，焦黑的面容沒有一點血色，還要洗衣、燒飯、管孩子。沒有醫藥，沒有錢，沒有希望，他看她活著實在不如死去。

但偶而沈家光也想到過去。當他愛了陸小音的時候，他心裡是想給她什麼樣的幸福，他期許他要為她努力，使她快樂。他覺得他一身是生命，一身的活力，憑他的生命與活力，他對於自己非常自信。於是他帶著她到了香港，滿以為他到香港可以有簇新的光明的前途的。但是，手上的錢花光，找不到職業，孩子生了一場病，小音吐了兩次血；熟識的人都成了他的債主，他開始自卑與憔悴，整天在狹小的房間中胡思亂想，日子就這樣的過去了。

這間房是朝北的，整天有太陽曬進來。兩面是半截的板壁，傳來的不是鄰居的鬥嘴便是孩子們的吵鬧，此外就是燒飯炒菜時的腥臭。房子的開間本來不大，兩張床，一張方桌，一口櫥一擺，再加上曬衣的竹竿，腳盆、木桶、碗碟，就再沒有地方。

但是這小小的地方竟有他無窮的路可以躑躅，小小的方桌也有他雜亂的東西可以存放。那裡是一些書本，大部分是他教書時用的教科書，同一些破舊的雜誌，幾隻還是有錢時吃剩的空藥瓶，一隻熱水瓶，兩隻玻璃杯，此外就是未洗的碗碟，未補的破衣，以及吸剩的煙頭與雜亂煙匣。

照陸小音的個性，她寧使吃力也要把桌子地方弄得乾淨一些，但是沈家光不要她做，她一忙碌，他就要說：

「放在那裡好了，你去睡睡吧；回頭我來收拾。」

如果陸小音還不去睡，他就要發直，他常常咒詛著說：

「你怎麼這樣賤，叫你去睡，你還要忙，怪不得你身體不會好。」

陸小音知道他心裡是愛她的，她就獨自的去躺在床上。而沈家光心裡開始內疚，他覺得他對不起她，他明知道她的病絕不是這樣多睡一回可以好，但除了叫她多睡多休息以外，他還能給她什麼幫助呢？

他很痛苦，他開始為陸小音收拾桌子，他把碗碟拿出去洗了。這與其是說他為家庭做事，不如說為解除心中的內疚。如果陸小音並不去收拾，沈家光是從來不會想到去勞作的。他不是抽一支煙在房中空隙處躑躅，就是斜躺在床上看著天花板胡想。

孩子已經十歲了，叫小光，家光曾經教他一點書，但現在已沒有這種心情了。這樣的家庭當然不是孩子的環境，小光無法待在房內，家光也不願他在家。他在家裡，家光更感到煩亂討厭，有時不斷對他責備，要他到外面去；如今好像已經養成習慣，一清早小光就溜到街頭，鬼混到吃飯的時候回來，飯後又溜了出去，一直到天暗方才回來。

今天，小光仍舊在外面，小音則又病倒了。平常不過是咳嗽，今天則發著熱，不能動彈，兩頰泛著紅色，時時陣陣咳嗽。於是吐了一口痰開始呻吟，歇了不久，又咳嗽起來。顯然這完全是肺病的行進，家光現在發現他需要她與愛她的真情，他祈求她可以重新好起來。

「要開水麼？」沈家光開始問。

陸小音在咳嗽。

「我想你一喝點熱開水會好一點的。」家光說，這是他可以辦得到的唯一的藥物，他能想到的也只有這開水了。他於是從躺著的床上起來，他走到桌邊，他往熱水瓶裡倒了一杯開水過來，他遞給陸小音，陸小音伸出枯瘦的手接過杯子，緩慢地一口一口喝著。

沈家光在旁邊看著她，心裡又酸又痛。他想到過去的小音，她豐腴的面頰常常使他想到蘋果。她的眼睛是活潑流動，始終閃耀著好像用不盡的青春的光芒；她嘴唇是滋潤的柔軟的，不論怎麼嚴肅終像掛著笑容；但是如今這些都沒有了，她兩頰削下，眼睛死呆，眼袋下垂，她嘴唇乾枯，她已經不再是小音。但就在小音喝水的時候，家光看到了她的牙齒，他發現她的牙齒沒有變，白皙整齊，保留著她未逝的青春與美。他呆了好一回，才發現小音已經喝了水，他接過杯子，幫助小音躺下。他握到小音乾瘦的手，他馬上想到這手曾經是豐腴健康美麗如古典的雕刻的。他心中一陣酸，不禁輕輕地叫出：

「小音，我對不起你。」

小音沒有說什麼，她用右手拍了拍家光的手背。家光一時竟忍不住眼淚；他拿著杯子，馬上就離開小音。他一手把杯子放好，一手拿出手帕他揩著自己的眼睛，又重新躺到自己的床上。他頭腦一瞬間是真空的，這因為他心裡是說不出的酸楚。他用手帕蓋沒了自己的臉，在混沌糊塗之中，讓心頭的酸楚淡下來，但當心頭的酸楚稍平時，他頭腦又開始有東西蠕動，他第一個念頭是：

「假如我可以有一支手槍……」

於是他真的哭了。在手帕中，他感覺到他的淚從眼角流到耳角。他沒有宗教，他不信上帝，但是這一瞬間，他要叫天，他低聲地自語：

「天呀，給我一支手槍，讓我為小音做一切可做的事！」

就在這時候，家光聽見腳步聲走進了房內，他知道這是小光。他沒有去看小光，但他很自然的用蓋在臉上的手帕揩去眼淚，他一轉身從上床跳下來。他看一眼小音，發出很輕的聲音說：

「輕一點，你媽媽剛睡著。」

家光一面說，一面看到小光；他已經很高，但是很瘦，顯然是缺乏營養。他一身都是骯髒，短褲上有補丁，汗衫上有窟窿；他的白跑鞋又黑又黃，沒有襪子，兩條細腿像是曬焦的竹竿。但是他的臉是清秀的，眼睛裡遺留著他母親的青春，他手裡正在玩弄著一樣東西。

「你看你玩得多髒。」家光走到桌子邊隨便的對小光說。

小光很不自然的看看自己，勉強的笑了一笑。這笑是多麼像他母親呢，家光想，但忽然看到小光手上的玩意，他吃了一驚，他不禁很奇怪地說：

「手槍？」小光覺得父親的聲音有點異常，他看家光一眼，他怕他父親會疑心他是哪裡拿來的，於是像解釋以的說：「壞了，他們給我的。」

家光很自然的去拿那支手槍，他拿來端詳了許久。是的，這是一支玩具的手槍，是金屬與膠質合製的，很精巧，但很像真的。他忽然被它觸動了靈機，他握著手槍瞟視了許久，但他馬上發現小光在注意他，他於是說：

「什麼地方壞了？」

「裡面彈簧壞了，你看，」小光說著伸手過來接手槍，他扳開槍膛給家光看，他說：「扳開來就合不上了，下面的槍鈕鬆了。」

「我回頭給你修，好嗎？」

但是小光要他父親馬上就替他修。家光於是在桌邊坐下來，他從窗口看到外面的天，天上有青雲，雲下透著金光。當他把注意力從新回到房內的時候，他發現天已經暗了下來。他查看那支手槍，他覺得應當先把它拆開。他正想叫小光拿一把小刀，但他發現小光這時已經坐在他的對面。他開始注意到房外的人聲，廚房裡傳來了煙腥的氣味，他知道這孩子已經是疲倦飢餓了。他問：

「你餓了麼？」

「爸爸，今天我們有什麼吃的？」小光問。家光知道小光已經不關心那手槍了，他放下手槍，他說：

「天暗了，我明天再替你修，我們現在去弄點東西吃吃。」

家光今天有一種奇怪的溫存。他沒有驚動小音，他自己找到了中午吃剩的冷飯同一些鹹菜，他到廚房燒成了泡飯。他估計這只有兩碗的份量，但是他多加了一點水，他希望可以充成四碗，一碗給自己，一碗給小光，留兩碗給小音。但是拿出來的時候，他發現這竟是這樣的稀薄，他盛了一碗給小光，但馬上把桌上的鹹菜留了一半給小音，他深怕小光會把它吃光；他自己沒有吃，望著小光。

「爸爸，你怎麼不吃？」

「我等同你媽一同吃，你吃了可以早點睡。」

但是小光很快的喝完了一碗，他看了爸爸一眼，嚼動著空嘴。家光從來沒有注意過孩子這樣的表情，今天他知道小音每天忍受的是什麼樣的日子。他知道小音永遠是給他是最好最多的，其次就是小光，至於她自己，家光再也無法想下去，他心裡非常酸痛，為掩飾這份情感，他站了起來，他說：

「鍋子裡很多，你再吃一碗。」

家光走過去，開亮了電燈。小小的紅光使房中有了淒黃的點綴，等家光轉過身子的時候，他看到小光正跪在凳子上在鍋子裡盛稀飯。
鍋子的確還很滿，但都是水，飯粒沉在鍋底裡；小光是聰敏的孩子，他搗了一下鍋底，又倒了下去，最後他就盛了一些水倒自己碗裡。
家光在小光的身後，他第一次發現他的家庭是這樣的溫暖與美麗，他也第一次發現小光有這樣可愛而神奇的靈魂，他心中又突然酸苦起來，但是他忍住了，他說：
「你怎麼不……不……」
他並沒有說出他的意思，而小光已經知道爸爸的意思，他說：
「爸爸，我夠飽了。」
他沒有再理爸爸，很快的喝了碗中的水，舔了舔嘴唇。家光也沒有再說什麼，他發現他分給小光的鹹菜竟一點沒有動過。他拍小光的頭說：
「你去沖沖涼，早點睡吧，明天同爸爸出去買點……」但是家光沒有說下去，他轉了語氣，他說：「我們不要驚動你媽媽。」

二

等小光倒在床上睡著的時候，小音醒了，她一看小光已經睡在床上，她問：
「小光吃過東西了麼？」
「我們都吃過了，」家光應聲回答她：「你要吃麼？我拿給你。」
小音似乎掙扎著要起來，但是家光阻止她，他盛了稀飯和鹹菜放在盤裡，端給小音，一面坐床邊陪小音吃飯。小音看他今天的神情有點異常，她像是安慰又像是感慨似的說：

「唉，這身體！家光，我太牽累了你。」

「小音，你快不要這樣說，今天我才知道我是一個多麼無能多麼自私自利的男子，我沒有了解你的偉大，我沒有看到我家庭的美麗；我不應該自居清高。為這個家庭，我應當什麼都去做，要是我聽你的話每天去跑，總也還可以借到一點錢，那怕是五元、三元，也許也可以找到一個小事。我雖然是中學小學的教員，但我也可以做校役。為這個家，我應當什麼都做，如果我早就這樣去奔走去苦幹，不怕人家輕視，不怕人家侮辱，我一定不至於如此，你也一定不會等到這個地步，孩子也一定不會這樣可憐，是不？現在我決定改過了，我只希望你趕快好起來，我等一會就出去跑跑，也許可以找到一些錢；你千萬好好為我靜養，第一步我要你健康起來，你身體好了，我們可以重新振作。」

他還沒有說完，小音已經靠在他身上哭了起來。家光眼睛裡也充滿了淚水，但忍住著接過小音手裡的飯碗，他把飯碗放在盤裡，小音已經抱住了家光，他們偎抱著哭了許久，彼此沒有再說什麼。最後家光勸小音再吃一點稀飯，等小音吃了稀飯，他叫她睡下。

如今他覺得他可以真正為他美麗的家庭找一條出路了，他的心開始跳動。他先去沖涼，於是洗臉，他找出小音的鏡子，他已經好久沒有看到自己，現在在鏡子裡重新看到這個瘦長的臉龐，蓬亂的頭髮已久不梳理，鬍鬚也已很長，他梳了頭髮刮了鬍鬚。於是揀出較整潔的衣襪，他又揩他久已不穿的皮鞋。他換上了這些衣裳，重新又在鏡子裡看看自己。他知道時間尚早，但是小音竟沒有睡覺，她忽然說：

「抽屜裡有八毫錢，你帶著吧。」

是的，袋裡終需要有一點錢，不管坐車不坐車。家光沒有說什麼，他拉開小音經常放錢的抽屜，他拿了放在口頭的八毫錢同一塊手帕塞到袋裡。辰光還太早，但是他沒有法子再耽，他必須出來，他的心非常緊張，也忘記了自己沒有吃飯，他說：

「我去了。」

「早點回來吧。」小音說。

家光沒有再說話，他走到桌子邊，背著身子偷偷地拿了桌上的假手槍，於是很快的就到了門口，他說：

「我替你把電燈關了吧。」他沒有等小音回答就關了電燈，一個人像逃避什麼似的，很快的就跑了出來，他把假手槍納進褲袋裡。

他已經好久沒有上街，他覺得街上的一切都很新鮮，燈光是刺目的，開著的鋪子都很熱鬧，無線電響著刺耳的歌曲。突然他走到了一家食物店的門口，他看到窗口掛著叉燒與油雞，裡面的座上正坐滿了人，他開始想到自己還沒有吃飯，他感到一陣飢餓，但是他沒有想把八毫錢花在這裡，他必須忍耐；他的心還不許他休息。

他先想知道現在是幾點鐘，他的錶早已押在當鋪裡，他必須找一隻時鐘來看看，他順街道走，於是在一家酒店裡他看到是八點三刻。

八點三刻，還這麼早！八點三刻，九點三刻，十點三刻，十一點……啊，至少也要等到十一點三刻，他想。那麼這悠長時間應當怎麼樣消磨呢？他一面想，一面從小街走到大街。他沒有注意街上的一切，他只想到他應當什麼地方去做第一次的買賣。就在這個時候，一輛巴士在他的前面停下來，有十幾個客人下來，但沒有人上去。他望著巴士開了，又望著下車的客人一一走散。

他覺得他應當找一個偏僻的巴士站附近，在十一點半以後，如果有一個單身的客人，最好是女客，也許她是剛剛打了牌，看了戲回來，那麼他不難找到很多錢。自然，這裡附近的巴士站不是地方，也許那些人對他是面熟的；而且這裡也還太熱鬧，他覺得他必須在一個高尚的住宅區附近……

他一直沒有走動，站在那裡設想，而另一輛巴士又停在他的面前了，又是許多人下來。賣票員以為他要上車，叫了兩聲，但是他沒有理；他覺得他不能把袋裡八毫錢隨便花去。他想到在他的買賣得手以後，他可以隨便搭上一輛巴士到隨便什麼地方，再找計程車回家。但是現在，他必須珍貴他袋裡的八毫錢，如果他今天一無所獲，那麼這八毫錢還正是明天一家的糧食。

但是現在這時間應當怎麼消磨呢？他後悔太早出來，但是再晚出來怎麼樣去對小音說呢？難道找朋友看人要那麼晚？

他一面想，一面向右走。他漸漸走到熱鬧的所在，許多人在擠，許多人在看櫥窗，他只是一直走，於是在一個亮了紅燈的十字路上，他看到許多人在「沿路步過」，他也就跟著穿過馬路。他一直從支路走去，那條路比較冷靜。他突然感到了飢餓，但是他知道無論如何節省，一進吃食店，這八毫錢就會完全花去，他必須忍耐。他一直走著，他知道時間正長，這樣走不是辦法，但是他也沒有其他的辦法。就在這時候，忽然有人給他一張紙，他吃了一驚。一看那個人是一個二十幾歲的青年，很和氣的請他進去，他再看看那張傳單，又看看叫他進去的那所房子。房子的門開著，裡面正是他教書時候每天進去上課的講堂，已經坐了許多人，他知道那是教會的傳道所；他就很自然的走了進去。他走到最後一排有人坐著的地方，他坐下，他發現旁邊是一個五十多歲的婦人，他看她一眼，馬上拿出手上的傳單，假裝著閱讀。他覺得這樣坐一、二個鐘頭倒是個很好的辦法，於是他開始計畫他應去的地方，鑽石山，紅磡，荔枝角，……他的心非常不安。

忽然他聽到鈴聲，於是講臺上有人講話了。

「我們……今天……上帝……救世主……」

他抬起頭來看到講話的人大概有五十歲了，頭髮有點禿，嘴上留著鬍髭，穿一件短袖的白襯衫，露著多毛的胳臂，仰著頭，他用沉重拖長有力的聲說：

「我們都是罪人，我們只有依賴耶穌才能夠得救，因為他說……」

家光低下頭，忽然有奇怪的思想襲來，使他沒有聽到耶穌的聖訓，他想：

「如果耶穌可憐我的家庭，讓我今夜有點收穫吧，我要依賴你……」

家光想到這裡，他發覺自己有點可笑，他偷眼看鄰座的婦人，他看到她正仰著頭張著嘴在傾聽講臺上的道理，他看到她嘴裡有三粒金牙閃著不潔的光。

「我們不可以偷人家的東西，我們不可以搶人家的東西，我們不可以撒謊，我們不可以……為什麼？這因為耶穌曾經說過……」講臺上激昂的聲音漸漸地低下來，家光沒有聽下去，因為他被「我們不可以搶人家的東西」這句話所吸引，他想假如像我這樣的處境，是不是可算是例外？耶穌不曾經赦免與他同釘十字架的強盜麼？他不知道什麼時候有這個智識，而如今忽然想到了，他意識著他自己現在就釘在十字架上。他於是想到了小音，想到她的溫存，她的偉大，她的咳嗽，他又想到小光，想到他今天吃稀飯時的情形，於是他摸到袋裡的假手槍，他想，這也許正是上帝的意志，在無可奈何之中，借小光的手給他這把手槍，這手槍是假的，不會傷人，只要不傷人，他可以拿到一些錢來救小音，來救小光，也許正是使那個有錢的人做一件真的幫助別人的事，他想。於是他又聽到了：

「我們……我們……」

家光再向講臺上看的時候，那位演講的人已經下去了，有一個穿著灰色衣服的中年婦人手裡拿一本小書，叫大家歌頌讚美詩。於是有很整齊而高貴的聲音在臺上浮起，家光在這聲音中似乎也得到一些安慰，他的心已沒有剛才的緊張，但是他感到飢餓，他咽著唾沫，低下頭閉著眼忍耐著，他想，假如我在有點收穫吃了一餐宵夜以後，再到這裡聽這個歌聲是多麼好呢。

他一直逗留到散會以後，才跟著大家出來。這時候馬路上已經清靜許多，他在一家店裡看看時間是十一點，他覺得他應當早一點決定一個地點，早一點到那面去看看路徑，讓自己對於那個環境先有一個適應。他一面走，一面從新把以前想過的地方再加考慮，鑽石山，荔枝角，紅磡……但是他無法決定。

他的心又重新跳躍起來，一瞬間他覺得時間很局促了。他跑到大街，大街上有許多汽車與巴士在來往，那裡正是許多巴士都經過的街頭，他決定找一個巴士站等車子，哪一號巴士先來，他就搭哪一號，反正它們的終點就是他所考慮的幾個地點。

於是他走到巴士站，恰巧來了七號車子，許多人都擠著上去，他也就跟著上去。他的心非常不寧，他想這是他第一次做這類事的關係；他竭力冷靜自己的頭腦，他開始物色可能做他目的物的對象。他走進車廂，座位上早已坐滿了人，通路上已站著不少人。他盡力觀察每一個搭客，他先要找一個單身無伴的人，而這個人最好是女人，她的衣著應當是時髦的，身上手頭的一點財物不會對她的生活有什麼影響。但是他所站的地位只能大概的看到人家的後影，他不能發現他想發現的種種。他覺得也許時候還是太早，他必須在合適的地點，等下幾班的巴士。

車子跑得很快，它停了又開，開了又停，許多人上來，也有一些下去。於是車子從熱鬧的大街轉彎，那裡已是冷靜的街道，許多店鋪都已歇夜，沒有燈也沒有人。家光又開始意識到時候並不是太早，他再看看車內的人物，而車子也停了下來。這次可有許多人下車，座位也空了出來，家光注意到並沒有人上車。忽然他聽到下車的客人說：「天下雨啦？」他開始注意窗外，是的，玻璃上已經有細細的雨珠，外面似乎更顯陰暗。他找了一個較前的座位坐下，車子又開動起來。

他重新注意車廂裡的搭客，他知道在下幾站裡將有更多的人下去。他已經觀察到下一站要下去的一些搭客，有些已經準備站起來。他開始發現每個人面部的表情是有趣的。他們已經從熱鬧的市區到冷靜的住宅區，從熱燥的白天到冷靜的夜晚，從緊張的奔走到鬆弛的安息。在這些面部，他分不出他們是疲勞是厭倦是期待，但是他尋不出一個面部是愉快的。

車廂裡有五個女客。有兩個是在一起，其餘三個都是單獨的。她們都有整齊的打扮，手腕上戴著手錶，錢袋放在身上，還有一個還戴著兩隻指環。他想他必須在這兩個裡面找一個對象了。他先看中那個戴指環的女人，她大概有三十多歲，長長的臉蛋上搽滿了脂粉，眉毛畫得像貼在上面的黑線，心裡似乎在想著心事，眼睛望著虛空。她穿一件藍花旗袍，身材似乎還不錯。細長的手握著一隻灰色的錢袋，他想，假如那裡有三、四百元。

但是她忽然站了起來，車子跟著慢下來，有點震動。她扶了家光座位上的手欄支持身體的平衡，於是扭著身子就走了出去。家光回頭望她，他只看見她扁平的臀部。

等車子重新駛動的時候，家光發現車廂裡只有四個女客，四個男客，他沒有把自己算在裡面。他開始注意到那兩個在一起的女客，他有一種貪心，他覺得既然要做這件事，那麼何不兩個一起下手，想來她們都是高尚的婦女，也不至於在陰暗的角落裡對一個有手槍的強徒反抗。他無法估計一個女人錢袋裡有多少錢，但是兩個錢袋總比一個錢袋要多。他故意裝作對車子不耐煩似的，把身子打斜著重新打量她們，他觀察不出她們的關係，不像姐妹，也不像是普通的朋友，一個很豐腴，胖胖的臉兒像一隻光潤的饅頭。短粗的脖子壓著斜削的肩胛，衣袖似乎同領子一樣狹小，露出白胖的手臂，上面鑲著康熙通寶大的棕黑的痘疤。一個比較清秀，大概是廿四五歲，頭髮很美麗，在窗隙的微風中波動；她穿一件紗質的旗袍頸項間映出金鏈，金鏈下大概是垂著十字架了，家光沒有看清楚，但他馬上想到她該是一個教友，他想到剛才傳道堂裡的情景。

車子走得很快。家光站起來，他到車廂後看看窗外，窗外仍在下雨，似乎比剛才還大。外面是漆黑的，已經到了僻靜的所在。他忽然想到，假如下一站別人不下車而只有這兩個女客下車，那麼他何不就跟她們下車，跟她們在僻靜的路角就下手呢。想到這裡，他的心砰砰地跳躍起來，面上似乎有點發熱，他極力假裝著望車外。但有他馬上發現有一個男客通知賣票的停車，賣票員打了鈴，於是那一對女客也站了起來，還有兩個男客也先後從座位出來，家光覺得他還得忍耐。

這一次下車的是三個男客，兩個女客。如今車廂裡除了家光以外，只剩一個男客，兩個女客。家光發現車子也快到終點，他覺得下一站如果三個人都下車，他無論如何也要跟著下車，最好當然是一男一女先下車，他將專等另外一個單身的女客。車子跑得很快，他覺得他必須警覺起來，他感到說不出的不安與緊張，為掩飾他的不安，壓抑他的緊張。他竭力把面部轉向窗口。

突然，家光聽到一聲鈴聲，他馬上注意到底是哪一位要下車了。他看到前面的那位女客跑了出來，她坐得太前，他沒有注意過她的面貌，但現在他一瞥之下，就發現她是一位很漂亮的小姐，該是什麼洋行的職員吧。她穿著西裝，手裡還拿著兩本外國書報，等她走到家光身邊，家光又注意別人，他看另外的一女一男的搭客並沒有下車的動作，家光就跟著站起。如今他在那位漂亮小姐的後面，他注意到她手中的錢袋，不知怎麼，他忽然懷疑到她錢袋裡不會有很多的錢；但是他同時也看到她手指上一隻小小的鑽戒與腕上的一隻手錶。

車子停下來，那位女客下車了，家光跟著下去，他故意走到她的前面，他等巴士在他身邊駛過，再看看清靜的周圍。這地方的確非常僻靜，他想他要動手就不能再等。他注意身後的步聲，把腳步放緩，他開始摸著袋裡的假手槍。

這時候前面是一條支路，他正在彷徨間，後面的女客已經上來，突然掠著他身子轉彎。家光一看前面很黑暗，他膽子一壯，馬上拿出假手槍趕到那個女人面前，他低聲而沉著的說：

「對不起，小姐。」

三

從那一晚開始，家光的家庭就有了生氣。第二天一早，家光就出去了，回來買了許多菜肴。下午他為小光找了學校，為小音找了打針的護士，還找來一個女工，他要小音有三個月的休養。

小音知道家光借到了錢，但不願意家光這樣花法，但是家光告訴她還找到了職業，下星期一就可以開始，在一個船公司的倉庫裡，工作是在晚上，從十點鐘到二點、三點不等。

這消息自然很快的傳遍了鄰居，大家都為這良善而可憐的家庭慶幸，如果有人告訴她們家光說的是謊話，告訴她們家光金錢的來源，他們也絕不會相信的。

自然第一感到快樂的是小音，她的身體在一星期中就有了很大的改善。家光上工以來，金錢似乎很見寬裕，但心境則顯得不十分開朗。他在家很少說話，工畢回家竟不能馬上入睡，常常要一個人抽煙喝酒到天亮時分，而睡著的時候還非常不安。

沒有人知道家光的痛苦，連家光自己也不清楚這痛苦的來源。他曾經分析自己，他知道這不是害怕，也不是擔憂，只是一種矛盾，一種奇怪的矛盾；是道德意識的矛盾，也是過去的修養與現在行為的矛盾，他有時覺得也許把他所幹的一切明白地告訴小音，他可以比較舒服，但是他不能這樣做。

有時候，他出了門，竟像沒有勇氣去幹這勾當似的。他一個人去看了一場戲，晃蕩到深夜方才回家，一回到家裡他又覺得太浪費了金錢。有時候，當他發現被劫的人竟並沒有錢，只有手上一隻手錶的時候，他拿了回來心裡非常不舒服，好像這個被劫的人就會同他一樣的，也正有患肺病的太太在待他供養。

他非常不安，也非常不解。他對於一切自己的行為與所遇的印象都無法忘記，他唯一可以忘記的時候是多喝一點酒，於是在家裡就常常喝起酒來。

小音很注意他的變化，可無法知道他的原因，但有一件事情她是知道的，就是那個職業對於家光是不合式的。他一直是一個教員，永遠是孤傲的書生脾氣，倉庫職員對於他當然是不相宜。有一次，她同他談到，他一句話也沒有，但突然眼角浮起了淚珠，他抱著她哭了起來。小音忽然說：

「你似乎恨不快活，假如這個職業對於這樣不合式，你就辭了吧。」

家光想不到小音竟說出這樣的話，他很感動。但是他說：

「不幹又怎麼樣呢？」

「再想辦法，反正不見得就餓死了。」

家光沒有再說什麼。但這使他心裡開始有了不幹的念頭。

不幹，是的，他還是一個失業的教書匠。沒有人會相信他曾經拿過不義之財。他知道長此下去，總有一天會出事情，出事情於他本人並沒有什麼，最多不過坐幾個月牢，但是對於小音對於小光，對於這個家這間屋子……他沒有法子再想下去了。

於是他想到他這些日子來，拿到的錢，他已經贖出了押當去的東西，甚至還有點積蓄，如果再多一點，他也許可以做點小生意。他沒有告訴小音，他望著小音已轉健康的面色，他突然覺得她還需要好好休養，如果再，再是……於是他想到三個月的計畫。

三個月，是的，讓小音養足三個月，讓自己再幹三個月，三個月以後，小音比較健康，自己也多有點積蓄，從此讓過去種種譬如昨日死，以後種種譬如今日生，重新開始做人，開始……

家光突然有這樣的決定。他於是捧著小音的臉說：

「你面色已經好了許多，咳嗽也沒有了。我希望你可以安心地養足三個月。啊，今天是幾號，我們那一天，那一天起找工人的？」

「上星期你付她工錢，已經一個多月了。」

「那麼，」家光忽然露出了笑容，他說：「我們決定等滿了三個月，三個月以後，你一定可以健康起來，我再去辭職。」

「但是我現在已經很好……」

「不，不，你還要養，已經養了一定要養得好一點，等你好了我們可以不用佣人，我也可以不幹，現在，就是我受點委屈，也不過再一個多月，是不？」

從那一天以後，家光再也不願放棄他限期內的機會，他每夜從家裡出來，他在幾個想得到的地方盤旋，像伺食的老鷹在天空盤旋一樣。他非常謹慎小心，但他已有更大的膽量。他不冒險，一定找可靠的時間，可靠的環境，可靠的對象下手。他每夜都是勝利地回來，他計算著這罪惡的時光早點消逝。

有一天，他等廣東戲院散場，物色了一個胖胖的穿雲紗衫褲的單身觀客。他看她手裡拿一包手帕，他相信那裡有幾十塊錢，但是他注意的不是這個，是她胖胖的手上的兩隻金指環，他估計那裡有六錢金子。她走在前面，他跟在後面，她穿過馬路，他也穿過馬路，他跟隨她到巴士站，看她上車了，他也上車，他知道這巴士是到青山道去的，他希望她會在冷僻地方下車。車子一直在駛行，一站一站的過去，有不少人下去，有不少人上來，在裡面有空位子的時候，他看到這個胖胖的對象很急的搶了座位坐了下去，他知道她一定還住得很遠，他於是就站在門口等她。他現已經很有經驗，不再心跳也不再面熱，他只是靜靜的讓車子一直駛去。

於是，似乎並沒有多少功夫，車上的客人還是很多，這個胖女人就擠出來了，車子停上來，她下車，他也跟著下車。那面並不是很冷清的地方，街上也還有人還有燈，他看她往西走，他也就跟著她。他想如果她一直在這條路上走，他決定放棄了這筆買賣。但前的女人竟在一條支路上轉彎了，他仍舊尾隨著，地段越來越冷靜。這個胖女人似乎有點警覺，她回頭看他一眼，把腳步放快起來，他假作無事似的繞著這女人跑了上去。他知道當他跑到她的面前，她就會不再對他懷疑；於是他在一個已經關門的小店前面停下來，好像等開門似的站著，就在這個胖女子走上來的時候，他突然握住她的手臂，他一手拿出假手槍在她眼前一晃，他說：

「不許響。」

於是沒有五分鐘的功夫，家光就拿到了兩隻指環同那包手帕。他用手槍指著胖女人，叫她一直走，不許作聲也不許回頭看他，自己就輕輕的走進了一條黑暗的小道。

但是他發現這小道是一條死路，他心中有點驚慌，他略一沉思，他就把假手槍投在溝裡，他又打開手帕，他沒有檢點包裡有多少錢，就把它納入褲袋裡，於是他拋掉了手帕，他把指環戴在手上，他鎮靜一下，才假作大方地走了出來。外面並沒有動靜，他於是很快的回到大街，他等到了一輛計程車就逕自回家。他重新收拾兩隻指環，才遲緩地走上樓梯。

走進房間，開亮了燈，他原想喝一點酒就睡覺了，但是小音竟醒著，她說：

「你回來了？」

「唔……唔……」

「我有一碗麵替你留著，你吃一點再睡吧。」

「你怎麼還不睡覺？」

「我已經睡了一覺。」

「你不要管我好不好？」

小音就不再作聲。

家光沒有吃麵，他喝了很多酒。當他感到這酒意已經沖淡了剛才的印象時候，他就倒在床上，很快地就入睡了。

但是他竟像沒有睡覺，他夢見自己還在那條不通的小道裡盤轉摸索，他怎麼也摸不出來，他又累又熱又急，似乎可以摸出來了，不知怎麼一轉彎又是死壁。好像起初還有點光亮，但越摸越黑，最後幾乎什麼都看不見。他覺得自己滿頭是汗，他感到口渴，感到心跳，感到腿酸，但忽然他在黑暗中看到兩顆發亮的東西，像是一對眼睛，他突然悟到這是他搶的兩隻指環，難道他拋手帕時也把它拋到溝裡了。他想去拾，但是這發亮的東西竟越來越遠，好像是浮在水面，慢慢地沉了下去，沉了下去，最後這兩點亮光竟完全消失，他只聽到水流的聲音；這聲音起初很清楚，但慢慢模糊起來，最後嗚嗚咽咽像是女人的哭聲，他想，莫非是那個胖女人在哭麼？……

「媽，哭有什麼用？」

家光突然驚醒，他感到自己一身是汗；他翻身起來，啊，他真是吃驚；他看了見前面在哭的正是那個胖女人，他還以為仍在夢中，但是他看到了站在那個胖女人的右面的是自己家裡的女佣，站於女佣旁邊的是小光。他重新倒下，用手摸摸枕頭，把面孔向著牆壁，假裝睡覺，但是他已經非常清醒，他希望可以知道一個究竟。

「難道這個胖女人昨夜是尾隨我到家的嗎？」他想。

「阿妹？是誰呀！」他聽到是小音的聲音，她大概剛剛醒來，他想。

「啊，是我媽。」

「怎麼回事？」

「媽昨天晚上被人搶了兩隻金指環。」

「啊，太太，」他聽到這個胖女人一面說一面走向小音的旁邊：「你想我們窮人竟偏碰到這樣的事情。」

「在什麼地方？」小音的聲音。

「她去看戲，回家的路上。」阿妹的聲音：「真是，兩隻指環戴去幹嘛？」

「你不知道我放在家裡也不放心。」胖女人又說了：「我們的東家家裡哪有太太家裡清靜，四個佣人兩個是新來的北方人，誰知道她們的底細。」

「啊，你也是在人家那裡做工。」小音在問。

「是呀！」胖女人又說：「昨天我們太太出去了，我想有了新佣人，我空了一些，所以就個人去看戲去，哪裡曉得碰到了強盜。啊，說起來你不相信，那個人同上等先生沒有什麼兩樣，穿得很整齊。」

「丟了還有什麼辦法，你急也沒有用。誰都會碰到不好的運氣，譬如像我這樣生病，也是一樣的晦氣。」

「這個人也真狠心，我手帕裡二十來塊錢給了他，他還要我的指環。」

「真是，他要搶也搶有錢的，怎麼搶你這樣窮苦人。」小音的聲音。

「媽，你也太老實，要是我早就嚷起來了。」

「你不知道他手裡拿著手槍，街上又清靜，沒有一個人。」胖女人又說：「我一叫，也許老命都掉了。」

「也許這手槍是假的呢！」阿妹說：「上次他們說報上有假手槍搶東西的事情……。」

家光沒有聽下去，因為他被自己的一種奇怪的衝動所占據了，他想馬上跳下床告訴他們這個強盜就是他，這手槍原是假的，她們不信，他可以把指環拿出來，他可以把指環還這個胖女人，但是他沒有這麼做，他沒有這份勇氣，也可以說他還有理智。他希望小音會可憐這個女人，會慷慨地給她一筆錢，比方就是一、二百元，打發她早點回去，他還想到他要找一個機會給阿妹一點錢，賠償她母親的損失。他從來不知道阿妹有這樣母親，而昨天戲院散場的時候，從那個門出來的人，少說說也有二、三百，他怎麼竟會物色了阿妹的母親？如今開始想到她的臉龐，她的面型，她的眼睛，她的嘴，同阿妹的確相像，那麼為什麼他竟沒有想到她是阿妹的的母親？也許就是這點相像使他看中了她。是不是這裡面也含有心理的暗示成份。

就在他胡思亂想之中，他聽到小音真的把阿妹的女工錢預支給她了，接著是小音叫阿妹陪她母親出去散散心。他聽到兩個人的腳步聲走出門外，他的心似乎寬舒下來。

四

當家光再睡一覺起來的時候，小音把剛才的事情講給他聽，他假作不耐煩地沒有理她，但是他又喝了許多酒。那一天他推說身體不舒服不去做事，他整天沒有說話。

但是第二天，當他發現他三個月的期限只有十二天時，他覺得他必須再冒這十二次危險。上午他出去，換了這兩隻指環，為小音買回一點針藥；他發現小音的健康很有進步，十二天以後她一定更好，他的積蓄也可以多些，他可以計畫做點小生意，如果小音可以勞作，那麼阿妹就不再需要，他可以給她一筆錢，或者偷偷地塞在她的衣包裡，不讓別人也不讓小音知道。

這樣想了，他的精神又振作起來，晚上很堅定的去買了另一把假手槍。

從那一天到滿期的前一天，家光的收穫很不少。這期限越近，小音的健康越進步，家光心理的負擔也越輕，好像是在牢監裡期待徒刑的滿期一樣，覺得一天比一天輕鬆。

如今是只要再一天就可以自由了，沒有人知道他曾經有這樣一段生活。他計算自己的積蓄已有一千八百八十元，他可以做一點生意，他可以同小音商量，也可以有面子出去找找過去的朋友，或者找他們一同合資做點生意，如今他不怕別人對他低視，他可以先請他們吃一個宵夜，告訴他們他的壞運氣已經過了。

在滿期的前兩夜，他回到家裡，一面喝酒，一面想以後的生活。他沒有想到最後一晚的明天。他想到以後絕不再喝酒，他想把剩下的酒分作兩天喝。

但是他發現竟還有沒有開過的一瓶，他決定把這瓶酒留起來，將來可以請朋友。他想到有兩個朋友可以先找，他們也是很窮，但對他不錯，而且對做小生意有經驗，一個人只有在窮過以後才可以知道誰是真正朋友。於是他想到小音，小音的健康的確已經恢復，他要她去做幾件衣裳，他自己也應當做一、二套。這許多日子中，他雖是有了收入，但除了喝些酒，買點藥以外，他自己沒有一點消費，如今他要出外看朋友，他必須有幾件可以看上去不寒傖的行頭。在他這樣想的時候，小音好幾次同他說話，他很肯定的阻止小音，他說：

「你好好養，好好養，不要管我。明天是最後一天，後天我再同你談，我後天起也不再做事了，我們要重新生活，也許我們可以自己做點小生意。」

「那麼你也可以睡了，時候已經不早。」小音說。

「你放心，我就睡，我喝了這杯酒就睡。你可不許再說話了。」家光的口音已經有點醉意了。

家光一覺醒來，馬上意識到這是最後的一個日子。平常雖然也意識到他要做的事情的危險，但今天有點異樣的感覺，平常所意識的似乎不是他個人，好像他自己的關係較輕，而整個的計畫較重，而今天他竟想到了他個人；只要一失足，他不但前功盡棄，而他的前途也就完了。但是放在前面的事情，他沒有畏縮，他起身，沒有說什麼話，他照舊吃早飯，吃了早飯，他就出門，他出門他把昨天的所獲換了現金，存放到銀行裡，於是回家吃中飯，他喝了很多的酒，他要自己有一個很好的午睡。

下午他一直沒有出門，他的心有說不出的紊亂，他好像是一個臨考試的小學生，希望很快的考完了就算了。他一直抽著煙，在小小的空隙中來回的走，於是拿一本舊雜誌躺倒床上翻閱，但是他看不進，他隨即把它抛了。陸小音躺在床上，似乎意識到家光有很重要的心事，她不斷的用來話測探，希望他把心事告訴她，希望她可以給他一點安慰，但是家光似乎不耐煩她的詢問，三次四次的用非常不和氣的語氣說：

「你煩什麼？最後一天，還不好好的睡。」

陸小音於是就不再說什麼；隔了許久，才又從別方面來探尋家光，最後，陸小音實在看的不舒服，她說：

「你心裡不快活，也不出去散散心，我看你早一點吃飯，吃了飯先去看一張電影不好麼？」

這時候天已經黑下來，房間裡很暗，但家光並沒有心境去開亮電燈。而陸小音的話的確打動了家光。他已經久久沒有看電影，所以他一直沒有想到這個。如今離他可以動手的時間還早，這不是一個最好的消磨時間的辦法麼？

他沒有說什麼，一聲不響換了衣服，他說：

「我出去啦。」

「那麼你吃飯呢？」小音說。

「回來再吃，我不餓。」

家光沒有再看一眼陸小音，就獨自出門。街上已經到處都是電燈，他搭了公共汽車就聽它駛去，他沒有想到到什麼電影院，只是用空虛的眼睛望著世界。這世界似乎都離他很遠。他一點沒有想到他的身分，與他要做的工作，也沒有在這個車子上物色可以下手的對象。

車子駛進鬧市，他不久就看到耀目的電燈下的電影廣告，車子停下來，許多人下車，他也下車，他跟人群走到電影院，他沒有注意演什麼片子，他就買了一張票子跟隨著大家走進電影場。

電影是一張很普通的片子，故事是說有兩個從小就出色的青年愛上一個女郎。那個女孩子起初同兩個青年都很好，但慢慢似乎愛定了乙。偏偏這個乙竟流於偷盜，而甲則離開小城入了警界。後來那個女孩子發現乙在做偷盜的事情，不斷的勸乙改邪歸正，乙則每次都說再幹一次，終於因殺人而被甲所捕。那個女孩子逕往見甲，用三個人從小的友情勸甲釋放乙，但甲則用正義道德法律把女孩子說服，最後這個女孩子慢慢的就愛上甲，同甲結為伉儷。

家光在開始時候還看不進去，但後來竟覺得很有興趣，他發現這電影許多地方正在說自己，想到要是他把自己所做的告訴小音，小音是不是會不斷的勸他不幹這件事情呢？但是他意識到這是他最後的期限，他將不使一個人知道，而在今天以後他可以完全將今天以前的生活忘去，其次是他不敢殺人，他的手槍是假的，他不會殺人，即使被捕，也不過幾個月的徒刑，他幾個月以後就可以出來……但是，他的名譽，他的前途，他不是前功盡棄了麼？想到這裡他沒有再想下去。

兩點鐘的時間匆匆過去，電燈一亮，他馬上意識到他工作時間快到，而這是最後一次。他隨人群從戲院出來，他開始在人叢中物色對象，但就在他走出戲院，他發覺這才九點半，時候還早。

於是，他就走到馬路，他順著熱鬧行人路走，但是他想到今天何妨早一點下手，早一點完全成這最後一課，早一點回家，他可以非常高興的在家裡吃點東西，同小音談談，計畫以後的日子。

一想到吃東西，不知怎麼，他感到餓了，他看有些人走進一家小吃店，他也就走了進去，他開始覺得九點半究竟太早，吃了一點東西也許是十點一刻，於是這也許是可以下手的時候。

他叫了一碗麵。在等麵的時候，他無意中從袋摸出那張電影說明書，他沒有事做，順便的翻閱一下，於是電影裡一場一景的在他記憶裡浮了起來。他想假如這個電影裡的主角，肯早一點罷手，不是像他一樣的可以不讓任何人知道，而可以同那個所愛的女孩子好好的成家立業麼。他也不是錢不夠，也不是沒有本事，為什麼要這樣的不知足？

家光想到這裡，忽然被一個奇怪的念頭所襲擊了。他楞了一下，這是一個奇怪的念頭，而它在這以前竟一直沒有走進他的頭腦。他開始發覺自己為什麼一定要過今天這一個期限，現在，就在這所想的一刻，為什麼不是罷手的時候？為什麼還要再幹這一次，也許這一次失了手，那麼不是不但前功盡棄，而以後也無法補救麼？

麵上來了，他的思緒也被打斷。如今他想到他的積蓄，那是一千八百八十元。他想假如過了今天，他就會有兩千元；他一時又似乎很想湊足這個數目，好像有了兩千元他就可以穩定了他的基礎。這許多次的生意都沒有失手，他很自信的可以完成今天的任務，他覺得這是一個整個的計畫，他必須照計畫實行。

但是，當他吃完麵付了賬出來，他又開始彷徨，許多公共汽車駛向他回家的方向，他感到每輛車子都在給他誘惑。他覺得他沒有一定要幹一次的必要，兩千元同一千八百八十元在他有什麼分別呢？他一樣可以用一千八百八十元去做個小生意。

但想儘管這樣想，他還是無目的地穿過馬路，於是他感到自己的懦怯。這懦怯的心理是他幾個月來都未曾有過，他覺得他必須振作。他想到如果要歇手，那麼應當是在昨夜，他不是已經可以安安定定的把這些煩惱都拋掉了，到了今天，到了現在，他已經熬了一天心理的痛苦準備，他覺得他沒有放棄的理由。

一輛公共汽車駛來，他就鼓足勇氣上去；他知道這車子是駛向輪渡的，他曾經有好些次從輪渡那裡物色到對象，跟隨著搭公共汽車，而在對象到目的地後下手的，而他下意識地覺得這是一個很妥善的辦法，而現在的時間正允許他這樣做。

公共汽車一直駛到尖沙咀。家光跟著大家下車，他馬上看到正有許多人從輪渡出來，他走過去開始用鷹隼的注視物色對象。他一眼就在一大群紛紛跑到公共汽車站的人們中，看到一個手裡捧著三、四個紙包的女客，她的手指上有一隻發亮的鑽戒，不小。他想，她怎麼不坐一輛街車，要坐公共汽車？他馬上想到這正是為他安排的。這是他最後一次的行劫，命運給他有更好的安排，他緊跟著那個女客走，她走到八號車子那裡，就上車了，家光也就跟著上去，他坐在她旁邊一排。他又看到一次她手指上的指環，他估計這指環一定值一千多元，於是他想到他的儲蓄，他本來想只有兩千元，但是如今他可以有三千元了。不知怎麼，他的欲望與目的已從兩千元升到三千元。他有說不出的自滿。

車子開動，家光開始注意到那個女人的風韻，他想她該有三十歲，但還保住女性婀娜的身軀，她臉龐瘦削，但身軀很豐腴，頭髮燙得也不落俗，該是有智識的女子，他想。他沒有再看她，但他沒有忘去她，他對她沒有別的要求。他只要她手指上那隻鑽戒，以及——他忽然想到她一定還有一隻手錶，他當然也要她的手錶。於是家光忽然覺得，他如果得到這兩樣東西，他也沒有理由要把它馬上變錢，他可以留著給小音戴用，小音過去也曾經有一、二樣首飾，但都為家用當光賣光，現在也應當為她留一、二樣，而這在今天以前，家光竟一直沒有想到過。

車子停下來，家光側著頭，望著車窗外面，他發現車子已經不在鬧市裡了。他發現許多客人騷動著下車，他馬上注意到他所選中的對象。他看到她正在理身上的幾個紙包與錢袋，他想她也許也要下車了，他敏感地覺得她下車實在太早，這地方似乎還不是他下手的好地方。但是他決定跟著下去。他站起來，可是女的並不站起，他就佇立了一回，看看窗外，假作懷疑自己該下車的車站。於是車子又開了起來。

家光又故意開始坐下，而那個女客不一會則已經站起，她往後走；家光故作鎮定，一直坐在那裡，但在車子停下的時候，他很快的站起向車子前面的門走去。可是下車的人並不只他們兩個，緊跟著下來的還有三、四個在一起的客人。

家光一下車就往後走，他看那個女人向前走。他在走了十幾步光景又轉身追上去，相差五、六步時，他才把腳步放慢。同時下車的客人向左向右都轉彎了，而那個女人則仍是向前在走，可是還有一個男客人走在她的後面，這樣的走了十幾步，這個男客已追上了那個女人，她就落在後面。

家光發現那地方還是太亮，他希望那個女人會在一條小路角上轉彎，那麼他就可以很快的實現他的企圖了。

正如他所願，女的竟在右面的一條路轉彎了；家光加速了腳步追過去。

但那條路是家光所不熟識的，雖是很暗，但前面一條橫馬路上則是很亮，他覺得他要下手就不得不快。他探出手槍，趕上去，說道：

「太太，對不起。」

但是出他意外的，這個女人竟沒有回頭看他，拋了手上的東西，竟歇斯底里地一面跑一面叫了起來，這聲音像是一隻雌驢的叫春，家光沒有想到這樣一個文雅美麗的太太竟會發出這樣的聲音。他不自覺舉起手槍，但他馬上發現這手槍是假的。

「假如我手槍是真的。」他想。

家光馬上拋掉手槍，往回就跑，他滿想往來處跑去；但是那個女的竟並沒有向前跑，她跑過對馬路，又折回跳下公共汽車的路上。家光向右，她似乎向左，家光耳後就是她雌驢似的叫聲，於是家光看到前面有公共汽車來了，他就折向女人叫喊的方向，好像只跑了二十幾步，後面已經有人抓住了他。他頭上受到了沉重的一擊。他眼前發出奇怪的火星，但是他的腦子還很清楚，他想到的是：

「如果我在昨天停止……」

於是他充耳的是雌驢似的叫聲，混雜著警笛與人聲。他知道自己已經倒在地上。

家光終於沒有越過他自己所定的期限。以下的故事是很平凡，人人都知道這是一個悲劇的結尾。假如家光在前一夜停止，他可能從做小生意而發財，而成大富翁。這樣，他的前途不可限量，這故事也就不平凡了。人人都可以批評家光不知足，正如家光可惜電影裡的主角不知足一樣。但是知足的限度是什麼呢？在每種人生中，不光是小偷與盜劫，有多少帝王、英雄與美人，有誰能恰好處的在知足的限度前停止呢？拿破侖，希特勒……啊，還有，還有，還有說不盡的我們耳聞目睹的公侯、達官與巨商。

徐訏文集・小說卷16　PG1946

花東

作　　者	徐　訏
責任編輯	劉亦宸
圖文排版	詹羽彤
封面設計	王嵩賀

出版策劃	釀出版
製作發行	秀威資訊科技股份有限公司 114 台北市內湖區瑞光路76巷65號1樓 電話：+886-2-2796-3638　傳真：+886-2-2796-1377 服務信箱：service@showwe.com.tw http://www.showwe.com.tw
郵政劃撥	19563868　戶名：秀威資訊科技股份有限公司
展售門市	國家書店【松江門市】 104 台北市中山區松江路209號1樓 電話：+886-2-2518-0207　傳真：+886-2-2518-0778
網路訂購	秀威網路書店：http://store.showwe.tw 國家網路書店：http://www.govbooks.com.tw
法律顧問	毛國樑　律師
總 經 銷	聯合發行股份有限公司 231新北市新店區寶橋路235巷6弄6號4F 電話：+886-2-2917-8022　傳真：+886-2-2915-6275

出版日期	2017年12月　BOD一版
定　　價	330元

國家圖書館出版品預行編目

花束 / 徐訏著. -- 一版. -- 臺北市：釀出版,
2017.12
面； 公分. -- (徐訏文集. 小說卷；16)
BOD版
ISBN 978-986-445-236-1(平裝)

857.63 106021431

讀者回函卡

感謝您購買本書，為提升服務品質，請填妥以下資料，將讀者回函卡直接寄回或傳真本公司，收到您的寶貴意見後，我們會收藏記錄及檢討，謝謝！如您需要了解本公司最新出版書目、購書優惠或企劃活動，歡迎您上網查詢或下載相關資料：http:// www.showwe.com.tw

您購買的書名：＿＿＿＿＿＿＿＿＿＿＿＿＿＿＿＿＿＿＿＿

出生日期：＿＿＿＿年＿＿＿＿月＿＿＿＿日

學歷：□高中（含）以下　□大專　□研究所（含）以上

職業：□製造業　□金融業　□資訊業　□軍警　□傳播業　□自由業
　　　□服務業　□公務員　□教職　□學生　□家管　□其它＿＿＿

購書地點：□網路書店　□實體書店　□書展　□郵購　□贈閱　□其他

您從何得知本書的消息？

□網路書店　□實體書店　□網路搜尋　□電子報　□書訊　□雜誌
□傳播媒體　□親友推薦　□網站推薦　□部落格　□其他＿＿＿＿

您對本書的評價：（請填代號　1.非常滿意　2.滿意　3.尚可　4.再改進）

封面設計＿＿　版面編排＿＿　內容＿＿　文／譯筆＿＿　價格＿＿

讀完書後您覺得：

□很有收穫　□有收穫　□收穫不多　□沒收穫

對我們的建議：＿＿＿＿＿＿＿＿＿＿＿＿＿＿＿＿＿＿＿＿

請貼
郵票

11466
台北市內湖區瑞光路 76 巷 65 號 1 樓
秀威資訊科技股份有限公司 收
BOD 數位出版事業部

（請沿線對折寄回，謝謝！）

姓　　名：＿＿＿＿＿＿＿＿　年齡：＿＿＿＿　性別：□女　□男

郵遞區號：□□□□□

地　　址：＿＿＿＿＿＿＿＿＿＿＿＿＿＿＿＿

聯絡電話：(日)＿＿＿＿＿＿＿＿　(夜)＿＿＿＿＿＿＿＿

E-mail：＿＿＿＿＿＿＿＿＿＿＿＿＿＿＿＿